Rainer Dissars-Nygaard, Jahrgang 1949, studierte Betriebswirtschaft und war als Unternehmensberater tätig. Er lebt als freier Autor auf der Insel Nordstrand. Im Emons Verlag erschienen unter dem Pseudonym Hannes Nygaard die Hinterm Deich Krimis »Tod in der Marsch«, »Vom Himmel hoch«, »Mordlicht«, »Tod an der Förde«, »Todeshaus am Deich«, »Küstenfilz«, »Todesküste«, »Tod am Kanal«, »Der Inselkönig«, »Der Tote vom Kliff« sowie der Niedersachsen Krimi »Mord an der Leine«.
www.hannes-nygaard.de

Dieses Buch ist ein Roman. Handlungen und Personen sind frei erfunden. Ähnlichkeiten mit lebenden oder toten Personen sind rein zufällig.

HANNES NYGAARD

STURMTIEF

HINTERM DEICH KRIMI

emons:

© Hermann-Josef Emons Verlag
Alle Rechte vorbehalten
Umschlagzeichnung: Heribert Stragholz
Druck und Bindung: CPI – Clausen & Bosse, Leck
Printed in Germany 2010
ISBN 978-3-89705-720-3
Hinterm Deich Krimi 11
Originalausgabe

Unser Newsletter informiert Sie
regelmäßig über Neues von emons:
Kostenlos bestellen unter
www.emons-verlag.de

Dieser Roman wurde vermittelt durch die Agentur EDITIO DIALOG,
Dr. Michael Wenzel, Lille, Frankreich (www.editio-dialog.com)

Für Sabine

Si vis pacem, para bellum –
Wenn du den Frieden willst, bereite den Krieg vor.

Lateinisches Sprichwort, möglicher Urheber ist
Flavius Vegetius Renatus, römischer Militärschriftsteller
(um 400 n. Chr.). Parabellum ist heute ein Begriff
in der Waffenkunde.

EINS

In der Früh hatte es geregnet, und den Vormittag über lag noch die Feuchtigkeit über der Stadt. Das rote, kleinformatige Pflaster schimmerte im matten Licht eines grauen Tages. Doch die Herbstsonne hatte sich immer mehr durchgesetzt, die Wolkendecke verdrängt und Platz für einen blauen Himmel geschaffen. Das hatte nicht nur die Einheimischen ins Freie gelockt, sondern auch die Besucher, die die Innenstadt und die Plätze rund um den Stadthafen bevölkerten.

Robert Havenstein erging es wie vielen Menschen, denen die heimische Umgebung so vertraut scheint, dass sie die Schönheiten ihrer Heimat gar nicht mehr wahrnehmen. Trotzdem hatte er nicht von seiner Geburtsstadt lassen können. Obwohl ihn sein Beruf, aber auch die ihn stets treibende Neugierde nicht nur in die Metropolen, sondern auch in die entferntesten Winkel der Welt geführt hatte, zog es ihn immer wieder hierher zurück. Seine Seele verlangte nach dem Plätschern der Ostsee, wenn die sanften Wellen auf den Strand vor seiner Haustür aufliefen. Das Mare Balticum konnte sich auch von einer wilden, ungemütlichen Seite zeigen und wurde als vermeintliches Binnengewässer oft unterschätzt, doch Havenstein war mit dem Wasser vertraut.

Von seinem Balkon aus genoss er den Blick über die Eckernförder Bucht, den Marinehafen zur linken Hand, in dem die deutsche U-Boot-Flotte beheimatet war, den weißen Strand aus feinstem Quarzsand und den Vorhafen direkt vor der Haustür, in dem sich an den drei Stegen eine schier unüberschaubare Zahl von Segelbooten und -yachten drängte.

Heute hatte Havenstein dem Idyll keine Aufmerksamkeit geschenkt. Er hatte die halbe Nacht durchgearbeitet, bis ihn die Müdigkeit übermannt hatte. Es war ein unruhiger Schlaf gewesen. Immer wieder war er hochgeschreckt, weil sein rastloser Geist sich auch im Ruhen nicht von dem Thema lösen konnte, mit dem er sich beschäftigte.

Ein kurzer Gang durch das Bad, ein hastiges Frühstück, und dann hatte sich Havenstein wieder an sein Notebook gesetzt und weitergearbeitet. Als er zufrieden ein letztes Mal auf das Symbol »Speichern« drückte, war die große Kaffeekanne leer, und der Aschenbecher auf seinem Arbeitsplatz lief über.

Havenstein reckte sich, zog den Memory-Stick aus seinem Notebook, legte ihn auf den Schreibtisch, stand auf und zog sich an.

Kurz darauf verließ er die Wohnung. Er hatte keinen Blick für die Aussicht, die sich ihm bot, für die Schiffe im Hafen, in dessen durch eine Mole geschützten ruhigen Gewässern es von Feuerquallen wimmelte. Havenstein beachtete die Touristen nicht, die im Müßiggang vom Stadthafen aus am Strandweg entlangschlenderten oder über den Bohlenweg zum rot-weiß gestreiften Leuchtturm spazierten, der die Marina begrenzte. Im Erdgeschoss seines Hauses residierten ein Mietservice und ein Schiffsbüro, dessen Fenster mit dem Modell eines Segelvollschiffs immer wieder neugierige Blicke von Passanten anzog. Vor der benachbarten Eisdiele saß eine Handvoll junger Leute in den Strandkörben, die der Besitzer als originelle Sitzgelegenheit für seine Gäste im Freien aufgestellt hatte.

Havenstein wandte sich nach rechts. Gegenüber lag der Pavillon des Ostsee-Info-Centers mit dem Café, das zu dieser Stunde gut besucht war. Zu den Besuchern gehörte auch der Mann mit dem südländischen Aussehen, der sich bei Havensteins Erscheinen rasch erhob und seinen Latte macchiato halb ausgetrunken zurückließ. Er griff in seine Sakkotasche, fingerte einen Geldschein hervor und warf ihn achtlos auf den Tisch.

»He, Sie«, rief ihm die junge Bedienung hinterher, als er raschen Schritts zur Promenade ging. »Ihr Latte ...«

Stumm zeigte er auf den Platz, an dem er gesessen hatte. Die junge Frau legte den kurzen Weg zurück, sah den Zehneuroschein, schaute dem Gast hinterher und steckte das Geld mit einem Achselzucken ein.

Havenstein warf einen Blick auf das hölzerne Piratenschiff, das auf dem Sandstrand lag und Kindern als willkommenes Spielobjekt diente. Jetzt stand eine Frau mit einem kleinen Rucksack, auf dem Teddybären aufgedruckt waren, am Ruder. Sie hielt sich ein rotes Halstuch vor Mund und Nase und lachte in das Kameraobjektiv, das ihr im Sand stehender Begleiter auf sie gerichtet hatte.

Für einen winzigen Moment entlockte diese Szene Havenstein ein Lächeln.

Automatisch steckte er sich eine neue Zigarette an. Dann nickte er einer älteren Frau zu, die auf einem Balkon des Nachbarhauses stand und den vorbeipromenierenden Menschen nachsah.

Havenstein folgte mit ausholendem Schritt dem gepflasterten Weg, der am Strand Richtung Stadthalle und Meerwasserwellenbad führte. Er nahm nicht wahr, dass die Bäume, die den Weg wie ein Laubengang überragten, für die Jahreszeit noch erstaunlich grün waren. An einer Stelle wich er einer Gruppe Senioren aus, die ihm entgegenkam und Havenstein zwang, fast einen der hüfthohen Lampenpfähle zu streifen, die den Weg bei Dunkelheit in ein dezentes Licht tauchten. Er bog nach hundert Metern ab, durchquerte einen begrünten Innenhof, der von Wohnblocks gesäumt wurde, und stieß gedankenverloren mit einem Mann in blauer Latzhose zusammen, der ihm mit einer Leiter unterm Arm in einem Torweg entgegenkam.

»He«, knurrte der Handwerker unwirsch, bevor er seinen Weg fortsetzte.

Das unscheinbare Chinarestaurant zur Linken war um diese Zeit noch geschlossen.

Havenstein verließ die Wohnanlage und kreuzte eine Straße namens Jungfernstieg, die nichts mit Hamburgs Prachtstraße gemein hatte.

Der kopfsteingepflasterte Gang hieß »Pastorengang« und war Teil der Eckernförder Altstadt. Dieser Abschnitt gehörte allerdings nicht zu den romantischen Ecken, sondern führte durch eher trist wirkende Altbauten und Hinterhöfe. Aus den Augenwinkeln warf Havenstein automatisch einen Blick auf ein Dach, in dem jemand mit viel Mühe ein Mosaik aus Dachpfannen gelegt hatte, das ein Mädchen darstellte. An der Gudewerdtstraße öffnete sich der Gang zu einem kleinen Platz, der von windschiefen, aber malerischen Häusern gesäumt wurde. In einer kleinen Grünanlage stand eine Infotafel, auf der das alte Eckernförde dargestellt war. Im Hintergrund nahm Havenstein die Leuchtreklame einer kleinen Kneipe wahr. Im »Leuchtfeuer« hatte er sich gelegentlich mit alten Freunden auf ein Bier getroffen, wenn er in seiner Heimatstadt war.

»Hey, Robert«, hörte er eine bekannte Stimme.

»Moin, Jürgen«, grüßte Havenstein zurück, als ihn der alte Schulkamerad aus seinen Gedanken riss. Er setzte seinen Weg fort, ohne den ehemaligen Mitschüler zu beachten. Immer noch kreisten Havensteins Gedanken um das, womit er sich seit geraumer Zeit beschäftigte. Sein Beruf brachte es mit sich, in heikle Fragestellungen einzutauchen, das Ende des Fadens zu suchen, wenn sich mysteriöse Dinge zu einem scheinbar unentwirrbaren Knäuel verstrickt hatten. Oft war seine Arbeit von Gefahr begleitet, insbesondere die Auslandseinsätze hatten ihn in Regionen geführt, die nicht als befriedet galten.

Doch dieser Fall lag anders. Es war ein heikles Thema, das eine weltweite Sensation auslösen würde, kämen die Hintergründe an die Öffentlichkeit. Und Havenstein war dieser Sensation auf der Spur.

Er schreckte auf, als er den schmalen Gang verließ und in die Fußgängerzone einbog. Der Pastorengang mündete direkt gegenüber der alten Stadtkirche St. Nicolai in die lebhafte Kieler Straße, in der es von Passanten wimmelte. Havenstein ließ sich von der Menge mitziehen. Er schien für einen Augenblick wie verwandelt und hatte das Thema, mit dem er sich beschäftigte, vergessen.

Der Marktplatz wurde durch ehrwürdige Bürgerhäuser eingerahmt, die man ansehenswert restauriert und hergerichtet hatte. Zur Fußgängerzone hin begrenzte eine Baumreihe das Areal, unter deren dichtem Kronendach Markthändler ihre Waren feilboten. Auf der gegenüberliegenden Seite hatte ein Eiscafé Tische und Stühle auf den Gehweg geräumt. Das Angebot, unter der Markise sitzend dem Geschehen zuzusehen, wurde gut angenommen.

Havenstein verharrte kurz und betrachtete die Auslage eines

Blumenhändlers. Im Engpass zwischen Marktstand und Außengastronomie kam es zu einem Gedrängel, und eine Frau mit Einkaufskorb stieß ihn an. Fast gleichzeitig entschuldigten sich beide mit einem Lächeln. Versonnen sah er der Passantin nach.

Unwillkürlich blieb sein Blick bei einem Mann mit südländischem Aussehen haften. Der Fremde hatte die Hände in den Taschen seiner Jacke vergraben und fixierte Havenstein aus dunklen unergründlichen Augen. Der Mann unternahm gar nicht den Versuch, sein Interesse an Havenstein zu leugnen. Die Distanz zwischen den beiden mochte fünf Meter betragen.

Die Augen des Unbekannten zogen Havenstein magisch an. Über die Entfernung trafen sich ihre Blicke. Robert Havenstein spürte, dass diese Begegnung kein Zufall war. Er besaß ein Gefühl für Situationen, die von einer unbestimmten Gefahr kündeten. Diesen menschlichen Urinstinkt hatte er durch Erfahrungen in Afghanistan, im Gazastreifen und in Beirut geschärft. Das reichte ihm. Diesen Teil seines Lebens hatte er abgeschlossen.

Doch der Mann, der seinen Blick nicht von ihm ließ, erinnerte Havenstein daran, dass er sich erneut auf eine gefährliche Mission eingelassen hatte. Sein Verstand signalisierte ihm, dass er im sicheren Deutschland war, gerade hier in Schleswig-Holstein, fernab von Turbulenzen oder gar gefährlichen Momenten. Er wandte sich ab und spürte den stechenden Blick des anderen in seinem Nacken. Mit schnellem Schritt wollte er sich entfernen, hörte hinter sich aber eine erboste ältere Männerstimme, die lautstark protestierte. »Was soll das, eh? Können Sie nicht aufpassen? Rempelt einen an …«

Havenstein hatte nun Gewissheit. Der Mann verfolgte ihn. Geschickt schlängelte sich Havenstein zwischen einer Gruppe von drei Frauen durch, die sich inmitten des Wegs zu einem Plausch zusammengefunden hatten und ihm irritiert hinterhersahen. Er glaubte, hinter sich die Schritte des Verfolgers zu hören. Das war sicher nur eine Reaktion seiner angespannten Nerven. Havenstein kam kurz ins Straucheln, als der Straßenbelag von den roten Pflastersteinen zum kleinformatigen Granit wechselte, der in Streifen zur Auflockerung der Fußgängerzone verlegt war.

Die unter überdimensionalen Sonnenschirmen stehenden Kleiderständer eines Textilgeschäfts mit dem Namen eines französischen Lustschlosses boten Havenstein keine Deckung. Zwischen diesem Geschäft und dem Telefonladen hatte eine Buchhandlung ihre Angebote in Körben vor den Schaufenstern platziert. Gegenüber standen vor einer Bäckereifiliale drei Tische, an denen ein paar Unentwegte ihren Kaffee tranken.

Was erregt dich?, fragte sich Havenstein. Du bist überarbeitet. Du befindest dich in einer friedlichen Kleinstadt an der Ostsee. Um dich herum herrscht reges Treiben. Wer wird dich in einer solchen Menschenmenge ansprechen oder gar belästigen wollen? Außerdem konnte niemand wissen, womit er sich gerade beschäftigte. Darüber hatte Havenstein absolutes Stillschweigen gewahrt.

Instinktiv bog er ab und betrat die Buchhandlung. Sie war ohnehin sein Ziel gewesen. Er hatte zwei Bücher bestellt, die er heute abholen wollte. Beim Betreten des Geschäfts warf er einen Blick über die Schulter zurück. Sein Gefühl hatte nicht getrogen. Der Fremde hatte aufgeholt und war ihm näher gekommen.

Die Buchhandlung war einer jener Läden, die Havenstein liebte. Sie bot auf engem Raum nicht nur ein breites Sortiment an Lesestoff, sondern auch Bürobedarf und Geschenkartikel an. Wie häufig bei seinen Besuchen war der Laden gut besucht.

Die Filialleiterin stand hinter dem Kassentresen zur Linken und sah kurz auf, als er mit eiligem Schritt an ihr vorbeihastete. Sie zog eine Augenbraue fragend in die Höhe.

»Herr Havenstein …«, sagte sie. Es klang ein wenig erstaunt.

Er ließ ihren Gruß unerwidert. Havenstein wusste, dass sein Verfolger es auf ihn abgesehen hatte. Er wollte sich nicht der Diskussion mit jemandem aussetzen, schon gar nicht in der Öffentlichkeit. Dies war seine Stadt. Man kannte ihn. Die Demütigung, dass ihm jemand womöglich für Dritte sichtbar eine Warnung zukommen ließ, wollte er nicht über sich ergehen lassen. Havenstein verließ den Läufer, der von der Eingangstür ins Ladeninnere führte, und setzte seinen Weg, nein, eigentlich war es schon fast eine Flucht, nach rechts über den hellen Holzfußboden fort. Den Ständer mit zusammengerollten Landkarten und die Leuchtturmnachbildung, die als Verkaufshilfe für Karten diente, beachtete er nicht. Ein paar Schritte weiter führten zwei Stufen in den hinteren Teil des Geschäfts. Eine Rampe bot auch Rollstuhlfahrern die Möglichkeit, in diesem Teil der Buchhandlung zu stöbern.

Havenstein wusste, dass kurz vor den Stufen eine Tür ins Treppenhaus führte. Von dort gelangte man durch einen Gang in den Hinterhof. Mit diesem Teil der Stadt war er vertraut. Dort war er sicher und konnte Ecken und Nischen nutzen. Doch dazu bedurfte es eines geringen Vorsprungs. Sein Verfolger war ihm zu dicht auf den Fersen. Er würde die Tür nicht ungesehen erreichen. Hier, im Geschäft, fühlte er sich sicher.

Noch einmal drehte sich Havenstein um. Er verstand seine plötzlich aufkommende Panik nicht. Es gab keinen Grund. Nicht hier. Nicht in Deutschland. Er vermeinte, den Atem des Verfolgers im Nacken zu spüren. Sein Abbiegen in die Buchhandlung und die kurzfristige Beschleunigung des Tempos hatten den Abstand zu dem Mann anwachsen lassen.

Stufe oder Rampe? Havenstein war mit dem Gedanken bei dem Fremden, sodass er sich nicht entscheiden konnte. Mit dem rechten Bein war er auf der Rampe, mit dem linken wollte er die Stufe nehmen. Dabei kam er ins Stolpern, versuchte sich zu fangen, rutschte mit dem rechten Fuß ab und fiel nach vorn. Er konnte seine Arme vorstrecken und den Sturz abfedern, sodass er auf den Knien landete und sich schmerzhaft die Schienbeine an der Kante der obersten Stufe stieß. Mit den Händen stützte er sich ab. Das alles geschah in Bruchteilen von Sekunden.

Erneut drehte er den Kopf nach hinten und sah in das Gesicht des Mannes, in die dunklen Augen, die ihn kalt musterten. Sie schienen Havenstein zu vermessen, jedes Detail des am Boden hockenden Mannes aufzunehmen. Kein Muskel zuckte in dem Gesicht, kein Lidschlag verriet etwas über die Gedanken des Verfolgers. Die Lippen waren zu einem schmalen Strich zusammengepresst. Nur dieses Detail zeugte von der gewaltigen Anspannung des Fremden.

Havenstein wollte sich aufraffen, wurde aber durch eine Bewegung des Mannes abgelenkt. Er sah, wie der Fremde ohne jede Hast den Zipfel seiner Jacke zur Seite zog, in aller Seelenruhe einen schweren Revolver hervorzog und auf ihn zielte.

Den Schuss hörte Robert Havenstein nicht mehr.

***

Es hatte nur Minuten gedauert, bis sich die Bluttat in der kleinen lebhaften Stadt herumgesprochen hatte. Vor dem Eingang der Buchhandlung hatte sich eine dichte Menschentraube gebildet. Erregt wurden Mutmaßungen darüber ausgetauscht, was sich in dem Geschäft wohl zugetragen hatte. Dass dort ein Mensch kaltblütig erschossen worden war, galt als gesichert. Das geifernde Interesse an der Sensation hielt sich die Waage mit dem Entsetzen, das sich in manche Gesichter gegraben hatte.

Hier, bei uns, da gibt es so etwas nicht. Das geschieht immer nur woanders – irgendwo in der Ferne. Auch das ist schon unfassbar.

Es hatte nur Minuten gedauert, bis sich zwei Streifenwagen der nahen örtlichen Polizeizentralstation mit zuckendem Blaulicht und gellendem Martinshorn den Weg durch die Fußgängerzone gebahnt hatten. Der Rettungswagen und der Notarzt waren genauso zügig am Tatort eingetroffen. Jetzt standen ein älterer unscheinbarer VW LT und zwei VW Passat vor der Tür, auf deren Dächern ein mobiles Blaulicht befestigt war.

Hauptkommissar Thomas Vollmers hatte sich an den Notarzt gewandt. Der junge Mediziner stand im Eingang des Geschäfts und wischte sich mit dem Handrücken den Schweiß von der Stirn.

»So einen Einsatz hatten wir noch nie«, gestand der Arzt.

»Können Sie schon etwas sagen?«, fragte Vollmers. Der Leiter des K1, das im Volksmund vereinfacht »die Mordkommission« genannt wird, von der zuständigen Bezirkskriminalinspektion Kiel war umgehend mit seinen Mitarbeitern nach Eckernförde gefahren. Er war fast gleichzeitig mit den Beamten des K6, der Spurensicherung, eingetroffen. Die Kriminaltechniker hatten einen Sichtschutz vor dem Eingang und den Fenstern des Ladens aufgebaut und gingen, in ihren weißen Ganzkörperschutzanzügen gewandet, professionell ihrer Arbeit nach.

»Der Mann muss sofort tot gewesen sein«, sagte der Arzt. »Wie ich schon sagte – das ist ein außergewöhnlicher Einsatz. Ich kann nicht viel dazu sagen. Es sieht so aus, aus hätte man zwei Schüsse auf das Opfer abgegeben. Einen in den Kopf, den zweiten ins Herz.«

Der Arzt sah an Vollmers vorbei, sagte: »Entschuldigung«, und zwängte sich am Hauptkommissar vorbei. »Ich muss mich um die eine Frau vom Personal kümmern«, erklärte der Mediziner.

Vollmers strich sich mit der Hand über den gepflegten weißen Bart. »Hmh«, knurrte er dabei. Aus mehreren Schritten Abstand sah er auf das Opfer.

Havenstein hieß der Mann, hatte die Filialleiterin der Polizei gesagt. Man kannte ihn als Kunden.

»Wissen Sie, wo er wohnt?«, fragte Vollmers die schlanke Frau.

»Moment«, erwiderte sie. Mit zittrigen Fingern gab sie etwas in den Computer ein und nannte dann die Anschrift.

»Wo ist das?«

Verena Holl, so hieß die Frau, erklärte dem Beamten den Standort der Wohnung direkt am Strand.

»Haben Sie noch mehr Informationen gespeichert?«

Frau Holl nickte. »Robert ist der Vorname.« Sie nannte eine Festnetz- und eine Mobilfunknummer.

Vollmers wählte die Mobilnummer an und musste schmunzeln, als der Kriminaltechniker, der sich gerade mit dem Toten beschäftigte, bei Ertönen der ersten Takte von Beethovens Neunter aus den Taschen des Opfers erschrocken in die Höhe fuhr.

»Ich bin das«, erklärte Vollmers, als der Beamte nach dem Handy angeln wollte.

Ein unfreundlicher Blick streifte den Hauptkommissar.

»Ist Herr Havenstein verheiratet?«

Frau Holl zuckte die Schultern. »Das tut mir leid. Da kann ich Ihnen nicht weiterhelfen. Er kam gelegentlich zu uns. Meistens hatte er spezielle Wünsche. Wir haben ihm die Bücher dann bestellt.«

»Hat er die Ware immer selbst abgeholt?«

Die Buchhändlerin nickte. »Ja.« Dann zog sie die Stirn kraus. »Warten Sie. Vor Kurzem war er in Begleitung einer Frau hier.

Sie ging ihm bis zur Schulter. Ich erinnere mich, dass die Frau schwarze Haare hatte. Genau. Deutlich waren die ersten silbernen Streifen zu erkennen.«

»War Herr Havenstein öfter in Begleitung dieser Dame hier?«

»Ich kann mich nur an das eine Mal erinnern.«

»Und sonst?«

»Ich bin nicht immer hier. Und – wie gesagt – er war nicht ständig Kunde, sondern kam nur gelegentlich vorbei. Aber ich habe ihn sonst immer allein gesehen.«

»Wollte Havenstein heute zu Ihnen?«

»Moment«, sagte Frau Holl, gab erneut etwas ein und erklärte: »Er hatte zwei Bücher bestellt.« Sie wartete einen Moment, dann las sie vor: »Das eine ist: ›Unheimliche Energie – Kernspaltung zwischen Bombe und Kraftwerk‹.«

»Bitte?«, fragte Vollmers erstaunt. »Und das zweite?«

»›MDS und akute myeloische Leukämie‹.«

Vollmers schüttelte ungläubig den Kopf. »Kommt so etwas öfter vor?«

»Was?«, antwortete Frau Holl mit einer Gegenfrage.

»Ich meine, dass jemand solche Bücher bestellt?«

Die Frau schüttelte den Kopf. »Es gibt ein Riesenangebot an Fachbüchern. Die kann man nicht alle kennen, selbst wenn man lange in der Branche tätigt ist. Diese beiden Titel sagen mir überhaupt nichts.« Sie zuckte wie zur Entschuldigung mit den Schultern. »Nie gehört.« Dann gab sie erneut etwas in ihren Computer ein. Anschließend zeigte sie mit ihrer gepflegten Hand auf den Bildschirm. »Die werden auch nur ganz selten nachgefragt.«

Vollmers bedankte sich. Dann wandte er sich an den Kriminaltechniker, der immer noch neben dem Opfer kniete.

»Haben Sie schon etwas für uns?«, fragte er.

Der Beamte sah hoch. »Nicht viel. Zwei Schuss. Einer hat ihn ins Gesicht getroffen, der zweite ging ins Herz. Es sieht aus, als wäre das ein fast aufgesetzter Schuss gewesen.« Der Kriminaltechniker deutete mit seinem Finger einen Kreis um das Loch auf der linken Körperseite an. »Man kann deutlich die Schmauchspuren erkennen. Das sieht wie verbrannt aus. Daraus schließe ich, dass die Waffe dicht an die Kleidung gehalten wurde.«

Aus der Wunde war nur wenig Blut ausgetreten. Der Einschuss im Gesicht machte keinen appetitlichen Eindruck.

»Wenn man Vermutungen anstellt, könnte man glauben, dass der Täter sein Opfer verfolgte, kaltblütig auf das Gesicht zielte, abdrückte, und, um ganz sicherzugehen, sich bückte und einen finalen Schuss mitten ins Herz abgab.«

»Ich kann das natürlich nicht bestätigen«, antwortete der Beamte der Spurensicherung. »Aber an Ihrer Vermutung ist viel dran.« Dann wandte er sich wieder seiner Arbeit zu.

»Haben Sie schon etwas bei der Untersuchung seiner Kleidung feststellen können? Was hatte er bei sich? Das Handy haben wir vorhin gehört.«

Der Beamte sah auf. »Er war ein starker Raucher. Das erkennt man an den Nikotinspuren an der rechten Hand. Ich habe bei ihm ein Feuerzeug und eine angebrochene Schachtel Gitanes Maïs gefunden. Außerdem eine Packung Tempotaschentücher, ein Portemonnaie und ein Schlüsselbund.« Der Beamte hielt das Bund hoch. »Sieht aus wie ein Haustürschlüssel, das hier ...«, er zeigte auf einen kleineren Schlüssel, »könnte zum Briefkasten gehören. Dies ist ein weiterer Haustürschlüssel, das hier ...«, er hielt den nächsten Schlüssel hoch, »könnte ein Schrankschlüssel sein. Vielleicht für einen Schreibtisch.«

»Kein Autoschlüssel?«, fragte Vollmers.

»Nein. Nichts dabei. Dafür haben wir das Portemonnaie untersucht. Ein wenig Kleingeld. Nur Euro, keine Fremdwährung. Führerschein, Personalausweis, mehrere Kreditkarten, Mitgliedskarte einer Krankenversicherung und ein Presseausweis. Alles im Scheckkartenformat.«

»Presseausweis?«

Der Kriminaltechniker sah Vollmers an. »Ja. Sagte ich.«

»Die Sache wird interessant«, murmelte der Hauptkommissar halblaut vor sich. »Ein Journalist, die merkwürdigen Bücher ... Und dann die Hinrichtung durch einen Profi.« Vollmers sah sich suchend um. »Frank«, winkte er einen in der Nähe stehenden Mitarbeiter heran.

»Was ist?« Oberkommissar Frank Horstmann arbeitete schon lange mit Vollmers zusammen.

»Habt ihr Zeugen gefunden?«

Horstmann nickte. »Ja. Mehrere Passanten wollen einen Mann mit südländischem Aussehen gesehen haben, der Havenstein gefolgt ist. Er da«, dabei zeigte Horstmann auf den Toten, »ist offenbar aus einer schmalen Gasse namens Pastorengang gekommen. Ein junges Paar hat gesehen, dass der Verfolger ebenfalls diesen Weg genommen hat. Wir haben die Aussage der Bedienung eines benachbarten Cafés, von Kunden und Personal der Buchhandlung ... An Augenzeugen mangelt es nicht. Bei der Täterbeschreibung gibt es wie so oft sehr unterschiedliche Darstellungen, aber auch viele Übereinstimmungen. Ich glaube, wir können uns ein gutes Bild vom Mörder machen.«

»Mir gibt zu denken, dass der Täter überhaupt keine Anstalten unternommen hat, sich zu tarnen. Er hat in Kauf genommen, von vielen Leuten identifiziert zu werden. So wie er vorgegangen ist, scheint es sich nicht um jemanden zu handeln, der im Affekt zur Waffe gegriffen hat.«

Horstmann brummte etwas Unverständliches. Dann sagte er: »Die beiden Schüsse ... Das war eiskalt und wohlüberlegt. Wenn du mich fragst, haben wir es mit einem professionellen Killer zu tun.«

Vollmers informierte den Oberkommissar über das, was er von dem Kriminaltechniker und Frau Holl erfahren hatte.

»Es ist sicher zu früh, Schlussfolgerungen zu ziehen«, meinte Horstmann. »Aber das Ganze sieht wie ein Auftragsmord aus. Das wird eine heikle Angelegenheit.«

Vollmers ließ seinen Blick in die Runde schweifen. Überall herrschte angespannte Geschäftigkeit. Die Spurensicherung untersuchte akribisch jeden Quadratzentimeter des Ladens, die beiden anderen Beamten aus Vollmers' Team verhörten die Zeugen, zwei Ärzte kümmerten sich um die vom Schock erstarrten Anwesenden. Für den Hauptkommissar gab es hier nichts mehr zu tun.

»Wir werden uns Havensteins Wohnung ansehen«, forderte Vollmers Oberkommissar Horstmann zum Mitkommen auf.

Die Fahrt dauerte nur wenige Minuten. Vollmers lenkte den Dienstwagen durch die Fußgängerzone bis zum Rundsilo am

Hafen, einem der charakteristischen Wahrzeichen der Stadt. Er fuhr weiter die breite Uferpromenade entlang, am blau-gelb gestreiften Leuchtturm vorbei, und musste einen Mobilkran umrunden, der von Schaulustigen umlagert war und eine am Kai liegende Yacht auf einen bereitstehenden Trailer hieven wollte.

Nicht nur auf dieser Seite des Hafens, auch gegenüber lagen die Segelschiffe dicht an dicht. Es war die Jahreszeit, in der viele Eigner ihre Boote ins Winterquartier bringen ließen.

Der Hauptkommissar hielt direkt vor dem Gebäude am Ende der Hafenpromenade. Für einen Moment war Vollmers versucht, einen kurzen Abstecher zur kleinen Marina zu unternehmen, in der weitere Segelboote lagen. Das ruhige Wasser innerhalb des durch eine Mole abgegrenzten Hafens wimmelte von Feuerquallen.

Vollmers beschränkte sich darauf, einen Lungenzug frische Seeluft einzuatmen, dann folgte er Horstmann zum Hauseingang.

Gleich der erste Schlüssel passte.

»Moment«, sagte Vollmers und bremste den Oberkommissar. Er sah in Havensteins Briefkasten. Das Behältnis war leer.

Der Journalist wohnte in der oberen Etage. Sie hatten den Absatz in der Mitte der letzten Treppe erreicht, als die Beamten innehielten. Es war ein leises Wimmern zu hören.

Vollmers legte den Zeigefinger auf die Lippen, zog seine Waffe und schlich sich, dicht an die Wand gedrängt, die Stufen hinauf. Auch Horstmann hatte seine Dienstpistole gezückt und folgte dem Hauptkommissar auf leisen Sohlen.

Zwei Wohnungen gingen vom Treppenhaus ab. Beide Türen standen offen. Aus der rechten Tür war das klagende Geräusch zu hören. Als Vollmers den Absatz erreicht hatte, lugte er vorsichtig um die Ecke. Die Wohnungstür war sperrangelweit geöffnet und gab den Blick ins Innere frei. Auf dem Teppich im kleinen Flur lag eine ältere Frau und sah den Hauptkommissar mit angstvoll geöffneten Augen an. Sie hob schützend ihren Arm vor das Gesicht, als sie Vollmers mit der Pistole in der Hand erblickte.

»Nicht«, gab sie leise von sich.

Vollmers streckte ihr die Hand entgegen. »Seien Sie ganz ruhig«, sagte er besänftigend und senkte den Lauf der Pistole. »Wir sind von der Polizei.«

»Überfall«, hauchte die alte Frau. »Er ist weg.«

Vorsichtig stieg der Hauptkommissar über den schmächtigen Körper hinweg und überzeugte sich, dass sich wirklich niemand in den Räumen aufhielt. Dann kauerte er sich zu der Frau hinab.

»Gleich wird der Arzt da sein«, sagte er und fühlte nach dem Puls. Unter der faltigen Haut war er kaum wahrnehmbar. Dann griff Vollmers sein Handy und rief den Rettungsdienst an.

Inzwischen hatte Oberkommissar Horstmann die gegenüberliegende Wohnung kontrolliert.

»Leer«, sagte er, als er wieder im Treppenhaus auftauchte. Er zeigte mit der Spitze seines Pistolenlaufs auf die Tür zu Havensteins Wohnung. Auch aus der Distanz konnte Vollmers erkennen, dass das Holz gesplittert war.

»Das hat jemand mit Gewalt aufgebrochen.«

Die alte Dame stöhnte vor Schmerz auf. »Mein Bein, mein Kopf«, kam es über ihre blassen Lippen.

»Frau, äh …«, fragte Vollmers und suchte ein Namensschild an der Tür. »Vorderwühlbecke«, fuhr er fort. »Haben Sie den Mann gesehen, der bei Herrn Havenstein eingebrochen ist?«

Die alte Dame atmete flach. Vollmers machte sich Sorgen um ihren Gesundheitszustand. Er konnte außer einer sich bildenden Beule am Hinterkopf und einem verrenkt liegenden rechten Bein keine weiteren äußeren Verletzungen erkennen.

»Haben Sie den Einbrecher gesehen?«, wiederholte er seine Frage.

Frau Vorderwühlbecke nickte schwach, stöhnte bei der Bewegung ihres Kopfes aber sofort auf. Sie sprach so leise, dass Vollmers sein Ohr ganz dicht an ihre Lippen führen musste.

»Ich habe den Lärm im Treppenhaus gehört. Ich bin zur Tür und wollte nachsehen. Bei mir geht es nicht mehr so schnell, wissen Sie.« Sie unterbrach sich und stöhnte erneut. »Als ich die Tür aufgeschlossen und geöffnet hatte, sah ich einen Mann, der sich in der Nachbarwohnung zu schaffen machte.«

»Hat er etwas gesagt?«, fragte Vollmers.

»Nein. Er ist sofort auf mich zugestürmt und hat mir einen Stoß vor die Brust versetzt. Dann bin ich gestürzt. Nach hinten. Auf den Kopf. Au, mein Bein schmerzt so sehr«, sagte sie mit erstickter Stimme und schloss die Augen.

»Haben Sie den Mann gesehen?«

Sie atmete flach. Es dauerte eine ganze Weile, bis sie die Augen wieder öffnete. »Nein. Das ging alles so schnell. Ich weiß nur, dass er dunkel aussah.«

Es hatte keinen Sinn, die alte Dame weiter zu befragen. Vollmers wurde durch Geräusche im Treppenhaus abgelenkt. Schnelle Schritte waren zu hören, dann tauchten zwei Männer in signalroten Jacken auf.

»Ich bin der Notarzt«, stellte sich ein großer bärtiger Mann vor und beugte sich zu Frau Vorderwühlbecke hinab. »Was ist hier geschehen?«

Vollmers berichtete, was er wusste.

Der Arzt nickte. »Wir kümmern uns um die Patientin«, sagte er und gab dem Rettungsassistenten erste Anweisungen.

Vollmers ließ die Männer mit der alten Frau allein. Er folgte Oberkommissar Horstmann, der auf dem Treppenabsatz gewartet hatte.

Gemeinsam nahmen sie das Türschloss in Augenschein. Jemand musste sich mit Brachialgewalt gegen die Tür geworfen haben, ohne Rücksicht auf Lärm oder Zerstörungsgrad genommen zu haben.

Die beiden Beamten schienen das Gleiche zu denken. »Der Täter ist rücksichtslos vorgegangen. Ihn hat es nicht gekümmert, ob er dabei entdeckt wird. Davon zeugt auch der Übergriff auf die alte Nachbarin«, stellte Horstmann fest. »Wir können nur von Glück sagen, dass sich offenbar kein weiterer Nachbar dem Täter in den Weg gestellt hat. Wer weiß, wie der reagiert hätte, wenn er auf ernsthaften Widerstand gestoßen wäre. Zumindest scheint er absolut skrupellos zu sein.«

»Ein Profikiller der übelsten Sorte, wie wir ihn kaum in Schleswig-Holstein finden«, stimmte ihm Vollmers zu. »Das hier ist nur die Fortsetzung der Kaltblütigkeit, die er beim Mord an Havenstein an den Tag gelegt hat. Der Mörder muss wirklich eiskalt sein, wenn er direkt nach dem Mord in die Wohnung seines Opfers fährt. Er muss doch damit rechnen, dass dort die Polizei aufkreuzt.«

»Oder er kennt sich aus. Wir brauchen erst einmal Zeit, um die Identität des Opfers festzustellen. Dann sind die Einsatzkräfte am Tatort gebunden. Damit hat der Täter gerechnet und Havensteins Wohnung aufgesucht. Komm«, forderte Horstmann den Hauptkommissar auf und ging in die Wohnung.

Der kleine Flur war leer, wenn man vom fast weißen Teppichboden und den Grafiken an den Wänden absah, die durch eine intelligent angebrachte Beleuchtung ins rechte Licht gerückt wurden.

»Hier ist das Badezimmer«, sagte Vollmers, nachdem er sich Handschuhe übergestülpt und eine Tür mit zwei Fingern vorsichtig geöffnet hatte. Hellgrauer Schiefer an den Wänden, die teuer aussehenden Keramikobjekte und der durchgängige gemauerte Wandvorsprung zeugten davon, dass Havenstein nicht an der Wohnungsausstattung gespart hatte.

Der Hauptkommissar begutachtete die Kosmetik und war erstaunt, nicht nur zwei Zahnbürsten, sondern neben Fläschchen und Tuben mit der Beschriftung »pour homme« – für Herren – auch Damenkosmetik vorzufinden.

»Havenstein hat hier nicht allein gewohnt«, rief er Horstmann über die Schulter zu.

»Doch«, antwortete der Oberkommissar.

Vollmers folgte der Stimme und fand seinen Kollegen im Schlafzimmer. Ein exakt eingepasster Spiegelschrank beherrschte eine ganze Zimmerwand. Mitten im Raum stand ein kreisrundes Bett. Vollmer schätzte den Durchmesser auf zwei Meter.

»Das ist eine Lustwiese«, stellte Horstmann fest und wies auf das ungemachte Bett. »Für zwei Erwachsene ist es zur dauerhaften Besiedelung ungeeignet.«

»Dauerhafte Besiedelung?« Vollmers hatte fragend eine Augenbraue in die Höhe gezogen.

»Ich wollte damit sagen, wenn man es als Ehebett nutzen würde, wäre es für eine ständige Benutzung zu eng. Da findet man keinen ruhigen Schlaf. Aber für den Empfang von Besuch ...«

Der Oberkommissar führte den Satz nicht zu Ende. Stattdessen zeigte er auf ein Seidennegligé, hob es mit spitzen Fingern an die Nase und schnupperte daran. »Hmh. Das Parfüm der Dame ist in einer anderen Preisklasse als jenes, das die Ehefrau eines Polizeibeamten verwendet.«

»Wenn der weibliche Gast nur gelegentlich hier war«, ergänzte Vollmers, »dann aber regelmäßig. Ein einmaliger Besuch dürfte kaum seine Kosmetiksachen hinterlassen.«

Vollmers sah sich um. Auch hier hingen Grafiken an den mit Textil tapezierten Wänden. Am Kopfende des Bettes befand sich eine Art Display. »Was ist das?«

Horstmann zuckte die Schultern. »Ich vermute, eine dieser neumodischen Einrichtungen. Damit ist die ganze Wohnung verkabelt. Du kannst von deinem Handy aus zu Hause anrufen und dem Herd Bescheid sagen, dass er die Kartoffeln kochen soll. Über das Bussystem wird alles gesteuert. Die Beleuchtung, Fernseher und Stereoanlage, die Heizung und was-weiß-ich-noch-alles.«

Auch dieser Raum war mit einem flauschigen weißen Teppich ausgelegt.

Im Wohnzimmer standen elegante weiße Ledermöbel. Sie mochten sicher teuer sein, ebenso wie die Glastische und Glasmöbel. Auf Vollmers wirkte die Einrichtung kalt und unpersönlich.

»Der Damenbesuch scheint gestern Abend nicht hier gewesen zu sein«, sagte Vollmers und zeigte auf ein einzelnes benutztes Whiskyglas aus schwerem Kristall und eine angebrochene Flasche Single Malt. Dann zog er die Nase kraus. »Gut riecht das nicht.«

Er wies auf den überquellenden Aschenbecher. Havenstein schien sich nicht der Mühe unterzogen zu haben, ihn zu leeren. Der Gestank von kaltem Rauch hing in der ganzen Wohnung und hatte sich auch in den schweren Vorhängen, in den lose auf dem Parkett liegenden Gabbehs und im Leder festgesetzt.

Ein überdimensionierter Flachbildfernseher, mehrere Festplattenrekorder und eine Stereoanlage aus dänischer Produktion vervollständigten die Einrichtung.

Im Unterschied zu den anderen Räumen war die Gästetoilette schlicht eingerichtet. Vollmers schmunzelte, als er neben dem WC einen aufgeschlagenen Krimi und das ebenfalls aufgeschlagene bekannte Nachrichtenmagazin entdeckte. Er beugte sich hinab. Havenstein schien als letzte Lektüre einen Artikel über angebliche Machenschaften korrupter deutscher Manager gelesen zu haben. Erst auf den zweiten Blick entdeckte Vollmers, dass Robert Havenstein auch der Verfasser des Berichts war.

Zum Schluss inspizierten die beiden Beamten das Arbeitszimmer. Im Unterschied zu den anderen Räumen sah es hier wüst aus. Überall lagen Papiere herum, auf dem Fußboden, auf dem Schreibtisch, in den Regalen. Die Wände waren umlaufend mit Bücherregalen vollgestopft, in denen dicht an dicht Bücher, Aktenordner und DVD-Hüllen lagen. Vollmers konnte keine Ordnung erkennen. Alles schien heillos durcheinander.

»Ist das die kreative Unordnung des Hausherrn, oder hat jemand darin herumgewühlt?«, fragte Horstmann.

»Ich vermute, dass Havenstein selbst dieses Chaos angerichtet hat«, sagte Vollmers und wies auf einen auf dem Boden liegenden Aschenbecher, dessen Inhalt sich großflächig vor dem Schreibtisch verteilt hatte. »Unser Toter war starker Raucher. Und hier hat er gearbeitet.«

»Dann müssten wir mit viel Geduld doch herausbekommen, woran er gearbeitet hat«, sagte Horstmann.

Vollmer schüttelte den Kopf und zeigte auf mehrere lose herumhängende Kabel. »Wo speichert man heute seine Gedanken ab?«

Der Oberkommissar überlegte einen Moment. »Das gute alte Notizbuch ist tot. So tot wie Havenstein. Und die Ideen werden professionell sicher auf einer Festplatte gespeichert.«

»Gut«, lobte Vollmers seinen Kollegen. »Und? Siehst du auch nur einen Computer? Ein Notebook? Oder ein anderes Speichermedium?«

»Nee«, bestätigte Horstmann. »Dann wissen wir, was der Täter gesucht und auch gefunden hat. Er war hinter Havensteins Aufzeichnungen her.«

»Das wird ein dickes Ding«, sagte Vollmers leise, mehr zu sich selbst.

***

Der Duft frisch aufgebrühten Kaffees erfüllte den tristen Büroraum. Hauptkommissar Vollmers stellte die Glaskanne auf die Kaffeemaschine zurück, die die Fensterbank seines Arbeitszimmers zierte.

»Milch? Zucker?«, fragte er.

»Danke. Schwarz«, erwiderte der hochgewachsene Mann mit den blonden Wuschelhaaren, der ihm gegenübersaß, die Beine übereinandergeschlagen hatte und an der Tasse nippte.

»Heiß«, sagte Vollmers.

»So heiß wie die Geschichte, die Sie mir erzählt haben«, erwiderte Kriminalrat Dr. Lüder Lüders von der Abteilung 3, dem Polizeilichen Staatsschutz im Landeskriminalamt Kiel.

Lüder nippte noch einmal an der Tasse und stellte sie auf den Schreibtisch zurück. Er hatte bereits in der Vergangenheit mit Vollmers zusammengearbeitet und war sofort vom Polizeizentrum Eichhof, in dessen zehn Gebäuden neben dem Landespolizeiamt, der Polizeidirektion Mitte und weiteren Dienststellen auch das Landeskriminalamt untergebracht war, zur Bezirkskriminalinspektion in die »Blume« gefahren, wie die Kieler das altehrwürdige Polizeiquartier in der Blumenstraße nannten. Von dort führte ein Fußsteig namens »Beamtenlaufbahn« zum »Kleinen Kiel«, einem See in der Innenstadt.

»Ich stimme Ihnen zu, wenn Sie von einem kaltblütigen Profikiller ausgehen, der ohne Rücksicht auf Zeugen mordet. Der zweite Schuss, der auf das Herz abgegeben wurde, um absolut sicherzugehen, dass das Opfer nicht überlebt, zeugt ebenfalls davon. Dazu passt auch das brutale Vorgehen gegenüber der betagten Nachbarin.«

Vollmers nickte. »Um die alte Dame tut es mir leid. Elisabeth Vorderwühlbecke ist vierundachtzig Jahre. Sie hat ihren Haushalt allein versorgt und war von einer außergewöhnlichen geistigen Frische, wie uns Mitbewohner versichert haben. Jetzt liegt sie mit einer Gehirnerschütterung, zahlreichen Prellungen und einem Oberschenkelhalsbruch im Kreiskrankenhaus in der Schleswiger Straße. Selbst wenn man den psychischen Schaden, den diese Gewalttat ausgelöst hat, unberücksichtigt lässt, dürfte Frau Vorderwühlbecke ein Pflegefall werden.« Vollmers drehte die Hand im Gelenk. »Wenn wir nicht sogar mit schlimmeren Folgen rechnen müssen.«

Lüder versuchte erneut, einen Schluck Kaffee zu trinken. Das schwarze Gebräu war immer noch heiß, aber es gelang ihm, ein wenig davon hinunterzuschlucken. »Die Bücher, die das Opfer bestellt hatte, könnten Rückschlüsse darauf zulassen, womit sich Robert Havenstein beschäftigt hat. Das Kernkraftwerk Krümmel ist seit Langem ein Thema, das durch die Medien geistert. Und seit 1989 tauchen immer wieder Vermutungen auf, dass die erhöhte Anzahl an Leukämieerkrankungen von Kindern im Umfeld des Atommeilers in einem Zusammenhang mit diesem stehen könnte.«

»Dazu kann ich nichts sagen. In Verbindung mit der Ermordung Havensteins halte ich es aber für eine sehr gewagte These«, gab Vollmers zu bedenken und zog die Stirn kraus. »Es gibt erhitzte Diskussionen für und wider die Atomkraft, aber dass eine der beteiligten Seiten einen Profikiller auf einen Journalisten ansetzt, der zu diesem Fall recherchiert, kann ich mir kaum vorstellen.«

Lüder nickte versonnen. »Ich teile Ihre Bedenken. Wir haben aber schon oft erlebt, dass sich hinter den Kulissen Dinge abspielen, die wir uns in unseren kühnsten Vorstellungen nicht haben träumen lassen. Ich danke Ihnen jedenfalls, dass Sie mich informiert haben.«

»Wollen Sie sich einschalten?«, fragte Vollmers. In seiner Stimme schwang ein leichter Unterton mit. Lüder verstand den Hauptkommissar. Kein engagierter Kriminalbeamter lässt sich gern einen Fall entziehen, mag er noch so rätselhaft oder kompliziert erscheinen. Und Vollmers gehörte nach Lüders Meinung mit Sicherheit zu den Besten in seinem Fach.

»Ich werde darüber nachdenken«, antwortete Lüder ausweichend. Tatsächlich war er sich nicht sicher, ob hier ein Fall für den Polizeilichen Staatsschutz vorlag. Mochte ein Mord noch so brutal ausgeführt worden sein, es musste sich nicht zwangsläufig ein politisches Motiv dahinter verbergen. »Haben Ihre Ermittlungen schon zu weiteren Erkenntnissen geführt?«

»Das ist das Merkwürdige an diesem Fall. Der Täter ist in aller Offenheit vorgegangen. Wir hatten keine Mühe, zahlreiche Zeugen zu finden. Deshalb konnten wir rekonstruieren, dass er vor Havensteins Wohnung auf den Journalisten gewartet haben muss. Dann ist er dem späteren Opfer in aller Offenheit durch den Pastorengang gefolgt.«

»Pastorengang?«

»Entschuldigung. So heißt eine kleine Gasse, die vom Strand durch die Altstadt zur Fußgängerzone führt. Wir haben ein Paar gefunden, das auf einem Spielplatz am Strand war und sich an die beiden Männer erinnern kann. Dann gibt es die Bedienung des Cafés, ebenfalls am Strand, die uns eine vortreffliche Beschreibung des Täters geliefert hat. Der Hausmeister einer Wohnanlage ist ihnen begegnet. Havenstein hat ihn aus Versehen angerempelt. Ein Schulfreund des Journalisten hat sie gesehen, dann ...«

»Danke, das reicht«, unterbrach ihn Lüder. »Ich kenne die sorgfältige Arbeitsweise Ihres Teams.«

Vollmers brummte etwas Unverständliches. Trotzdem hatte er Lüders Lob mit einer Spur Freude aufgenommen.

»Alle Zeugen einschließlich des Personals der Buchhandlung haben sich bereit erklärt, an einer Personenbeschreibung mitzuwirken. Die Spurensicherung stellt Havensteins Wohnung auf den Kopf und versucht, DNA-Spuren sicherzustellen. Wir wissen außerdem, dass der Täter ohne Handschuhe gearbeitet hat.«

»Das ist nicht verwunderlich. Schließlich hat er sich auch nicht versteckt. Er muss sich seiner Sache absolut sicher gewesen sein. Gibt es schon Informationen aus dem daktyloskopischen Abgleich?«

Der Hautkommissar sah Lüder aus leicht zusammengekniffenen Augen an. »Wir sind zwar schnell, aber keine Hexenmeister. Das Einzige, was festzustehen scheint, ist, dass der Täter ein südländisches Aussehen hatte.«

»Darunter kann man viel verstehen«, gab Lüder zu bedenken. »Südeuropäer? Balkan? Naher Osten?«

»Wir arbeiten daran«, wich Vollmers aus.

»Gibt es schon Hinweise auf die verwendete Tatwaffe?«

Vollmers verdrehte die Augen. »Wollen wir so verfahren, dass Sie überlegen, ob Sie sich in die Ermittlungen einschalten wollen? Dann werden wir so weit sein, dass ich Ihnen weitere Einzelheiten nennen kann.« Der Hauptkommissar sah auf seine Armbanduhr. »Ich muss jetzt ohnehin zum nächsten Termin. Brechmann möchte informiert werden.«

»Ihnen bleibt nichts erspart«, sagte Lüder, und sein Mitgefühl war ehrlich gemeint.

Oberstaatsanwalt Brechmann von der Kieler Staatsanwaltschaft war ein unangenehmer Gesprächspartner. Man konnte Brechmann nicht vorwerfen, dass er dumm war. Ganz bestimmt verfügte der Oberstaatsanwalt über ein hervorragendes Wissen und eine langjährige Erfahrung. Leider hatte es in der Vergangenheit oft Unstimmigkeiten zwischen Lüder und Brechmann über die Vorgehensweise in brisanten Fällen gegeben. Kurzum: Die beiden mochten sich nicht.

Lüder nickte. »Vielen Dank, dass Sie mich informiert haben. Ich melde mich bei Ihnen.« Damit verabschiedete er sich und kehrte ins Landeskriminalamt zurück.

Sein Büro war zweckmäßig eingerichtet. Wie in Behörden, aber auch in großen Unternehmen üblich, orientierte sich die Ausstattung des Arbeitsraums an der Stellung in der Hierarchie des Amtes.

Er hatte sich im Geschäftszimmer bei Edith Beyer einen Becher Kaffee besorgt und sich in sein Büro zurückgezogen. Der Mord an Robert Havenstein beschäftigte ihn. Es gab eine Reihe von Merkwürdigkeiten. Aus der Bestellung in der Buchhandlung konnte man mit viel Phantasie die Vermutung ableiten, dass sich der Journalist mit dem Atommeiler in Krümmel beschäftigt hatte. Das bedeutete aber nicht, dass der Mord an ihm im Zusammenhang mit diesem Thema stehen musste. Mit hoher Wahrscheinlichkeit lag aber das Motiv im beruflichen Umfeld des Opfers. Warum sonst galt der Einbruch in Havensteins Wohnung seinen Computern? Die Spurensicherer hatten außerdem kein einziges Speichermedium gefunden, keine externe Festplatte, keinen USB-Stick und keinen Speicherchip. Die Auswertung der DVDs würde noch längere Zeit in Anspruch nehmen.

Beim Gedanken an den Speicherchip fiel Lüder ein, dass er nicht danach gefragt hatte, ob man bei Havenstein Digitalkameras gefunden hatte. Vielleicht gaben Fotografien Aufschluss über die aktuelle Arbeit.

Lüder rief Vollmers an. Der Hauptkommissar musste nicht in seine Aufzeichnungen sehen.

»Nichts. Die Kollegen haben massenweise Zubehör gefunden. Wechselobjektive, noch eingeschweißte Speicherchips, ein Ladegerät. Aber keine Kamera. Der Täter ist trotz des enormen Zeitdrucks ausgesprochen gründlich gewesen.«

»Und professionell vorgegangen«, fuhr Lüder fort. »Sie haben berichtet, dass er nicht wahllos die Schränke leer geräumt hat, wie man es dekorativ in manchen Fernsehkrimis sieht.«

»Richtig.«

»Bei mir verstärkt sich immer mehr die Vermutung, dass wir es mit einem hochprofessionellen Gegner zu tun haben.«

Statt einer Antwort hörte Lüder nur einen tiefen Seufzer aus dem Hörer. Nachdem er aufgelegt hatte, betrachtete Lüder kritisch die Vorgänge auf seinem Schreibtisch. Dort türmten sich jede Menge Akten, die es zu bearbeiten galt. Er griff sich einen Pappdeckel, schlug ihn auf, lehnte sich zurück und las das Papier. Am Ende der Seite rieb er sich über die Augen, als ihm bewusst wurde, dass er zwar etwas gelesen, den Inhalt aber nicht aufgenommen hatte. Seine Gedanken kreisten unablässig um die Fragen, die sich im Zusammenhang mit dem Mord an Robert Havenstein stellten. Es hatte keinen Sinn, sich halbherzig mit den anderen Themen zu beschäftigen.

Mit einem Stoßseufzer stand Lüder auf und ging über den Flur bis zum Geschäftszimmer, das gleichzeitig als Vorzimmer des Abteilungsleiters diente. Kriminaldirektor Dr. Starke hatte nicht die Gewohnheit seines Vorgängers Jochen Nathusius übernommen, die Bürotür stets offen zu halten und für jeden seiner Mitarbeiter immer erreichbar zu sein.

Edith Beyer sah auf, als Lüder eintrat. »Hallo, Herr Dr. Lüders«, sagte sie und lächelte ihn an.

»Wie oft soll ich noch sagen, dass ich für Sie weiter der Herr Lüders bin. Wir kennen uns jetzt so viele Jahre.«

Die junge Frau holte tief Luft und senkte die Stimme. »Das waren noch Zeiten, als der alte Chef noch da war.« Sie zeigte mit dem Daumen über die Schulter Richtung Wand. »Der ist unerträglich. Ich weiß nicht, ich werde nicht warm mit ihm.«

»Das wird Ihrem Freund aber gut gefallen«, lästerte Lüder.

Sie lächelte eine Spur verlegen. »So meine ich das nicht.«

»Das ist doch ein smarter Typ. Braun gebrannt, sportliche Figur. Gut und geschmackvoll gekleidet. Elegante Erscheinung. Und dumm ist er sicher auch nicht. Etwa mein Alter, aber Kriminaldirektor. Und ich? Mir versagt man jede Beförderung.«

»Das ist doch etwas ganz anderes. Vielleicht gibt es Frauen, die unserem Chef hinterherschauen, aber mein Geschmack ist er nicht. Soll ich Sie anmelden?«

Lüder nickte.

Edith Beyer griff zum Telefon. »Herr Dr. Starke«, sagte sie betont distanziert. »Herr Dr. Lüders möchte Sie sprechen.« Dann lächelte sie ihn an, zeigte in Richtung Zwischentür und sagte: »Bitte.«

Lüder verbeugte sich überzogen tief. »Seine Eminenz lässt bitten? Danke, Miss Geldpfennig.«

Ein Lächeln huschte über ihr Gesicht. »Geldpfennig! Müssen Sie Moneypenny unbedingt übersetzen, James Lüders?«

Das Büro des Abteilungsleiters war größer als die anderen auf dem Flur. Dr. Starke saß hinter seinem Schreibtisch und sah auf, als Lüder eintrat. Er machte keine Anstalten, aufzustehen oder seinen Mitarbeiter mit Handschlag zu begrüßen.

Die Fronten zwischen den beiden Männern waren abgesteckt. Man mochte sich nicht. Schon während seiner Zeit in Flensburg eilte Dr. Starke der Ruf voraus, übertrieben karrieresüchtig zu sein und, wenn es um seinen Vorteil ging, auch jede Rücksicht gegenüber anderen missen zu lassen. Bei ihrem ersten Zusammentreffen hatte der Kriminaldirektor Lüder gegenüber eine Demonstration seiner Machtbefugnisse starten wollen. Lüder hatte sich dem nicht gebeugt, sondern widersprochen und dem Vorgesetzten mit der Veröffentlichung von Dingen gedroht, die die Karriere des Kriminaldirektors abrupt beendet hätte. Es war ein gewagtes Spiel gewesen, denn Lüders Vorgehen war Nötigung, wenn nicht gar Erpressung gewesen. Seitdem mieden die beiden den Umgang, wenn es sich ermöglichen ließ.

»Mein lieber Lüders«, sagte Dr. Starke mit überzogener Freundlichkeit.

Lüder ließ den Gruß unerwidert. »Es geht um die Ermordung des Journalisten Robert Havenstein.«

»Was wissen Sie darüber?«

Lüder berichtete das, was ihm bekannt war. »In diesem Zusammenhang gibt es eine Reihe von Merkwürdigkeiten, die den Schluss zulassen würden, dass dem Mord politische Motive zugrunde liegen. Das Ganze sieht wie ein Attentat aus.«

Der Kriminaldirektor lächelte. Er unternahm gar nicht den Versuch, den zynischen Zug um seine Mundwinkel zu unterdrücken. »Weil der Täter sich einer ungewöhnlichen Vorgehensweise bedient hat, vermuten Sie schon wieder einen Anschlag auf die Sicherheit der Bundesrepublik. Nein, Herr Lüders, da geht Ihre Phantasie wieder mit Ihnen durch.«

»Wir kennen solche Mordanschläge aus dem Ostblock. In Russland sind kritische Journalisten in ähnlicher Weise auf offener Straße erschossen worden.«

Dr. Starke nickte geistesabwesend, als würden ihn Lüders Argumente gar nicht erreichen. »Anna Politkowskaja«, sagte er.

»Die nicht das einzige Opfer war.«

Der Kriminaldirektor sah Lüder mit einem durchdringenden Blick an. »Ich bin über den Vorgang informiert.« Dr. Starke zeigte andeutungsweise auf sein Telefon. »Vor zehn Minuten habe ich mit Oberstaatsanwalt Brechmann gesprochen. Wir sind uns in der Einschätzung des Falles einig.«

»Das heißt, wir nehmen die Ermittlungen auf«, sagte Lüder und ärgerte sich sogleich, weil er spontan war und zu deutlich erkennen ließ, dass er sich für den Fall interessierte.

Dr. Starke spitzte die Lippen. »Sie sind hinreichend beschäftigt. Ich darf Sie daran erinnern, dass ich vor zwei Wochen mit Ihnen ein Dienstgespräch geführt habe, weil ich mit der Art Ihrer Amtsführung nicht übereinstimme. Ich glaube Ihnen deutlich aufgezeigt zu haben, dass ich Schwächen in Ihrer Arbeit erkenne. Daran sollten Sie arbeiten, lieber Lüders. Schließlich haben Sie noch viele Jahre Dienst in der Behörde vor sich.«

Das war die Antwort auf Lüders Drohung, Dr. Starkes Geheimnis preiszugeben. Der Vorgesetzte konnte ihn fachlich mobben. Und von dieser Möglichkeit machte der Kriminaldirektor reichlich Gebrauch.

»Was haben Sie mit dem Staatsanwalt besprochen?«, unternahm Lüder dennoch einen weiteren Versuch.

Der Kriminaldirektor lehnte sich in seinem Bürostuhl zurück. »Da Sie nicht mit dem Fall betraut sind, werde ich es mir sparen, Sie in die Einzelheiten einzuweihen. Die Entscheidung, wer in dieser Abteilung mit welcher Aufgabe betraut wird, treffe ich. Stimmen Sie dem zu?«

Lüder war für einen Moment versucht, Dr. Starke zu widersprechen und seine eigenen Vorstellungen vorzutragen. Doch er nahm davon Abstand. Er durfte sein Wissen um bestimmte Vorgänge aus der Vergangenheit des Kriminaldirektors nicht zu oft einsetzen. Deshalb stand er auf und sagte: »Sie hören von mir.«

»Da können Sie sicher sein«, hörte er seinen Vorgesetzten ihm hinterherrufen. »Und zwar regelmäßig. Immer dann, wenn Sie über den Arbeitsfortschritt berichten werden.«

Lüder war verärgert. Seitdem Jochen Nathusius die Leitung der Abteilung abgegeben und als Nachfolger von Polizeidirektor Grothe die Führung der Polizeidirektion Husum übernommen hatte, war die Stimmung unter den Mitarbeitern im Polizeilichen Staatsschutz auf dem Gefrierpunkt. Der »Scheiß-Starke«, wie Große Jäger aus Husum den Kriminaldirektor nannte, hatte es durch seine Art der Personalführung verstanden, das Klima in der Abteilung arg zu verschlechtern. In Gedanken versunken ging Lüder über den Flur und bemerkte erst im letzten Moment seinen Kollegen, der ihm freundlich einen guten Tag gewünscht hatte.

»Entschuldigung, Herr Gärtner, ich habe Sie nicht bemerkt«, bat Lüder um Verzeihung.

Der weißhaarige Kriminaloberrat nickte versonnen. »Ich sehe es Ihnen an, Herr Lüders. Sie waren gerade beim Boss.«

»Ich weigere mich, den Menschen Chef zu nennen«, erwiderte Lüder, »obwohl es keinen Zweifel daran gibt, dass er unser Dienstvorgesetzter ist.«

»Gehen wir zusammen zum Mittag?«, fragte Gärtner versöhnlich.

Lüder nickte.

»Gern.« Dann kehrte er in sein Büro zurück. Entgegen der Weisung Dr. Starkes rief er zunächst in der Rechtsmedizin an.

»Ich habe davon gehört. Der Fall kommt, wenn alles gut geht, heute Nachmittag auf meinen Tisch«, sagte der Pathologe. »Ich kann Ihnen versichern, dass die Kühlung funktioniert. Von uns hören Sie keine schlechten Nachrichten wie jene, in denen von ungekühlten Dönerspießen berichtet wird, die auf der Pritsche eines Kleinlasters zwischen Altpapier und Gerümpel transportiert wurden.«

Lüder kannte die sarkastische Ader des Rechtsmediziners. »Können Sie mich benachrichtigen, wenn die Ergebnisse vorliegen?«

»Ich habe schon einmal vorsichtig auf die Leiche geblinzelt. Schussverletzung. Soweit ich sehen konnte, muss zumindest im Brustbereich die Kugel noch stecken. Haben Sie Verwendung für Teile der Innereien?«

Lüder zögerte einen Moment. Er konnte mit dieser Frage nichts anfangen.

»Sonst stecke ich sie wieder zurück und nähe den Leichnam dann zu.«

»Sie können sicher sein, dass ich bei Ihrem Sarkasmus *Ihren* Mörder nicht suchen werde.«

»Schade«, erwiderte Dr. Diether süffisant. »Dabei habe ich Sie immer zum Kaffee eingeladen, wenn Sie mich beim Sezieren besucht haben. In keiner Fleischerei, in der Sie sich ja auch umsehen, finden Sie Innereien so frisch wie bei uns.«

»Ich bin Jurist und kein Arzt«, antwortete Lüder. »Ich werde Ihren Mörder mit Sicherheit verteidigen. Der bekommt garantiert mildernde Umstände.«

»Schade. Damit haben Sie es sich bei mir verscherzt. Ich wollte Sie sonst kostenfrei so sezieren, dass Sie mühelos in einen Schuhkarton gepasst hätten. Das würde Ihren Hinterbliebenen viel Kosten ersparen.«

Sie lachten beide und legten auf.

Auch die Kriminaltechnik konnte noch keine Ergebnisse vorweisen.

Anschließend rief Lüder beim Norddeutschen Rundfunk an. Man war freundlich zu ihm, bat um Entschuldigung und verband ihn von einer Station zur nächsten. Nachdem er zigmal sein Anliegen vorgetragen hatte, war er schließlich mit dem stellvertretenden Chefredakteur der Nachrichtenredaktion verbunden.

»Wolfgang Fischer«, meldete sich eine wohlklingende Männerstimme, die Lüder auch aus dem Fernsehen zu kennen glaubte.

»Lüders, Landeskriminalamt Kiel. Ich bin mit den Ermittlungen im Mordfall Robert Havenstein betraut.«

»Moment«, bat Fischer. Es knackte kurz in der Leitung. »Ich habe das Gerät zum Mitschneiden unseres Gesprächs angeschaltet«, erklärte der Fernsehmann und bombardierte Lüder mit Fragen. Gibt es schon erste Hinweise auf den Täter und das Motiv? Verfolgt die Polizei schon konkrete Spuren? Schließlich dürfte es nicht schwierig sein, da die Tat in aller Öffentlichkeit geschah.

»Ich bin nicht von der Pressestelle«, stellte Lüder fest, »sondern mit den Ermittlungen betraut.«

»Umso besser«, ließ sich Fischer nicht beirren. »Dann ist alles viel authentischer.«

»Sie haben mich nicht verstanden. Ich möchte etwas von Ihnen wissen.«

»Ich weiß nichts«, kam es spontan zurück.

»Woran hat Robert Havenstein gearbeitet?«

»Havenstein war ein freier Journalist. Seine Spezialität waren Hintergrundberichte. Er war weniger – nein! –, eigentlich gar nicht in der aktuellen Berichterstattung tätig.«

»Dann können Sie mir nichts zu seiner Arbeit sagen?«

»Nein! Aber wie war das nun? Sie haben meine Fragen nicht beantwortet.«

Lüder verwies Fischer an die Pressestelle des LKA. »Dort haben wir einen überaus kompetenten Kollegen, der alle Ihre Fragen beantworten wird.« Damit verabschiedete sich Lüder.

Er besorgte sich einen neuen Becher Kaffee. Zum wiederholten Male nahm er sich vor, weniger von dem schwarzen Gebräu zu trinken. Doch es war stets beim Vorsatz geblieben. Dann begann er erneut eine Odyssee durch den NDR. Es dauerte ewig, bis er mit einem Mann mit näselnder Stimme verbunden war. Frederik Beck war ihm vom Abspann eines Politmagazins bekannt. Dort wurde der Mann stets als verantwortlicher Leiter genannt. Lüder verstand, weshalb er Beck noch nie auf dem Bildschirm gesehen hatte. Mit dieser Stimme war der Redakteur absolut untauglich, moderierend dem Fernsehzuschauer gegenüberzutreten.

»Robert hat viel für uns gearbeitet«, bestätigte Beck. »Seine Beiträge waren stets Knüller. Er hat manche Sache ins Rollen gebracht. Da schafft man sich Feinde. Das hat Robert aber nicht gestört. Drohungen hat er nicht ernst genommen. Und ein paar Mal hat man ihn wegen seiner Berichte auch vor Gericht gezerrt. Dort hat er immer obsiegt. Nein! Havenstein hat sauber gearbeitet. Wenn er etwas präsentierte, hatte das Hand und Fuß.«

»Woran hat er aktuell gearbeitet?«, fragte Lüder.

»Schön, Sie kennen sich nicht aus in unserem Metier. Nachrichtenmachen ist ein Haifischbecken. Nur wer zuerst die Sensation ausgräbt, ist *the winner*. Nachplappern zählt nicht. Sie sind sofort weg vom Fenster, wenn Sie nicht sauber recherchiert haben. Ihr Bericht muss niet- und nagelfest sein.«

»Das glaube ich Ihnen. Damit haben Sie mir aber nicht gesagt, woran Havenstein gearbeitet hat.«

Beck schien hellhörig geworden zu sein. »Glauben Sie, dass ein Zusammenhang zwischen Roberts Arbeit und seinem Tod besteht? Was wissen Sie?«

»Es wäre hilfreich, wenn Sie mir meine Frage beantworten würden.«

Beck stöhnte hörbar auf. »Wenn ich es wüsste, würde ich es Ihnen wahrscheinlich nicht sagen. Aber ich muss gestehen, ich habe keine Ahnung. Wie ich schon erklärte, ist das Ganze ein

Haifischbecken. Da verrät niemand, welche heiße Story er an der Angel hat. Es könnte ihm sonst jemand die Idee wegnehmen.«
Becks Bekenntnis hörte sich ehrlich an. Schade, dachte Lüder. Das wäre zumindest ein guter Ansatz gewesen.
Er versuchte, die gleiche Frage beim Nachrichtenmagazin in Hamburg beantwortet zu bekommen. Mit anderen Worten, aber im Tenor gleich gab man Lüder die gleiche Auskunft, die er von Frederik Beck gehört hatte. Immerhin schien man dort zu wissen, dass Havenstein einer hochbrisanten innenpolitischen Sache auf der Spur war.
Lüder suchte Sven Kayssen von der Pressestelle auf.
»Was können Sie mir über Robert Havenstein sagen?«
Der Pressesprecher des Landeskriminalamts war – wie immer – gut informiert. »Bei uns laufen die Telefone heiß. Zeitungen und Nachrichtenagenturen, zahlreiche Radio- und mehrere Fernsehsender haben nachgefragt, wollen Interviewtermine und bohren nach Details.«
»Wie lautet die offizielle Verlautbarung?«
Kayssen grinste. »Ich sage die Wahrheit. Noch gibt es keine konkreten Spuren. Die Polizei ermittelt in alle Richtungen und verfolgt eine Vielzahl von Hinweisen.«
»Geben sich die Medien damit zufrieden?«
»Nein«, gestand der Pressesprecher. »Die Kollegen sind so gewitzt, dass sie diese Aussagen kennen. Natürlich vermutet jeder, wir würden uns hinter solchen Floskeln verbergen. Die Erfahrenen interpretieren unsere Aussage dahingehend, dass wir schlichtweg ›keine Ahnung‹ haben.«
»Was kannst du mir über Robert Havenstein erzählen?« Lüder hatte das »Du« gebraucht. Zwischen ihm und dem Pressesprecher war es ein ständiger Wechsel zwischen dem »Sie« und der persönlichen Anrede.
»Tja.« Kayssen kratzte sich das Kinn. »Havenstein gehört zu den Großen und Bekannten seiner Zunft. Er hat lange Jahre gute und aufregende Reportagen und Hintergrundberichte von den Brennpunkten dieser Welt geliefert, sei es aus dem Irak, Afghanistan oder sonst wo. Er hatte nie Scheu davor, sich in gefährliche Situationen zu begeben. Offenbar verfügte er auch über gute

Kontakte. Ich erinnere mich, dass es ein Ermittlungsverfahren gegen ihn gab, weil er ein viel beachtetes Interview mit einem prominenten Talibanführer zustande gebracht hatte. Man warf Havenstein vor, konspirativ mit einer terroristischen Vereinigung zusammengearbeitet zu haben.«

»Wie ist der Fall ausgegangen?«

Kayssen lachte auf. »Wie wohl! Das ist eingestellt worden. Alles andere hätte mich auch überrascht. Es gab immer wieder Versuche, freie Berichterstattung zu behindern. Sei es Franz Josef Strauß bei der Spiegelaffäre bis zu anderen Versuchen, Journalisten zu maßregeln. Havenstein hat sich davon nie beeindrucken lassen.«

»Also war er ein aufrechter Streiter für die Gerechtigkeit?«

»Hmh.« Kayssen wiegte den Kopf. »Ich würde ihn eher als jemanden bezeichnen, der gut in seinem Beruf war, das auch wusste und darin aufgegangen ist.«

»Woran könnte Havenstein gearbeitet haben? Ich habe noch eine vertrauliche Information, die aber weder für die Presse noch für andere Stellen im Hause bestimmt ist.«

Sven Kayssen nickte. »Ist schon klar.«

Lüder wusste, dass er sich auf die Diskretion des Pressesprechers verlassen konnte. Lüder berichtete von den beiden Buchtiteln, die Havenstein in Eckernförde bestellt hatte.

Kayssen sah Lüder eine Weile versonnen an, als würde er die Titel auf sich wirken lassen. »Das überrascht mich nicht«, sagte er nach einer Weile gedehnt. »Havenstein hat sich in jüngster Zeit zunehmend innenpolitischen Themen zugewandt. Die wilde Zeit, in der er rund um den Globus gehetzt ist, schien vorbei gewesen zu sein.«

»Was gibt es über Havenstein persönlich zu sagen?«

Kayssen zuckte die Schultern. »Ich habe dir alles erzählt.«

»Ich kenne dich schon eine ganze Weile. Du hast mehr Informationen.« Lüder nickte in Richtung des Bildschirms. »Ich verrate es auch nicht dem Datenschutzbeauftragten.«

»So schlimm ist das auch nicht«, protestierte Sven Kayssen schwach. »Die Angaben stammen aus allgemein zugänglichen Quellen. Man muss nur ein wenig googeln.« Er zog die Tastatur seines Computers zu sich heran. Dann las er vor. »Robert Havenstein, siebenundvierzig, geboren in Eckernförde, Abitur am dortigen Gymnasium Jungmannschule, dann Studium der Germanistik und Politikwissenschaften in Kiel und bei Professor Matthis in Bremen. Danach hat er zunächst in Flensburg beim Schleswig-Holsteinischen Zeitungsverlag gearbeitet, bis er sich als freier Journalist betätigt hat. In den letzten Jahren hat er viel für das Fernsehen gearbeitet, Hintergrundberichte für die ›Tagesthemen‹ und die Redaktionen von ›ARD-aktuell‹ geliefert. Regelmäßig liefen seine Beiträge im Politmagazin ›Panorama‹. Bei alldem hat er aber nie den Kontakt zur schreibenden Zunft verloren. Im ›Spiegel‹ war er oft vertreten, und in seiner Heimat in Schleswig-Holstein waren seine klugen und kritischen Berichte oft Highlights.«

»Das klingt wie eine einzige Lobeshymne.«

Kayssen nickte. »Der Mann war wirklich gut. Wenn ihn jemand nach russischer Manier ausgeschaltet hat, dann war Havenstein einer dicken Sache auf der Spur. Da muss sich irgendwer ganz doll gefürchtet haben.«

»Gibt es noch etwas über den privaten Robert Havenstein in deiner Zauberkiste?« Lüder wies auf den Bildschirm auf Kayssens Schreibtisch.

»Nein.« Der Pressesprecher schüttelte den Kopf. »Keine Affären, keine Skandale, kein Partyleben. Zumindest nichts Öffentliches. Havenstein war einmal verheiratet, ist aber schon über zehn Jahre geschieden.«

»Kinder?«

»Mir nicht bekannt. Ich glaube – nein.«

Lüder schüttelte den Kopf. »Es ist aber unwahrscheinlich, dass private Motive dahinterstecken. Sex, Drogen, Geld, Rache.«

Kayssen zuckte die Schultern. »Auf solche Spekulationen lasse ich mich nicht ein. Das ist dein Metier.«

Lüder bedankte sich und kehrte in sein Büro zurück. Dort ließ er die Informationen, die er bisher über das Opfer und die Tatausführungen zusammengetragen hatte, auf sich wirken. In groben Zügen tauchte vor seinem geistigen Auge ein Bild des ermordeten Journalisten auf. Eine der nächsten Spuren, die es zu verfolgen galt, war die Frage nach der Frau, die offensichtlich in Havensteins Wohnung nicht nur auf einen Drink zu Gast gewesen war. Desgleichen galt es, systematisch die Menschen zu befragen, mit denen Havenstein Kontakt hatte: Familienangehörige, Freunde, Kollegen, Nachbarn. Diese Dinge waren bei Hauptkommissar Vollmers und seinen Mitarbeitern gut aufgehoben.

Lüder hatte sich Notizen auf einem Blatt Papier gemacht, verband einzelne Stichworte durch Striche, verwarf manche wieder und hatte bald selbst Schwierigkeiten, sich in seinem eigenen Durcheinander zurechtzufinden, als er auf dem Flur ein Poltern hörte. Dann drang ein lautes Stöhnen an sein Ohr.

Lüder sah auf. In der Tür erschien ein junger Mann, der ein Bein nachzog und einen roten Wollschal um den Kopf gebunden und über den Haaren zusammengeknotet hatte. Friedjof, der Mitarbeiter der Haus- und Postdienste, wie der Bürobote offiziell hieß, hatte einen Mundwinkel tief heruntergezogen und jammerte fortwährend und gotterbärmlich: »Aua! Aua! Aua!« Dabei grinste er Lüder aus blitzenden Augen schelmisch an.

»Friedhof«, rief Lüder, griff nach einer Handvoll Büroklammern und warf sie dem mehrfach behinderten jungen Mann entgegen. »Hau ab. Ich bin Doktor. Aber der Jurisprudenz und kein Zahnarzt.«

»Doktor ist Doktor«, lachte Friedjof, der seine Heiterkeit nicht mehr unterdrücken konnte. »Hallo, Herr Oberjagdrat. Wie geht es dir?« Der junge Mann war stolz, dass Lüder ihm schon vor langer Zeit das »Du« angeboten hatte. Auf ihre Weise hatten die zwei eine Art Freundschaft geschlossen.

»Ich bin gerade dabei, ein todsicheres System auszuklügeln«, sagte Lüder.

Friedjof war näher gekommen und betrachtete neugierig Lüders Schmierereien. »Seitdem du Doktor bist, geht es auch abwärts mit dir«, sagte er kess.

Lüder tippte mit dem Zeigefinger auf das Papier. »Ich überlege gerade, wie man den Postminister des LKA ermordet, zu Leim kocht und damit Briefmarken bestreicht.«

»Oh, klasse«, erwiderte Friedjof. »Dann fang sofort damit an.

Ich freue mich darauf, dass ich dann von allen Sekretärinnen des Amts abgeleckt werde.«

Lüder grinste ihn an. »Und was ist mit Dr. Starke? Wenn der einen Brief verschickt, leckt er dir auch über die Rückseite.«

Friedjof schüttelte sich. »Iiiigittt«, sagte er gedehnt. »Dann hau ich lieber ab. Das will ich doch nicht.«

»Mach's gut, Friedhof«, rief ihm Lüder hinterher. Dann sah er auf die Uhr. Mittlerweile war es Nachmittag geworden. Er hatte seine Verabredung zum Mittagessen mit Kriminaloberrat Gärtner versäumt.

Lüder wurde durch das elektronische Zirpen seines Telefons abgelenkt.

»Möhlmann«, meldete sich eine sympathische Frauenstimme.

»Hallo, Herr Dr. Lüders.«

Lüder erwiderte den Gruß der Sekretärin des Leiters des Landeskriminalamts.

»Schönen Gruß vom Chef«, richtete Frau Möhlmann aus. »Sie möchten sich bitte umgehend in der Staatskanzlei melden.«

»Bei uns gibt es auch guten Kaffee«, sagte Lüder mit spöttischem Unterton.

»Das nehme ich Ihnen ab. Aber der Herr Ministerpräsident wird Sie kaum im Eichhof besuchen kommen. Und wenn er das Gespräch mit Ihnen sucht, müssten Sie sich zu ihm begeben.«

Lüder lachte gekünstelt auf. »Wir haben Oktober und nicht den ersten April.«

»Ich weiß um Ihre lockeren Umgangsformen. Dennoch hat sich die Staatskanzlei eben beim Chef gemeldet und gebeten, dass Sie umgehend dorthin kommen. Der Herr Ministerpräsident möchte mit Ihnen reden.«

Lüder konnte seine Überraschung nicht verhehlen. Das klang wirklich ungewöhnlich. Nach einem frustrierenden Fall, in dem man auch Lüders Familie bedroht hatte, hatte sich Lüder eine Weile mit dem Gedanken getragen, den Polizeidienst zu verlassen. Alle Bemühungen, eine adäquate Position in einer Anwaltskanzlei zu finden, waren aber gescheitert. Lüder hatte daraufhin ein Jahr lang im Bereich der Sicherheit und des Personenschutzes gearbeitet, sich während dieser Zeit nicht nur besondere Fähigkeiten und Fertigkeiten angeeignet vom Selbstschutz über ein spezielles Waffentraining bis hin zu einer besonderen Ausbildung am Steuer eines Fahrzeugs, sondern auch engen Kontakt zum ersten Bürger des Landes knüpfen können. Die beiden Männer hatten von Beginn an Sympathie füreinander empfunden, und es war auch nicht ausgeblieben, zwischendurch einmal ein privates oder persönliches Wort zu wechseln. Doch das war sicher nicht der Grund, weshalb ihn der Regierungschef zu sich bestellte.

Lüder begab sich zu seinem BMW, fuhr vom Mühlenweg, der am westlichen Stadtrand lag, an der Christian-Albrechts-Universität vorbei zum Düsternbrooker Weg, der parallel an der Förde entlangführte und an dem zahlreiche Ministerien wie an einer Perlenkette aufgereiht nebeneinanderlagen. Für die nicht ganz drei Kilometer benötigte er nur wenige Minuten. Obwohl Kiel eine pulsierende Landeshauptstadt war, kannte man hier kaum Verkehrsprobleme, wie sie in anderen Ballungsräumen üblich waren. In der Reventloualle warf er einen Blick auf das Gebäude, in dem früher ein Edelbordell residierte, vor dem ein argentinischer Marineoffizier ermordet worden war. Lüder erinnerte sich an die heiklen Ermittlungen und die internationalen Verwicklungen in diesem Fall. Damals hatte er erfahren, dass Politik ein schmutziges Geschäft sein kann. Ob das auch auf die Affäre mit der HSH Nordbank zutraf, überlegte er, als er am Ende der Straße nach links abbog und dabei während der Rotphase auf das dunkle Backsteingebäude des Finanzministeriums blickte. Hoffentlich hatte sich Havenstein nicht der Hintergründe des Wirrwarrs um diese Angelegenheit angenommen, dachte Lüder und entschuldigte sich durch ein Handzeichen, als sein Hintermann hupte, um ihm zu bedeuten, dass Lüder den Wechsel auf Grün nicht mitbekommen hatte.

Den Düsternbrooker Weg führten eine Reihe von Ministerien als Anschrift. Im Landeshaus hatte der Landtag seinen Sitz, dessen Sitzungssaal in Form eines Glaswürfels zur Förde hinaus gebaut worden war.

Auch die Staatskanzlei, der Sitz des Ministerpräsidenten, lag in dieser Kette mit Blick auf die Förde und das Ostufer.

Trotz Dienstausweis und am Empfang hinterlegter Nachricht, dass er erwartet wurde, musste Lüder an der Sicherheitsschleuse warten, bis er von einer Mitarbeiterin abgeholt wurde. Die junge Frau führte ihn durch die Gänge zum Vorzimmer des Ministerpräsidenten. Lüder begrüßte die beiden ihm aus der Zeit des Personenschutzes bekannten Sekretärinnen mit Handschlag und tauschte ein paar belanglose Artigkeiten aus. Dann durfte er in das Allerheiligste eintreten.

Es passte zu Schleswig-Holstein, dass der Raum zwar großzügig und repräsentativ, aber dennoch von einer bescheidenen Sachlichkeit war. Eine Sitzgruppe lud Besucher ein, der Schreibtisch war zwar groß, aber nicht protzig. Hinter dem Schreibtisch thronte der erste Mann des Landes. Er sah auf, als Lüder eintrat, legte seinen Kugelschreiber mit spitzen Fingern auf den Schreibtisch, erhob sich, umrundete seinen Arbeitsplatz und kam Lüder mit gestreckter Hand entgegen.

»Herr Dr. Lüders«, begrüßte er ihn mit seiner wohlklingenden sonoren Stimme. »Schön, dass Sie so schnell Zeit gefunden haben, zu mir zu kommen.« Er wies auf die Sitzgruppe. »Nehmen Sie bitte Platz.«

Lüder war erstaunt, dass ihn der Ministerpräsident mit dem neuen akademischen Grad ansprach. Woher wusste er, dass Lüder promoviert hatte? Das widersprach der landläufigen Meinung, der Regierungschef sei selten über die Dinge in seinem Land informiert und würde sich nur für Volksfeste interessieren. Böse Zungen behaupteten gar, Schleswig-Holstein sei das einzige Bundesland mit einem Ministerpräsidenten, der sich nicht für Politik interessiere. Das war sicher auch vom politischen Gegner forciert worden, der das Konsensstreben des Politikers als Führungsschwäche ausgab. Ein Regierungschef wurde nie von allen Menschen geschätzt, sein Handeln nicht von jedem gutgeheißen. Lüder schätzte die menschliche und volkstümliche Art, die er in der Zeit der Zusammenarbeit kennengelernt hatte.

Der Ministerpräsident öffnete kurz die Tür zum Vorzimmer und bat um Kaffee »und das ganze Gedröhn drum rum«, wie er sich ausdrückte. Dann nahm er schräg von Lüder in der Sitzgruppe Platz. Er fuhr sich mit der Hand durch seinen weißen gepflegten Bart, sein Markenzeichen.

»Ich überlege, ob ich den Chef der Staatskanzlei dazubitte«, sagte er mehr zu sich selbst, entschied dann aber, mit Lüder unter vier Augen zu sprechen.

»Während unserer gemeinsamen Zeit habe ich Ihre Art, die übernommenen Aufgaben auszuführen, ebenso zu schätzen gewusst wie Ihre Diskretion. Es verwundert Sie sicher nicht, wenn ich meinen Stabschef beauftragt habe, ein paar Erkundigungen über Sie einzuziehen.«

Der Ministerpräsident zupfte mit spitzen Fingern an der tadellosen Bügelfalte seiner dunkelgrauen Hose, nachdem er die Beine übereinandergeschlagen hatte. Lüder sah kurz auf die sanft wippende Fußspitze.

»Sie gelten als Spezialist für schwierige Fälle. Ich habe mich natürlich nicht mit den Details beschäftigt, habe aber einen Überblick über die großen Zusammenhänge. Man hat mir souffliert, dass Sie sich mit Zähigkeit und unter Zurückstellung eigener Interessen dem Wohl unseres Landes verpflichtet fühlen.«

Lüder überlegte kurz, ob dies ein geeigneter Moment wäre, dem Regierungschef von den ganzen Hindernissen und Schwierigkeiten zu berichten, die man ihm immer wieder bereitete, weil er in manchen Fällen auch Dinge ans Tageslicht brachte, die nicht jedem genehm waren.

»Ich werde mich natürlich nicht in die Ermittlungsarbeit der unabhängigen Justiz einmischen«, fuhr der Ministerpräsident fort. »Und als Polizei sind Sie das Hilfsorgan der Staatsanwaltschaft. Deshalb halte ich mich aus den Dingen raus, die manchmal auch unangenehm sind.«

Damit hatte Lüder eine Antwort auf die nicht gestellte Frage erhalten. Er war sich nicht sicher, ob der Regierungschef wirklich als Demokrat gesprochen hatte oder ob es eine Geste des »Händewaschens in Unschuld« war, wie sie weiland Pilatus gepflegt hatte.

»Wir können stolz sein auf die Entwicklung der Bundesrepublik seit dem Kriegsende. Aus einer jungen ist eine gefestigte

Demokratie geworden. Ein Bestandteil unseres Systems ist die Transparenz«, fuhr der Ministerpräsident fort. »Und die wird durch eine freie Presse gewährleistet. Deshalb rüttelt es an den Grundfesten unseres Landes, wenn perfide und feige Mordanschläge auf die Meinungsfreiheit durchgeführt werden.« Der Regierungschef klopfte mit dem Zeigefinger auf die Platte des kleinen Tisches vor sich. »Das können und wollen wir nicht dulden.«

Lüder hatte den ersten Mann des Landes von oben bis unten betrachtet. Die weißen Haare, der runde massige Kopf, der gepflegte Bart ... Der Adamsapfel sprang aufgeregt auf und ab, während der Ministerpräsident sprach. Dabei bewegte sich die korrekt geknotete und überaus dezente Krawatte über dem blütenweißen Hemdkragen vor und zurück.

Sie wurden durch eine der Sekretärinnen unterbrochen, die ein Tablett mit einer Thermoskanne, zwei Tassen, Milch, Zucker und einem Teller mit Keksen brachte und vor den beiden Männern eindeckte.

Währenddessen sah sich Lüder im Raum um. Ihm fiel ein Bild auf, das die Seitenwand zierte. Vor einem hellen Hintergrund zeigte es eine gespreizte blaue Hand, hinter deren Fingern sich ein Drache verbarg. Lüder meinte zumindest, einen solchen zu erkennen.

»Interessant«, sagte Lüder und zeigte auf das Bild.

»Das ist ein Stümer«, sagte der Ministerpräsident und ergänzte: »Ein Geschenk. Acryl auf Karton, wenn es Sie interessiert, und heißt ›Die blaue Hand‹.« Er ließ offen, wer der Spender war und ob es dem Land oder ihm persönlich zugedacht war.

Dann kam er auf sein eigentliches Anliegen zurück. »Es darf keine rechtsfreien Räume geben. Deshalb würde ich Sie bitten, sich neben der natürlich offiziell eingesetzten Sonderkommission um die möglichen Hintergründe dieser Tat zu kümmern.«

»Um welche?«, fragte Lüder schnell.

Aber der Regierungschef war ein erfahrener Vollblutpolitiker. Er ließ sich durch die Nachfrage nicht irritieren. »Das gerade sollen Sie herausbekommen.«

»Haben Sie Anhaltspunkte?«

Der erste Bürger des Landes schüttelte den Kopf. Dann fuhr er sich – wieder einmal – mit der Hand über den Bart.

»Welchen Verdacht haben Sie?«, hakte Lüder nach.

»Ich würde es Sie wissen lassen.«

»Ein Einzelkämpfer kann nicht besser sein als eine mit erfahrenen Beamten besetzte Kommission, von denen jeder einzelne ein ausgewiesener Experte ist.«

»Daran zweifele ich nicht. Ich würde Sie dennoch bitten, meiner Bitte nachzukommen. Als Ein-Personen-Task-Force sind Sie beweglicher.«

»Sie wollen mich aber nicht in die James-Bond-Ecke stellen?«

Der Ministerpräsident ließ sein bekanntes dröhnendes Lachen hören. »Sie haben alle Vollmachten, die Ihnen die Landesregierung erteilen kann, und müssen keine Sorge haben, dass hinterher jemand sagt: ›Den kennen wir nicht.‹ Dass wir dabei den legitimen gesetzlichen Rahmen nicht verlassen, bedarf keiner besonderen Erklärung.«

Lüder lehnte sich entspannt zurück. »Sie gehen nicht im Ernst davon aus, dass ich – als Solist – Ihnen den Täter und die Hintermänner liefere?«

»Ich möchte wissen und verstehen, warum so etwas bei uns in Schleswig-Holstein geschehen konnte.« Der Regierungschef sah auf die Uhr. »Ich glaube, Ihr Auftrag ist klar definiert.« Er stand auf. »Jetzt entschuldigen Sie mich bitte, aber das Regierungsgeschäft besteht aus vielen kleinen Puzzlesteinen, nicht nur aus großen Entscheidungen.« Er lächelte Lüder an und blinzelte. »Oder aus Repräsentationsaufgaben, die auch zu den Aufgaben eines Landesvaters gehören.«

Er gab Lüder die Hand und wünschte ihm viel Glück. »Meine Tür steht für Sie immer offen«, schloss er und geleitete Lüder aus dem Raum.

Die Rückfahrt zum Landeskriminalamt nutzte Lüder, um noch einmal über den merkwürdigen Auftrag nachzudenken. Der Ministerpräsident hatte den Ruf eines volksnahen und ehrlichen Mannes, aber dennoch hatte er Lüder etwas verschwiegen. Er hatte ein unbestimmtes Gefühl, das rational nicht zu erklären war. Irgendwie fühlte Lüder sich unbehaglich. Er scheute nicht die

Herausforderung, aber oft genug war er in Situationen geraten, die außerhalb dessen lagen, was sich der Bürger unter der Polizeiarbeit vorstellte. Sollte er wieder »ins Feuer geschickt« werden? Erneut zwischen die Mühlsteine der Politik geraten? Lüder wäre froh gewesen, wenn er von neuen Herausforderungen dieser Art verschont geblieben wäre.

Auf seiner Dienststelle suchte er kurz das Vorzimmer des Kriminaldirektors auf.

»Moin, Frau Beyer«, sagte er betont lässig und zeigte mit dem Daumen auf die Tür des Abteilungsleiters. »Sagen Sie ihm, dass ich mit einem Sonderauftrag beschäftigt bin.«

»Ja, aber ... Herr Lüders. Wollen Sie es Dr. Starke nicht selbst erklären?« Edith Beyer sah nicht sehr glücklich aus.

»Wenn er etwas wissen will, kann er sich bei mir melden.«

Bevor Frau Beyer antworten konnte, war Lüder weiter zu seinem Arbeitsplatz gegangen.

Es dauerte keine zehn Minuten, bis Dr. Starke in Lüders Büro auftauchte. Er nahm ungefragt Lüder gegenüber am Schreibtisch Platz.

»Was hat Ihr Gespräch in der Staatskanzlei ergeben?«, fragte der Kriminaldirektor.

»Ich habe mit dem Chef persönlich geplaudert.«

»Der Staatskanzlei?«

Lüder schüttelte den Kopf. »Des Landes.«

Für einen Moment war Dr. Starke sprachlos. »Und? Um was ging es?«

Lüder legte seinen Zeigefinger auf die Lippen. »Topsecret.«

»Sicher«, beeilte sich der Kriminaldirektor zu versichern und warf einen Blick Richtung Flur, der durch die offene Bürotür zu sehen war. Dann stand er auf und schloss die Tür.

»Also?«, fragte er, nachdem er sich wieder gesetzt hatte. »Mir sollten Sie es anvertrauen.«

»Wenn es der Wille des Regierungschefs gewesen wäre, hätte er Sie mit zum Gespräch gebeten.«

»Ich war verhindert.«

Lüder zeigte ein herablassendes Lächeln. Beiden war klar, dass er damit zeigte, dass er seinen Chef bei einer Unwahrheit erwischt hatte.

»Entschuldigen Sie mich bitte, aber die Sache duldet keinen Aufschub. Ich gehe davon aus, dass dieser Auftrag mit Ihrer Billigung erfolgt. Oder soll ich mir die Zustimmung des Leiters einholen?« Lüder griff zum Telefonhörer.

Dr. Starke stand auf. In seinen Augen funkelte es zornig. »Die Zusammenarbeit zwischen uns ist nicht erfreulich, Herr Lüders. Wir werden sie auf eine andere Basis stellen müssen.«

»Hmh«, erwiderte Lüder und sah dem Abteilungsleiter nach, der aufgesprungen war und zur Tür eilte. Sie hatte zu viel Schwung, als sie hinter Dr. Starke wieder ins Schloss fiel.

Dann rief er der Reihe nach in der Rechtsmedizin, der Kriminaltechnik und bei Hauptkommissar Vollmers an. Überall erhielt er die gleiche Antwort: Man hatte noch keine neuen Erkenntnisse gewinnen können.

Lüder nutzte die Zeit, um sich weitere Informationen zu Robert Havenstein zu beschaffen. Es gelang ihm lediglich, das bereits vorhandene Wissen zu vertiefen. Neues war nicht mehr dabei.

Womit mochte sich Havenstein beschäftigt haben? Die Berichte und Reportagen, die die Handschrift des Journalisten trugen, waren so vielfältig und bunt, dass sich keine eindeutige Linie erkennen ließ. Zunächst hatte sich Havenstein mit brisanten Themen auseinandergesetzt und aus Krisengebieten berichtet, dann hatte sich das journalistische Profil gewandelt, und Havenstein hatte zunehmend über politische Hintergründe geschrieben, was manchem Betroffenen sicher nicht gefallen hatte.

Lüder hielt inne. Ging es möglicherweise um eine Auseinandersetzung unter politischen Gegnern? Über die Grenzen des Landes hinaus war bekannt, wie unversöhnlich sich der Ministerpräsident und der Oppositionsführer gegenüberstanden.

Lüder schüttelte den Kopf. Nein!, beschloss er. Bei aller Härte ... Andererseits zählte Italien sich zu den angesehenen Mitgliedern der Europäischen Gemeinschaft. Und dort hielt sich hartnäckig das Gerücht, dass ein amtierender Ministerpräsident Morde in Auftrag gegeben hatte. Könnten sich solche Methoden auch bei uns einschleichen? Luder dachte an Uwe Barschel, dessen Tod immer noch mit Rätseln behaftet war, an den »Königsmörder«, der eine Ministerpräsidentin straucheln ließ, an die Schmiergeldaffäre um die Herren Engholm und Pfeiffer ...

Warum hatte der Ministerpräsident Lüder persönlich beauftragt, dabei aber Wissen, das zur Aufklärung des Mordes hilfreich gewesen wäre, zurückgehalten?

Lüder lehnte sich in seinem Schreibtischsessel zurück. Kiel – wer vermutete schon, dass sich hinter den Kulissen dieser beschaulichen und liebenswerten kleinen Landeshauptstadt so viel »Sodom und Gomorrha« abspielte.

Als Nächstes würde er nach Eckernförde fahren, um sich vor Ort über die Lage zu informieren. Doch zunächst rief er zu Hause an.

»Hallo, Lüder«, meldete sich Jonas, sein zwölfjähriger Sohn.

»Was gibt es Neues?«, fragte Lüder routinemäßig.

»Och, eigentlich nichts.« Jonas sprach langsam und gedehnt. Das verhieß in der Regel nichts Gutes.

»Schule?«, fragte Lüder.

»Nö.«

»Ich erfahre es doch«, bohrte Lüder nach.

»Ich will auch Rechtsverdreher werden und gehe zur Polizei. Da ist die Scheißmathe doch egal.«

»Mit anderen Worten: Du hast schon wieder eine Klassenarbeit verhagelt.«

»Alle anderen auch«, verteidigte sich sein Sohn.

»Das steht aber nicht im Zeugnis. Da sind nur *deine* schlechten Zensuren aufgeführt.«

»Kannst du nicht einen Einspruch schreiben?«, fragte Jonas. »Warum hat Opa dir das Studium finanziert?«

Lüder lachte. »Wir reden in Ruhe darüber. Ist Mama da?«

»Die ist auf Tournee. Keine Ahnung, wohin.«

»Ich komme heute später. Kannst du ihr das ausrichten?«

»Klaro.« Dann stutzte Jonas einen Moment. »Heißt das, du bist wieder auf der Jagd? O geil. Was denn?«

»Du hast falsche Vorstellungen von der Arbeit eines Kriminalrats.«

»Nee – nee«, beharrte Jonas. »Mama wird ganz schön heiß sein, wenn sie erfährt, dass du wieder auf einer wilden Jagd bist.«

»Das habe ich nicht behauptet«, erwiderte Lüder, aber er hörte nur das Besetztzeichen. Jonas hatte aufgelegt.

Auf den dreißig Kilometern bis Eckernförde herrschte lebhafter Verkehr. Lüder überquerte den Nordostseekanal über die Levensauer Hochbrücke, umfuhr Gettorf und steuerte zunächst den Tatort in der Fußgängerzone an.

Die Buchhandlung wurde noch immer durch einen Sichtschutz vor neugierigen Blicken abgeschirmt. Nur noch vereinzelt blieben Passanten stehen und tuschelten miteinander. Die Mehrheit hatte den Stunden zurückliegenden Mord als aufregendes Ereignis wahrgenommen, aber der Sensationseffekt war inzwischen verpufft.

Am Tatort fand er nur noch zwei Beamte der Spurensicherung, die sich wenig erfreut über seinen Besuch zeigten.

»Wir können noch nichts sagen«, versuchte ihn der ältere Kriminaltechniker abzuwimmeln. »Wir werden alles in unserem Bericht zusammenfassen.«

Instinktiv sahen beide auf die zwei Treppenstufen, wo Robert Havenstein gestorben war. Nicht nur die Blutflecke zeichneten sich deutlich ab, auch die Markierungen, die den Umriss des Opfers anzeigten, waren noch vorhanden.

»Es dauert noch eine Weile«, erklärte der Spurensicherer im Vorbeigehen. »Ich muss jetzt wieder ...«, sagte er mit Bestimmtheit und ließ Lüder stehen.

»Moment«, hielt ihn Lüder zurück. »Haben Sie Bilder vom Toten?«

»Sicher.«

»Ist dort eines dabei, das einen unblutigen Ausschnitt zeigt?«

Mit einem Knurrlaut griff der Beamte eine Kamera und ließ die Bilder durchlaufen. Er entschied sich für eines, das Havenstein aus einer Perspektive zeigte, die die Schussverletzungen kaum erkennen ließ. Mittels Bluetooth ließ sich Lüder die Abbildung auf sein Handy übertragen.

Zeugen, die Lüder noch einmal hätte befragen können, waren nicht mehr anwesend.

»Ich habe die Mitarbeiter nach Hause geschickt«, sagte ein älterer Mann mit einer bunt gestreiften Fliege und stellte sich als Mitglied der Geschäftsführung vom Stammsitz aus Schleswig vor. Dann zeigte er auf den Blutfleck. »Das glaubt man nicht, dass sich so etwas hier bei uns ereignen kann. Schlimm, wie man einen Menschen so töten kann.« Er schüttelte sich. »Man glaubt immer, wir wären hier sicher. Eckernförde. Das ist doch so weit ab vom Schuss.« Er schüttelte sich noch einmal, als ihm bewusst, wurde, welch doppelte Bedeutung die Redewendung in diesem Fall hatte. »Wenn wir Ihnen helfen können ... jederzeit. Aber erst einmal wäre es gut, wenn sich Kunden und Mitarbeiter unseres Hauses erholen könnten.«

»Danke«, erwiderte Lüder. »Ich glaube, die Kollegen haben alle Aussagen protokolliert.«

Der Mann kratzte sich am Kopf. »Wenn ich recht informiert bin, dann sind einige heute Nachmittag zur Gerichtsstraße.«

Als Lüder ihn fragend ansah, ergänzte er: »Da sitzt die Polizei in Eckernförde. Die wollen dort Phantomzeichnungen erstellen.«

Lüder verabschiedete sich und fuhr zur Wohnung Havensteins am Stadthafen. Sein GPS-System führte ihn über den Jungfernstieg in die Nähe des Vorhafens, der den Eingang zum Eckernförder Stadthafen markierte. Als er aus dem Fahrzeug stieg, verhielt er einen Augenblick und genoss den Blick über die Ostsee und den unnachahmlichen Geruch des Wassers. Auf der anderen Uferseite im Stadtteil Louisenberg konnte er den Kranzfelder Hafen, die Marinebasis und die grauen Silhouetten von Schiffen der Bundesmarine erkennen. Lüder erinnerte sich, dass Havenstein früher aus Krisengebieten berichtet hatte und über Erfahrungen mit Militärs verfügte. Was wäre, wenn er auf diesem Gebiet etwas entdeckt hätte, das interessierte Kreise gern im Verborgenen belassen würden? Eckernförde war nicht nur ein U-Boot-Hafen, sondern dort war auch der Torpedoschießstand beheimatet. Und wer vermutete, dass in dieser friedlichen Stadt mit Sauer & Sohn auch noch ein bedeutender Waffenproduzent seine Produktionsanlagen unterhielt, der früher die deutsche Polizei mit Dienstpistolen ausgerüstet hatte? War

Eckernförde vielleicht doch nicht so harmlos, wie es auf den ersten Blick schien?

In Havensteins Wohnung traf er zwei weitere Beamte der Spurensicherung an.

»Darf ich mich ein wenig umsehen?«, fragte Lüder.

»Wir sind fast durch«, erwiderte einer der Kriminaltechniker.

Lüder unternahm einen Rundgang durch die Wohnung. Havenstein schien zu den Besten seiner Zunft gehört zu haben. Die Einrichtung war nicht nur geschmackvoll zusammengestellt, sondern auch von guter Qualität. Das war auch bei den Wohnaccessoires und dem Hausrat der Fall. Lüder öffnete den Kleiderschrank. Akkurat war die Wäsche zusammengefaltet oder aufgehängt. Ein Blick auf die Etiketten zeigte, dass Havenstein auch bei der Bekleidung teure Fachgeschäfte aufgesucht hatte.

»Haben Sie etwas gefunden?«, fragte Lüder.

»Nur das, was Sie auch sehen.« Der Beamte von der Spurensicherung ließ seinen Arm kreisen. »Uns ist aufgefallen, dass es keinen Computer gibt, obwohl ein DSL-Router vorhanden ist. Ich habe mir das Ding angesehen. Es hat den Anschein, als hätte der Wohnungsinhaber gleich mehrere Geräte gleichzeitig betrieben. Außerdem haben wir kein einziges Speichermedium gefunden, keinen USB-Stick, keinen SD-Chip. Einfach nix. Man sollte meinen, dass ein Reporter genügend davon hat. Allein für die Fotoapparate benötigt man so etwas. Übrigens – beim Einbruch muss der Täter nicht nur die Computer, sondern auch die Kameras mitgenommen haben.«

»Gibt es Fremdspuren?«, fragte Lüder.

»Jede Menge. Wir haben eine Reihe von Fingerabdrücken feststellen können. Vieles deutet auf eine Frau als Besuch hin. Das haben wir gesichert. Die Auswertung wird allerdings eine Weile dauern.« Es klang fast wie eine Entschuldigung.

»Das ist alles?«

Der Beamte zeigte auf einen Papierstapel. »Das sieht aus wie Unterlagen für die Buchhaltung. Oder das Finanzamt. Es ist zwar nicht unser Metier, aber ich habe das vorhin flüchtig durchgesehen. Darunter sind Kreditkartenabrechnungen und Hotel-, Tank- und Restaurantquittungen.«

»Die Auswertung wird sicher interessant«, stimmte Lüder zu. Der Spurensicherer zog kurz und kräftig die Nase hoch. »Der Mann muss viel unterwegs gewesen sein. Hamburg, viele Autobahntankstellen, Berlin, Frankfurt, Kopenhagen und so weiter.«

»Haben Sie Ost- oder Südeuropa gesehen?«, fragte Lüder, sich erinnernd, dass der Mordschütze ein südländisches Aussehen haben soll.

»Ist mir nicht aufgefallen.« Der Beamte zuckte mit den Schultern. »Allerdings ist mir etwas anderes ins Auge gesprungen.« Er legte eine kleine Pause ein. »Das Opfer war – wie gesagt – viel unterwegs. In großen Städten, in den Metropolen.« Um seine Überlegungen zu unterstreichen, legte der Kriminaltechniker zwei Finger gegen seine Schläfe. »Da hat es mich stutzig gemacht, dass da auch in jüngster Zeit zwei Tankquittungen aus Oldenburg dabei waren.«

»Welches Oldenburg?«, fragte Lüder.

»Na! Unseres. Das in Holstein. Das gehört sicher nicht zu den großen Metropolen, wo der Tote offenbar sonst verkehrte.«

»Zeigen Sie mir die bitte«, bat Lüder.

Tatsächlich fanden sich zwei Tankbelege einer Tankstelle aus Oldenburg in Holstein. Die jüngste Quittung war gerade zwei Tage alt. Lüder notierte sich Name und Anschrift sowie Datum und Uhrzeit.

Der Beamte der Spurensicherung sah ihm aufmerksam zu. Dann kratzte er sich bedächtig die Stelle an der Stirn, wo die Haare einer Geheimratsecke gewichen waren. »Wenn Sie auf solche Besonderheiten aus sind«, sagte er, »da war noch ein Ausreißer.«

Lüder sah ihn erwartungsvoll an.

»Geesthacht.«

Lüder bedankte sich bei dem Beamten. Unverhofft hatte er plötzlich eine erste Spur, wenn auch nur eine fast unbedeutende. Was wollte Havenstein in Oldenburg? Geesthacht war interessanter. Dort befand sich das Atomkraftwerk, über das ganz Deutschland sprach: Krümmel. Seit Langem hielt sich ein unbestätigtes Gerücht, dass es in dessen Umfeld zu vermehrten Leukämieerkrankungen bei Kindern gekommen sei. Und Havenstein hatte in der Buchhandlung zwei außergewöhnliche Titel bestellt. Ein Buch behandelte die Atomkraft, das zweite Leukämie. Hatte der Journalist eine heiße Story um den Atommeiler aufgetan? Lüder schüttelte den Kopf, was ihm einen ratlosen Blick seines Gegenübers einbrachte. Nein! Die Spekulation war zu weit hergeholt. Selbst wenn Havenstein auf Außergewöhnliches gestoßen sein sollte, war es mehr als abenteuerlich, dass aus dem Umfeld des Kraftwerks Mordaufträge erteilt würden.

Lüder dankte dem aufmerksamen Beamten und wünschte ihm und seinem Kollegen einen schönen Feierabend.

Es war Routinearbeit, Menschen zu befragen, die in irgendeinem Zusammenhang mit Robert Havenstein stehen könnten, nach seinem Umgang zu forschen, zu eruieren, wie er seine Zeit verbracht hatte, mit wem er Kontakte pflegte. Dazu gehörte die Analyse seiner Telefongespräche. Dank der Vorratsdatenspeicherung waren die Telefongesellschaften gezwungen, die Verbindungsdaten von Havensteins Gesprächspartnern aufzuzeichnen. Die Beamten würden die Bank aufsuchen, die Geschäfte und Kneipen abklappern, Nachbarn vernehmen und versuchen, Freunde und Bekannte ausfindig zu machen. Lüder blieb nur, nach anderen Wegen zu suchen.

Als er ins Freie trat, sah er erneut über die Ostsee. Warum blieb sein Blick immer wieder beim Marinehafen haften? Entschlossen kehrte er noch einmal in die Wohnung zurück.

»Was vergessen?«, fragte der Spurensicherer.

Lüder nickte. »Haben Sie ein Fernglas entdeckt?«

Der Beamte nickte. »Ja.« Dann griente er. »Das lag im Wohnzimmer auf der Fensterbank. Ob der Tote sich damit auf die Lauer gelegt hat, um Badenixen am Strand zu beobachten? Oder aufreizende Blondinen, die die Segelschiffe direkt vor der Haustür entern?«

Lüder nahm das Fernglas zur Hand. Er war nicht verwundert, dass auch dieses Gerät von einem Markenhersteller stammte und von guter Qualität war. Dann hielt er es vor die Augen, korrigierte ein wenig die Scharfeinstellung und war überrascht, wie gut man von hier oben den Marinehafen mit den U-Booten und Kriegsschiffen im Blick hatte. Zufrieden verließ er die Wohnung ein zweites Mal. Er kehrte nicht direkt zu seinem Auto zurück, sondern schlenderte auf der breiten Promenade am Kai des Stadthafens entlang. Die Sonne hatte an Kraft und Wärme eingebüßt. Es ließ sich nicht leugnen, dass Oktober war und die verführerischen Temperaturen des Tages am Spätnachmittag nachließen. Trotzdem waren noch viele Menschen unterwegs und schlenderten müßig an der Schiffbrücke, wie dieses Areal hieß, entlang. Lüder nickte einem Paar zu, das sicher älter als er war, dennoch einen verliebten Eindruck machte. Während der Mann an einem knallroten Lutscher knabberte, löste sich die Frau aus seiner Umarmung, holte ein kleines Döschen heraus, öffnete den Deckel und blies in die Spirale, die sie zuvor in das Gefäß eingetaucht hatte. Belustigt folgte Lüder den Seifenblasen, die vom schwachen Luftzug über die Promenade getrieben wurden.

Auf dem Pflaster, unweit des Wassers, standen Trailer, auf denen schon ein paar Segelschiffe verstaut waren. Eine Menschentraube beobachtete, wie ein großer Mobilkran das nächste Schiff aus dem Wasser hob. Die Boote würden bis zum kommenden Frühjahr ins Winterquartier verbracht werden.

Ein Stück weiter dümpelte ein Segelkutter träge im Wasser. »Freddy« stand am Bug des Dickschiffs. Es musste wunderbar sein, wieder einmal mit ein paar Freunden ein langes Wochenende vor der Küste zu kreuzen. Lüder nahm sich fest vor, diese Idee im kommenden Frühjahr umzusetzen. Ein Schiff wie die »Freddy« war ideal. Hinter dem Steuerstand befand sich ein ledergepolsterter Freisitz, davor eine kleine Kajüte. Sicher gab es unter Deck kleine Kajüten mit engen Kojen. Das war die eine Seite des Lebens, überlegte Lüder in einem Anflug von Sentimentalität. Die andere war die Jagd nach etwas Unbestimmtem und nach einem brutalen Mörder.

Die Promenade wurde durch das markante und wuchtige Rundsilo begrenzt, das heute ein Restaurant beherbergte.

Auf halber Strecke zwischen der »Freddy« und dem Silo, bei dem auch die Fußgängerzone begann, schaukelte ein Fischkutter am Kai, den der Besitzer zu einem Imbiss umgebaut hatte. Eine schmale Gangway führte zum schwimmenden Verkaufsstand hinüber.

Lüder kletterte in den Rumpf hinab, grüßte mit »Moin«, wartete, bis der Fischmeister, wie eine Urkunde stolz verriet, ein älteres Paar mit Bratfisch und Kartoffelsalat versorgt hatte, und hielt dem Mann auf dessen Frage »Was darf's sein?« das Handy hin.

»Kennen Sie den?«, fragte Lüder.

Der Imbissverkäufer kniff die Augen zusammen. »Hier kommen so viele Leute vorbei. Da kann man sich nicht jeden merken.« Die Antwort war bestimmt, klang aber nicht unhöflich.

»Würden Sie trotzdem einen Blick darauf werfen?«

Der Mann nahm das Handy entgegen, das Lüder über den Tresen reichte, und betrachtete das Bild.

»Ich bin mir nicht sicher«, sagte er, »aber es könnte sein, dass der schon öfter hier war. Sieht 'nen büschen komisch aus auf dem Ding.« Er gab Lüder das Handy zurück. »Was is denn mit dem?«

Lüder ließ die Frage unbeantwortet.

»Wartn Sie mal … Ja, jetzt fällt's mir wieder ein. Der muss hier irgendwo wohn'. Hat sich manchmal 'nen Fischbrötchen geholt. 'nen paar Mal war auch 'ne Frau dabei. Das sah so aus, als wärn die frisch verliebt.« Der Mann zwinkerte Lüder vertraulich zu.

»Wie sah die Frau aus?«

Jetzt stutzte der Imbissverkäufer. »Wartn Sie mal. Wieso fragn Sie eigentlich?«

»Polizei«, sagte Lüder und zeigte seinen Dienstausweis. »Reine Routineangelegenheit.«

»Ach so. Tja. Die ging dem Mann bis zur Schulter. War eher so 'n dunkler Typ, ich meine, keine Blondine. Kurze schwarze Haare, dazwischen ein paar graue Strähnen, insgesamt 'ne gepflegte Erscheinung. Aber nicht aufgedonnert.«

Lüder bedankte sich und bestellte sich ein Matjesbrötchen.

»Auf die Faust?«

Lüder nickte. Nachdem er bezahlt hatte, kehrte er auf den Kai zurück und setzte sich in einen der Strandkörbe, die der findige Imbissmann für seine Gäste vor dem Kutter aufgestellt hatte.

Wenn Lüder davon ausging, dass die Frau, die sich in Havensteins Wohnung aufgehalten hatte, identisch mit der war, die den

Journalisten zum Fischimbiss begleitet hatte, dann hatte die Dame jetzt ein Gesicht.

Anschließend machte sich Lüder auf den Weg nach Oldenburg. Inzwischen war die lange Dämmerung hereingebrochen, und unterwegs begegneten ihm schon viele Fahrzeuge mit Licht.

Lüder umfuhr Kiel auf der Stadtautobahn. Das war ein weit hergeholter Begriff, doch hatte die Verkehrsführung merklich zur Entlastung des innerstädtischen Verkehrs beigetragen. Er folgte der gut ausgebauten Bundesstraße bis Raisdorf, das heute ein Stadtteil Schwentinentals ist, und bog auf die Bundesstraße Richtung Oldenburg ab.

Die reizvolle Straße mit den in ein betörendes herbstliches Bunt gekleideten Bäumen führte durch das leicht hügelige Ostholstein am Selenter See entlang, stieß hinter Lütjenburg fast an die Ostsee und erreichte schließlich Oldenburg, die ehemalige Kreisstadt, die sich den kleinstädtischen Charme bis heute bewahrt hatte.

Hinter der Autobahnunterführung zweigte die Auffahrt Richtung Fehmarn ab. Gegenüber versteckte sich der große Parkplatz, den sich Verbrauchermärkte und ein großes Möbelhaus teilten. Nur wenige Meter weiter fand Lüder die Tankstelle, deren Quittung in Havensteins Wohnung gefunden worden war. Er parkte seinen BMW auf dem Betriebsgelände neben der großen Anzeigetafel mit den Preisen und der rotgelben Muschel des Mineralölkonzerns. Gegenüber verbarg sich eine Kirche, deren Turm auf vier hässlichen Betonstelzen stand. Ob Robert Havenstein und die unbekannte Frau auch das Stellschild »Herzlich willkommen in Oldenburg« gelesen hatten, mit dem die Stadt ihre Besucher an dieser Stelle begrüßte?

Die Tankstelle war zwischen den beiden Betriebs- und Verkaufshallen eines Autohauses eingekeilt. Der schnelle Blick auf einen gegenüberliegenden Pizzaservice erinnerte Lüder daran, dass er am Morgen zuletzt gegessen hatte. Prompt bestätigte sein Magen mit einem Knurren diese Tatsache.

Lüder wartete geduldig, bis die freundliche junge Frau die beiden Kunden vor ihm bedient hatte. Dann fragte er nach dem Inhaber.

»Moment, ich hole ihn«, sagte die Frau mit einem Lächeln und kehrte kurz darauf mit einem schlanken Mann in einem blauen Kittel wieder.

Lüder stellte sich vor. »Ich habe eine Tankquittung von Ihnen.«

Der Tankstellenpächter musterte Lüder mit einem kritischen Blick. Deutlich war ihm die Verunsicherung anzumerken. Deshalb beruhigte ihn Lüder. »Es geht nur um eine Auskunft. Ich bitte Sie um Ihre Unterstützung.«

»Ach so«, sagte der Mann. Die Erleichterung war ihm anzumerken. Lüder nannte das Datum und die Uhrzeit. »Könnten wir uns Ihre Aufzeichnungen ansehen, die Ihre Kameras von den Zapfsäulen aufnehmen?«

»Kommen Sie mit«, forderte der Tankstellenpächter Lüder auf und führte ihn in ein Büro, das eher einem Hightech-Rechenzentrum glich. Er ließ sich noch einmal die Daten geben, setzte sich an einen Bildschirm und suchte gekonnt in den Dateien. »Hier«, sagte er nach kurzer Zeit und zeigte auf den Bildschirm. »Soll ich das vergrößern?«

Nachdem Lüder genickt hatte, zoomte der Mann den Ausschnitt. Deutlich war der Audi mit dem Rendsburger Kennzeichen zu erkennen. »RD-RH«. Das stand sicher für »Robert Havenstein«. Auch der Journalist war gut abgebildet.

Lüder bat darum, die Aufzeichnungen mehrfach vor- und zurücklaufen zu lassen. Aber nichts deutete darauf hin, dass Havenstein eine Begleitung gehabt hätte. Der hilfsbereite Tankstellenpächter erfüllte auch Lüders Wunsch, die Aufzeichnungen zum zweiten bekannten Zeitpunkt aufzurufen.

»Halt!«, rief Lüder, als die Szene ablief. »Können Sie bitte einmal auf Großeinstellung gehen?«

Der Mann stellte das Bild ein.

»Nein«, korrigierte ihn Lüder. »Ich würde gern sehen, wer auf dem Beifahrersitz hockt.«

»Eine Frau«, stellte der Tankstellenpächter fest und probierte verschiedene Einstellungen, bis sie ein relativ klares Foto sehen konnten. Die Frau im Auto ähnelte der Beschreibung, die Lüder vom Inhaber des Fischimbisses in Eckernförde erhalten hatte.

Auf Lüders Bitte hin druckte der Tankstellenpächter das Bild aus. »Die habe ich schon ein paar Mal gesehen«, sagte er mehr zu sich selbst.

»Immer in Begleitung des Mannes?«

»Nein. Ich glaube, die war auch so bei uns. Man kann nicht alles im Kopf behalten, aber im Laufe der Jahre bekommt man Routine und merkt sich Gesichter und die dazugehörigen Fahrzeuge.« Er überlegte eine Weile. Lüder ließ ihm Zeit. »Ja, jetzt fällt es mir wieder ein. Das müsste ein Golf sein. Ein schwarzer, mit Münchener Kennzeichen.« Er sah Lüder an und zeigte den Anflug eines Lächelns. »Vermute ich richtig, dass Sie das entsprechende Bild jetzt auch sehen möchten?«

Lüder nickte. »Das könnte eine Weile dauern«, sagte der hilfsbereite Mann, rief zu Hause an und kündigte eine unbestimmte Verspätung an. Dann besorgte er zwei Pappbecher Kaffee aus dem Bistro und begann mit der Suche.

Es war ein Geduldsspiel. Sie waren etwa zwei Stunden damit beschäftigt gewesen, angestrengt auf den Bildschirm zu schauen, den Schnelldurchgang immer dann zu bremsen, wenn ein Golf auftauchte, und noch genauer hinzusehen, wenn eine Frau am Steuer saß.

»Da«, sagte der Tankstellenpächter plötzlich aufgeregt und tippte auf den Bildschirm. Die Mühe hatte sich gelohnt. Es gab gestochen scharfe Bilder von der Frau. Lüder ließ sich das hintere Autokennzeichen in Großaufnahme zeigen und fand seine Vermutung bestätigt. Links neben dem Schild klebte senkrecht ein Etikett mit einem Strichcode.

»Ein Leihwagen«, sagte Lüder. »Und ich weiß, von welchem Anbieter.«

Er notierte sich das Kennzeichen. Die Frau an Havensteins Seite schien in Oldenburg oder der näheren Umgebung zu wohnen. Und sie fuhr einen Leihwagen.

»Wie zahlen die meisten Kunden?«, fragte Lüder.

»Mit Karte«, erwiderte der Tankstellenpächter. Er erriet er offenbar Lüders Gedanken und sah auf die Uhr. »Der Abend ist ohnehin versaut.« Dann stieß er einen Seufzer aus. »Sehen wir uns die Buchhaltung an.«

Anhand der Tankdaten fanden sie schnell die Zahlungsbelege. Die Frau hatte mit einer VISA-Karte bezahlt. Aus den Unterlagen war nicht nur die Kartenummer, sondern auch der Herausgeber ersichtlich. Mit diesen Daten und der Information des Autoverleihers sollte es möglich sein, die Identität der Frau zu lüften.

Für den ersten Tag war es ein ansprechendes Ergebnis, stellte Lüder zufrieden fest und machte sich auf den Heimweg nach Kiel.

ZWEI

Lüder hatte eine unruhige Nacht verbracht. Immer wieder war er aufgewacht und hatte an den neuen Fall denken müssen. Erst gegen Morgen hatte ihn die Müdigkeit übermannt, und er war in einen tiefen Schlaf gefallen, aus dem ihn das schrille Zirpen des Weckers unsanft aufschreckte.

Margit war schon wach. Sie musste unbemerkt von Lüder aufgestanden sein und bereitete den Tag vor. Lüder bewunderte jedes Mal aufs Neue, mit welcher stoischen Ruhe sie die vielfältigen Aufgaben um Haushalt, Schule und Partnerschaft meisterte. Die drei Großen waren in einem Alter, das alles andere als pflegeleicht war. Und Margit und Lüder wurde oft genug bewusst, dass ihre Kinder in der Schule nicht durch exklusive Genialität glänzten, sondern zusätzlich zum Familienalltag dieses oder jenes Problem mit nach Hause brachten.

Am Frühstückstisch in der geräumigen Küche herrschte lebhaftes Treiben. Thorolf, der Fünfzehnjährige, wollte sich nicht setzen. Dazu reichte ihm die Zeit nicht. Viveka stritt sich mit Jonas, weil das Enfant terrible der Familie sich mit seinen Schulsachen zu sehr auf dem Tisch ausgebreitet hatte.

»Kannst du Blödi deine Schularbeiten nicht am Nachmittag machen?«, schimpfte Viveka.

»Nö«, entgegnete Jonas, biss von seinem Brötchen ab und schmierte mit dem Daumen einen Marmeladenklecks auf seinem Schulheft breit. »Ich brauch das doch am Vormittag.«

»Ich mein doch, am Vortag.«

»Keine Zeit«, beschied sie Jonas. »Nun halt endlich die Klappe.« Dann besann er sich eines Besseren und schob Viveka sein Heft hinüber. »Oder sag mir, wie man das übersetzt.« Prompt erhielt es zurück.

»Mach deinen Mist allein.«

»Ich will auch zur Schule«, mischte sich Sinje, das Nesthäkchen, ein.

Jonas lachte und tippte sich an die Stirn. »So bescheuert können auch nur Mädchen sein, dass sie freiwillig zur Penne wollen.«

»Geht's ein bisschen friedlicher?«, beschwerte sich Lüder, als er die Küche betrat.

Thorolf klopfte ihm jovial auf die Schulter. »Na, schwere Nacht gehabt? Bist du wieder auf einer heißen Spur?« Dabei kiekste seine Jungmännerstimme irgendwo in der Mitte zwischen Kind und Stimmbruch.

Plötzlich war es still. Alle starrten Lüder an. Auch Margit hatte ihr Hantieren mit Küchengerätschaften unterbrochen.

»Nein!«, sagte Lüder mit fester Stimme.

»Das wäre aber geil, wenn du mal wieder was Richtiges machst«, sagte Jonas.

»Machen würdest – heißt das«, korrigierte ihn Viveka und bekam dafür den Stinkefinger gezeigt.

»Jonas!«, ermahnte ihn Lüder.

Thorolf winkte ab. »Lüder hat gestern angerufen und gesagt, er muss nach Eckernförde. Da haben sie doch einen Journalisten plattgemacht. Das dröhnt aus allen Lautsprechern.«

»Wenn ein Mensch stirbt, heißt es nicht ›plattgemacht‹«, belehrte ihn Lüder. Thorolf hob die Schultern und verließ, eine Brötchenhälfte zwischen den Zähnen, die Küche.

»Ist es wahr, dass du wieder im Ermittlungsdienst bist?«, fragte Margit und baute sich vor Lüder auf.

Statt einer Antwort nahm er sie in den Arm und zog sie an sich. Doch Margit löste sich von ihm.

»Ich bin traurig«, sagte sie mit vorwurfsvoller Stimme. »Und ich habe Angst. Warum begibst du dich ständig in Gefahr?«

»Du musst keine Sorge haben«, versicherte Lüder. »Ich bin fernab vom Geschehen, wo es gefährlich ist, tätig.«

Doch Margit schenkte ihm keinen Glauben.

Auf dem Weg zum Landeskriminalamt hatte sich Lüder mehrere Tageszeitungen besorgt, darunter auch überregionale. Natürlich war der Mord der Aufmacher auf den Titelblättern. Neben der dünnen Berichterstattung stand die Person Robert Havensteins im Mittelpunkt. Die Presse berichtete über seine investigative

Arbeit für Fernsehen, Rundfunk und Presse und fragte in Kommentaren, ob eine neue Welle der Gewalt zu erwarten sei. Lüder war nicht überrascht, dass ein paar Zeitungen kritisch hinterfragten, ob der Mord in Verbindung mit dem Atommeiler stehen könnte. Auf dem Boulevardblatt prangte in riesigen Lettern: »Blutiger Anschlag auf die Pressefreiheit«. Darunter war ein zum Glück unscharfes Bild, das Robert Havenstein in einer Blutlache auf den Treppenstufen der Buchhandlung zeigte. Im Innenteil des Blattes befand sich eine Zeichnung, in der die Phantasien einer auf Sensationen ausgerichteten Redaktion ausgelebt wurden. Schematisch waren die einzelnen Stationen des Attentats dargestellt.

Als Nächstes beauftragte Lüder einen Mitarbeiter der Abteilung, beim Kreditkarteninstitut und beim Autoverleiher Erkundigungen über die Frau einzuholen. Als Anhaltspunkt gab er die am Vorabend an der Tankstelle ermittelten Informationen weiter.

Lüder wurde durch das Klingeln seines Handys unterbrochen. Mit spitzen Fingern legte er die Zeitung zur Seite und nahm das Gespräch an.

»Dittert, Sie Schmierfink«, begrüßte er den Anrufer. »Ich lese gerade Ihren blutrünstigen Artikel. Die Wahrheit haben Sie auch nicht gepachtet.«

»Ach, Lüders, hören Sie doch auf«, erwiderte Leif Stefan Dittert, von Lüder kurz LSD genannt, der Verfasser des Berichts. »Das entspricht doch den Tatsachen. Wir machen nichts anderes, als die Leser über das wirkliche Geschehen zu informieren. Kurz. Knapp. Prägnant. Sagen Sie mir, was nicht stimmt. Und morgen lesen Sie Ihre Seite der Story.«

»Zum einen bin ich für Sie nicht Lüders, sondern *Herr* Doktor Lüders, und zweitens haben wir eine ausgezeichnete Presseabteilung. Haben Sie das immer noch nicht kapiert, Dittert?«

Der Reporter nahm es sportlich, dass Lüder ihm die Anrede »Herr« versagte. »Stimmt es, dass Havenstein eine heiße Kiste an Land ziehen wollte?«

»Ja. Aber was ich Ihnen jetzt anvertraue, ist nicht für die Öffentlichkeit bestimmt. Ist das klar?«

»Ehrenwort«, beeilte sich der Reporter zu versichern und hatte die Lautstärke seiner Stimme konspirativ gesenkt.

Lüder sprach ebenfalls leiser. »Robert Havenstein hat eine hochbrisante Geschichte ausgegraben. Er hat mitbekommen, wie der Papst mit drei anderen Religionsführern Skat gespielt hat. Dabei ging es um hohe Einsätze. Angeblich soll der Papst dabei so viel verloren haben, dass die anderen Religionen den Petersdom jetzt im Timesharing-Verfahren mitbenutzen dürfen.«

Für einen Moment war es still in der Leitung. »Wollen Sie mich verarschen, Lüders?«, fragte der Zeitungsmann.

»Das genau machen Sie mit Ihren Lesern doch auch«, erwiderte Lüder.

»Sie werden es noch bereuen, dass Sie nicht mit der vierten Gewalt im Staat kooperieren wollen«, drohte Dittert.

»Wer sagt Ihnen, dass ich in diesen Fall involviert bin?«, antwortete Lüder mit einer Gegenfrage.

»Wenn irgendetwas Großes und Schmutziges im Lande passiert, dann sind Sie dabei.«

»Dann wären wir Kollegen«, sagte Lüder. »Aber ich bleibe lieber auf meiner Seite.«

Der Reporter knurrte noch etwas Unverständliches, bevor die Verbindung unterbrochen war.

Lüder rief Vollmers an.

»Ich weiß«, stöhnte der Hauptkommissar, »Sie möchten wissen, ob es schon Ergebnisse aus der Kriminaltechnik gibt.« Lüder hörte, wie es klapperte, als Vollmers Finger über die Tastatur huschten. »Die DNA liegt noch nicht vor. Wie sollte sie auch«, sagte er zu sich selbst gewandt. »Sehr ergiebig waren die Auswertungen der Daktyloskopie. Wir haben zahlreiche Fingerabdrücke gefunden. Havenstein – das ist klar. Dann weibliche Abdrücke, die wir aber nicht in unserer Datei haben. Und die vom Täter. Der hat keine Handschuhe getragen. Er muss sich seiner Sache ziemlich sicher sein. So etwas Abgebrühtes habe ich selten erlebt.«

»Finden sich Hinweise in unseren Daten?«

»Das überrascht mich. Der Mörder war ein Profi. Aber wir finden nichts über ihn. Ich habe die Anfrage auf dem Dienstweg ans BKA und nach Europa weitergeleitet.« Vollmers meinte damit Europol. »Wir haben die Zeugenaussagen konsolidiert und eine brauchbare Täterbeschreibung erstellt. Das Bild geht in Kürze an die Presse. So.« Es war ein einzelnes lauteres »Klack« zu hören. »Ich habe Ihnen das ganze Zeug rübergeschickt.«

Es dauerte nur Sekunden, bis die Daten bei Lüder eingetroffen waren. Zunächst sah er sich das Phantombild an. Es zeigte einen finster dreinblickenden Mann. Sicher trug dazu das südländische Aussehen bei. Lüder war sich bewusst, dass die Zeugen bei solchen Anlässen den Täter oft strenger und finsterer in Erinnerungen hatten. Es war das Unbewusste, das jemanden, der solche Taten verübte, auch entsprechend bösartig aussehen ließ. Der Mann hatte volles dunkles Haar. Die dunklen Augen waren ein wenig zusammengekniffen und wurden durch kräftige Brauen betont. Ein leichter Schatten lag um die zurückliegenden Augenhöhlen. Ebenso schien der kräftige Bartwuchs einen dunklen Schimmer ins Antlitz zu zaubern, obwohl der Mörder glatt rasiert war. Kräftige Lippen und ein herber Zug um den Mund zeugten von Entschlossenheit. Auffallend waren die große und das Gesicht prägende Nase und die hohen Wangenknochen. Wenn man sich auf die Zeugenbeschreibungen verlassen konnte, dann hatte der Mann wirklich ein südländisches Aussehen. Lüder betrachtete das Bild gründlich. Der Täter stammte nicht von der Iberischen Halbinsel und war auch kein Italiener. Ein Korse? Ein Zyprer? Grieche? Vielleicht Balkan? Lüder schüttelte den Kopf. Das war zu spekulativ. Es könnte sich auch um einen Armenier oder Vorderasiaten handeln.

Dann druckte er sich die Berichte der Spurensicherung und der Kriminaltechnik aus und studierte sie. Mehrfach las er die Texte durch, machte sich Anmerkungen am Rand, unterstrich Textpassagen und hob Stellen mit einem gelben Marker hervor.

Er war über die Zigarettenpackung gestolpert, die man bei Robert Havenstein gefunden hatte. Sie durfte in Deutschland nicht verkauft werden. Die ohnehin starke Wirkung des in fast allen Gitanes verwendeten schwarzen Tabaks wurde bei dieser speziellen Marke noch durch das Maispapier verstärkt, das anstatt des normalen Zigarettenpapiers benutzt wurde.

Auch in Havensteins Wohnung hatte man jede Menge »Gitanes Maïs«-Kippen gefunden, ferner zwei nicht angebrochene Stangen und eine Handvoll verschlossener Packungen in einem Schrank. Alles deutete darauf hin, dass Havenstein ein starker Raucher war. Und da seine offensichtliche Lieblingsmarke hier nicht käuflich war, hatte er entweder einen Lieferanten, der ihn damit versorgte, oder der Journalist hatte sich oft im Ausland aufgehalten und von dort seine Zigaretten mitgebracht.

Lüder fiel wieder ein, dass er ein paar Augenblicke zuvor überlegt hatte, ob der Mörder eventuell Korse sein könnte. Dann hätten sich Opfer und Täter gekannt. Man müsste in Havensteins beruflicher Vergangenheit graben. Schließlich gab es auch eine korsische Separatistengruppe, die vor Gewalttaten nicht zurückschreckte.

»Hallo, Herr Dr. Lüders«, meldete sich ein Mitarbeiter der Abteilung. »Ich habe jetzt die Daten der Frau, um die Sie gebeten hatten.«

»Das ging aber schnell«, lobte Lüder den Kollegen. Er spürte durchs Telefon, dass sich der Mann über die Anerkennung freute. Oft waren es die kleinen Dinge, die die Mitarbeiter motivierten. Diese Fähigkeit, die Kriminaldirektor Nathusius perfekt beherrschte, fehlte dem neuen Abteilungsleiter Dr. Starke völlig.

»Es handelt sich um Hannah Eisenberg. Die Frau ist einundvierzig Jahre alt und hat einen israelischen Pass.«

»Donnerwetter«, entfuhr es Lüder.

»Bitte?«, fragte der Mitarbeiter.

»Das war ein Selbstgespräch«, wiegelte Lüder ab. Damit hatte er nicht gerechnet.

»Wenn ich die übereinstimmenden Angaben der Bank und des Autoverleihers, übrigens – eine Langfristmiete«, warf der Beamte ein, »vergleiche, dann ist Hannah Eisenberg seit vier Monaten in Deutschland.«

»Haben Sie noch etwas in Erfahrung bringen können?«

»Sie ist – angeblich – Journalistin.«

»Was heißt angeblich?«

»Nun – ja. Das hat sie als Beruf angegeben. Verifiziert ist das nicht.«

»Sie meinen, wenn sie behauptet hätte, Schornsteinfeger zu sein, würde das auch in den Unterlagen stehen?«

»Genau. Ich habe unterstellt, dass Sie auch die deutsche Adresse haben möchten.«

Lüder erfuhr, dass Hannah Eisenberg für die Zeit ihres Aufenthalts in Deutschland ein Ferienappartement in Oldenburg angemietet hatte.

»Haben Sie eine Telefon- oder Handynummer?«, fragte Lüder.

Der Mitarbeiter klang enttäuscht. »Das wäre für die Kürze der Zeit zu viel des Guten.«

Lüder stimmte ihm zu und dankte ihm für die gute Arbeit.

Eine Journalistin. Und sie wohnte in Oldenburg. Das erklärte Havensteins Besuche in Ostholstein. Die waren möglicherweise privater Natur. Der Journalist könnte die Israelin in Rahmen seiner zahlreichen beruflichen Auslandsaufenthalte kennengelernt haben. Aber warum wohnte Hannah Eisenberg dann nicht in Eckernförde, sondern fast einhundert Kilometer entfernt in einer Kleinstadt, die zwar gemütlich, aber völlig unspektakulär war?

Noch eine Frage geisterte Lüder durch den Kopf, auf die er keine Antwort fand: Welche Verbindung könnte es zwischen einer israelischen Journalistin und dem Atomkraftwerk Krümmel geben? Die Antwort würde Lüder nicht am Schreibtisch finden. Er beschloss, zunächst nach Oldenburg zu fahren.

Lüder hatte die Fahrt durch die sanfte Hügellandschaft schon am Vortag genossen, auch wenn die beginnende Dämmerung nur einen Teil der herbstlichen Pracht freigegeben hatte. Heute, bei Tageslicht, bot ihm das bunte Farbfeuerwerk einen Blick, der ihn vorübergehend den Fall vergessen ließ.

Er passierte die Kreuzung mit der Tankstelle, an der man ihm am Vortag bereitwillig Auskunft erteilt hatte. Die Straße führte am Bahnhof vorbei. Man schien hier über Humor zu verfügen, denn das einzige Gleis war großzügig mit »Gleis 2« ausgeschildert. Es gab nicht einmal ein Ausweichgleis.

In einer scharfen Kurve knickte die Straße nach links ab und führte am Bahndamm entlang. Zur Entlastung der engen Ortsdurchfahrt hatte man offenbar diesen Weg irgendwann neu gebaut, der an der Rückseite der Wohnbebauung entlang- und zu den Parkplätzen der Supermärkte hinführte, die sich hier angesiedelt hatten. An einer Kreuzung, von der es ins Zentrum abzweigte, entstand ein kleiner Stau.

Am Finanzamt, das nicht nur in seiner Funktion, sondern auch mit dem kräftigen Anstrich in Ochsenblutrot abschreckend wirkte, bog Lüder ab, überquerte die eingleisige Hauptstrecke zwischen Hamburg und Kopenhagen, über deren Elektrifizierung sich niemand ernstlich Gedanken machte, und fuhr in ein gewachsenes Wohngebiet mit Einfamilienhausbebauung. Sein GPS führte ihn in die hinterste Ecke.

Der Eichenweg, in dem das Wohnhaus lag, wo sich Hannah Eisenberg vorübergehend einquartiert hatte, war eine ruhige Sackgasse. Am Ende der Straße öffnete sich der Eichenweg zu einem kleinen Platz, in dessen Mitte sich Parkmöglichkeiten boten. Lüder stellte seinen BMW ab und ging ein paar Schritte zurück.

Er musste einen Moment warten, bis ihm ein Mittfünfziger mit lichtem Haupthaar öffnete und ihn fragend ansah.

Lüder stellte sich vor und legitimierte sich durch seinen Dienstausweis.

»Frau Hannah Eisenberg wohnt bei Ihnen«, sagte er.

Es war keine Frage, sondern eine Feststellung. Der Mann nahm seine Hornbrille ab, fasste sie am Bügel und schwenkte die Sehhilfe hin und her.

»Ja. Wir vermieten ein Ferienappartement. Ist was nicht in Ordnung?«

»Frau Eisenberg ist nicht zu Hause?«

»Nein.«

»Ich möchte mir gern die Wohnung ansehen«, sagte Lüder mit Bestimmtheit.

»Ja, aber«, erwiderte der Mann zögerlich, öffnete dann aber die Haustür ganz und bat Lüder herein. »Moment«, sagte er, verschwand durch eine abschließbare Tür in sein privates Reich und kehrte kurz darauf mit einem Schlüssel zurück. »Wir müssen nach oben«, erklärte der Vermieter und ging die Steintreppe voran, auf deren Stufen bei jeder Biegung ein Topf mit Zimmerpflanzen darbte.

Die Wohnungseinrichtung entsprach dem Klischee, das von Ferienwohnungen gepflegt wurde. Die Küchenzeile war Bestandteil des Wohnbereichs, der wiederum von einem großen Essplatz bestimmt wurde. Es gab noch zwei Schlafräume. Der eine schien unbenutzt, in dem zweiten hatte sich Hannah Eisenberg häuslich eingerichtet. Lüder untersuchte flüchtig den Kleiderschrank. Er fand nichts, was nicht zu einer alleinstehenden Frau gepasst hätte. Das galt auch für den Wohnbereich. Nichts deutete darauf hin, dass die Frau gelegentlich Herrenbesuch empfangen hatte, kein Hinweis im Bad, kein vergessenes Kleidungsstück, nicht einmal der Inhalt des Kühlschranks verriet einen Besucher.

»Merkwürdig«, murmelte Lüder halblaut vor sich hin und weckte damit das Interesse des Vermieters, der sein Tun aufmerksam beobachtete.

»Bitte?«, fragte der Mann.

»Ist Ihnen jemals Besuch aufgefallen, den Frau Eisenberg empfangen hat?«

Der Vermieter schüttelte den Kopf. »Nein. Das haben wir nie mitbekommen. Wir haben uns schon gewundert, meine Frau und ich, dass Frau Eisenberg immer allein herumlief. Da war nie jemand. Auch Post hat sie keine erhalten.«

Lüder hatte nach Papieren, Aufzeichnungen oder Datenträgern gesucht. Aber alle Bemühungen waren vergeblich gewesen. Lediglich ein Notebook konnte er sicherstellen. Er unterzog sich nicht der Mühe, den Computer zu starten. Das würde er den Spezialisten überlassen.

»Wissen Sie, wer das ist?«, fragte Lüder den Vermieter und zeigte auf ein Bild, das auf einer Anrichte stand.

Der Mann schüttelte den Kopf. »Keine Ahnung. Die Frau lebte sehr zurückgezogen. Wir hatten keinen Kontakt zu ihr. Nur ›Guten Tag‹ und ›Guten Weg‹. Das war alles. Wir haben nie ein persönliches Wort gewechselt.« Dann besann er sich, setzte die Brille auf und beugte sich über die Fotografie, auf die Lüder gewiesen hatte. Aufmerksam studierte er die Frau, die eine Sonnenbrille in die Haare geschoben hatte, sommerlich leicht bekleidet war und vergnügt lachte. Sie hielt einen vielleicht achtjährigen Jungen mit dunklen Haaren im Arm, der sich an sie kuschelte.

Der Vermieter tippte auf das Bild. »Das ist Frau Eisenberg.«
»Und das Kind?«
»Keine Ahnung. Hier war es nie zu Gast. Und – wie gesagt – wir haben nicht miteinander gesprochen.«
»Wie hat Frau Eisenberg die Miete bezahlt?«
Der Mann tat, als hätte er die Frage überhört. Lüder wiederholte sie.
»Nun, ja ... ähm«, druckste er herum. »Das war in bar.«
»Und Sie haben keine Quittungen ausgestellt?«
Der Vermieter machte einen verlegenen Eindruck. Der Mann fühlte sich ertappt, weil er einen kleinen steuerfreien Nebenverdienst eingeheimst hatte. Doch Lüder jagte keine Steuersünder.
»War Frau Eisenberg oft unterwegs?«
»Sehr unterschiedlich. Da gab es keinen Rhythmus. Mal war sie nur Stunden abwesend, dann ist sie über Nacht weggeblieben.«
»Und was hat sie gemacht?«
Lüder erntete als Antwort ein Schulterzucken.
»Was wollte Frau Eisenberg in Deutschland?«
»Das hat sie nie gesagt.«
»Und Sie haben nicht danach gefragt?«
»Wir sind doch nicht neugierig«, erwiderte der Vermieter, als Lüder ihn ansah. Schnell wandte er seinen Blick ab, weil er sich ertappt fühlte.

Lüder nahm eine Nikon D 700 zur Hand, die in einem Regal lag, und betrachtete das schwarze Gehäuse der professionellen Digitalkamera. Dann schaltete er das Gerät an, und nach einigen vergeblichen Anläufen hatte er die Funktion gefunden, um sich die auf dem Speicher abgelichteten Bilder ansehen zu können. Zunächst sah er Häuser einer Kleinstadt, Geschäfte, eine Fußgängerzone, Menschen, eine Kirche.

»Ist das Oldenburg?«, fragte er den Vermieter, der es mit einem Kopfnicken bestätigte, nachdem er einen Blick darauf geworfen hatte.

Lüder konnte auf den Fotos nichts erkennen, was ihm außergewöhnlich bemerkenswert erschien. Als er weiter zurückblätterte, tauchte eine Serie privater Bilder auf. Sie zeigten ausschließlich Robert Havenstein, am Strand liegend, einen Cocktail schlürfend, ins aufspritzende Ostseewasser laufend. Es waren Aufnahmen, die von einer glücklichen Liebesbeziehung kündeten. Zumindest schloss Lüder es aus der Ungezwungenheit, mit der sich Havenstein präsentiert hatte.

Nach einigen Bildern aus Eckernförde mit bekannten touristischen Motiven stutzte Lüder. Die Perspektive kannte er. Die Aufnahmen waren von Havensteins Fenster aufgenommen. Dabei musste Hannah Eisenberg ein gutes Teleobjektiv benutzt haben. Lüder war überrascht von der guten Qualität und Schärfe. Selbst Details der auf der Marinebasis liegenden Schiffe der Bundesmarine waren gut sichtbar zu erkennen. Doch die vermeintliche Journalistin hatte ihre Kamera auch auf ein- und ausfahrende Kriegsschiffe gerichtet, die vor dem Hafen in der Eckernförder Bucht kreuzten.

Es folgte wieder eine Reihe harmloser Aufnahmen aus Eckernförde und Oldenburg, dazwischen eingestreut private Bilder von Robert Havenstein, dann ein paar Alltagsaufnahmen aus Kiel bis … Lüder war nicht mehr überrascht, als er sah, dass Hannah Eisenberg mit der gleichen Präzision Bilder von der Kieler Werft, die für ihren Marineschiffbau bekannt war, den der Laie Kriegsschiffbau nennt, aufgenommen hatte.

Lüder vermutete, dass ein Teil der Aufnahmen von der Seegartenbrücke, weitere Bilder von der Universitätsbrücke und ein kleiner Teil auf der Höhe des Landtags aufgenommen worden waren. Es hätte Lüder nahezu verwundert, wenn es keine Bilder von der anderen Marinebasis, dem Tirpitzhafen, gegeben hätte. Er war gespannt, mit welcher Begründung Hannah Eisenberg ihr Interesse für Einrichtungen der Bundesmarine begründen würde.

»Ich werde das Notebook, die Kamera und das Bild mitnehmen. Schließen Sie bitte die Räume ab. In Kürze werden die Beamten der Spurensicherung eintreffen. Bis dahin darf niemand die Wohnung betreten.«

»Und was ist, wenn Frau Eisenberg zurückkommt?«

»Das ist etwas anderes. Natürlich darf sie in ihre Wohnung. Sie dürfen ihr gern erzählen, dass ich hier war.« Lüder überreichte dem Vermieter eine Visitenkarte. »Und Sie bitte ich, mich zu benachrichtigen.«

»Kriminalrat?«, stammelte der Mann gedehnt.

Mit dem Notebook und der Kamera unterm Arm verließ Lüder die Wohnung, nachdem er Hauptkommissar Vollmers angerufen und um die Spurensicherung gebeten hatte. Es sollte sichergestellt werden, dass es sich um dieselbe Frau handelte, die in Havensteins Eckernförder Wohnung verkehrte.

Die Straße lag ruhig in der Oktobersonne. Zu dieser Jahreszeit waren die Bewohner mit anderen Dingen als der Pflege der Vorgärten beschäftigt. Nicht jeder verbrachte wie Lüders Nachbarin, Frau Mönckhagen, seine Tage im Garten, immer ein Auge auf die Straße gerichtet, um ja nichts von den Ereignissen rund um die eigene Parzelle zu versäumen.

Schräg gegenüber, auf der anderen Straßenseite, unterschied sich ein Haus von seinen Nachbarn dadurch, dass es zur Straße hin nicht durch eine Hecke, sondern durch einen Zaun abgegrenzt wurde, dessen einzelne Felder in einer Art Wellenlinie gestaltet waren. Neben der Grundstückseinfriedung stand ein Mann, rauchte eine Zigarette und beobachtete Lüder.

Der Mann zog noch einmal an seinem Glimmstängel, warf die Kippe lässig auf den Gehweg, drehte seinen Absatz darauf herum, überquerte mit raschem Schritt die Fahrbahn und kam ihm entgegen. Lüder warf ihm einen flüchtigen Blick zu. Der Mann mochte einen Kopf kleiner sein als Lüder, vielleicht knapp einen Meter siebzig. Als sie auf gleicher Höhe waren, drehte er sich zu Lüder um und packte ihn am Kragen. Die kräftigen Hände krallten sich in Lüders Revers fest und schüttelten ihn so heftig, dass Lüder Mühe hatte, das Gleichgewicht zu halten.

»Du Schwein«, schimpfte der Fremde. Er hatte eine harte, fremd klingende Aussprache. Lüder konnte den Akzent noch nicht zuordnen.

Lüder hob die Hand hoch, in der er den Fotoapparat und das Bild trug, und versuchte den Angreifer mit dem Ellenbogen abzuwehren, aber der wich aus und drehte sich vor Lüder wie ein tänzelnder Boxer in die andere Richtung.

»Endlich hab ich dich erwischt.« Es klang wie das Zischen einer Natter. In den Augen des Mannes funkelte es böse.

»Was soll das?«, fragte Lüder mit scharfer Stimme. Für einen Moment überlegte er, ob er dem Angreifer das Knie in den Unterleib rammen sollte. Der Mann krallte sich immer noch an Lüders Kragen fest, hatte aber aufgehört, Lüder zu schütteln.

»So siehst du also aus. Pfui.«

Lüder hätte sich nicht gewundert, wenn der Fremde ihn angespien hätte. Er versuchte, sich durch eine Drehung von seinem Widersacher zu befreien. Aber der Mann schien durchtrainiert zu sein. Er ließ sich nicht ohne Weiteres abschütteln.

»Lassen Sie mich sofort los.« Lüder hatte die Augen zusammengekniffen, seinen Kopf gesenkt und sich dem Gesicht des anderen genähert. Er war durch die Dinge, die er aus Hannah Eisenbergs Wohnung mitgenommen hatte, in seinen Bewegungen eingeschränkt und konnte seine Hände nicht benutzen. Mit einem Ruck versuchte er sich zu befreien, doch der Fremde reagierte schnell. Sofort verschärfte er den Druck an Lüders Kragen und zog die Kleidung am Hals so zusammen, dass es Lüder eng wurde. Jetzt reichte es.

Lüder setzte seinen Fuß vor und versuchte, den seines Gegners zu erwischen. Er wollte sich auf dessen Schuh stellen und Druck ausüben. Aber der Mann schien das geahnt zu haben und bewegte sich wie eine Katze aus der Reichweite. Es war eine schnelle und unvorhersehbare Bewegung. Dabei zog er Lüder ein Stück zu sich herab, während sein angewinkeltes Bein stehen blieb. Lüder strauchelte und taumelte gegen den Mann, der das als Angriff aufzufassen schien, Lüders Kragen blitzschnell losließ und Lüder einen Stoß gegen den rechten Oberarm und die Brustseite versetzte.

Der Schlag zeigte keine körperliche Wirkung, ging aber gegen das Notebook, das Lüder aus der Hand rutschte und zu Boden fiel. Durch den Schwung stolperte der Mann nach vorn, stieß mit der Fußspitze gegen das Notebook, versuchte das Gleichgewicht zu halten, machte einen Schritt vorwärts und landete auf dem Gehäuse.

Das hässliche Knacken berstenden Kunststoffs ließ beide Kontrahenten innehalten. Im Bemühen, dem Hindernis auszuweichen, landete die Hacke des Mannes erneut auf dem Rechner, und als der Gegner von Lüder abließ und sich wegdrehen wollte, bewegte er seinen Fuß, auf dem sein ganzes Gewicht lastete, kreisförmig über dem Computer. Es sah aus, als würde er unter seiner Sohle eine glühende Zigarettenkippe ausdrücken wollen.

Lüder griff seinerseits zum Kragen des Mannes, packte die Jacke, führte eine halbe Drehung aus, dass der Widersacher nach Luft schnappte, und zog den Mann zu sich heran.

»Sind Sie total übergeschnappt?«, fragte er. »Was fällt Ihnen ein, mich anzugreifen?«

Der Mann japste nach Luft. Lüder war erstaunt, dass er seine Hände nicht zur Gegenwehr einsetzte. In diesem Fall hätte Lüder Bild und Kamera fallen lassen und den Angriff abgewehrt.

Stattdessen stampfte der Gegner zweimal mit dem Fuß auf den Boden, so als würde er eine Kampfsportart ausüben und als Unterlegener zum Zeichen der Aufgabe auf die Matte klopfen.

»Sind Sie jetzt ruhig?« Nachdem sein Widersacher nicht reagierte, drehte Lüder den Kragen ein wenig fester zu, sodass der andere mühsam nickte. Dann lockerte Lüder seinen Griff, ohne ganz abzulassen.

»Was sollte das?«, fragte Lüder.

»Das fragen Sie? Mensch, ich bin stinksauer. Wer lässt sich schon gern am Nasenring durch die Arena führen.«

Lüder ließ ganz von dem Mann ab und betrachtete ihn eingehender. Der dunkle Teint, die scharf geschnittenen Gesichtszüge und die dunklen Augen unter den dichten Brauen deuteten auf eine südeuropäische Herkunft hin. Dafür sprachen auch die gelockten dunklen Haare, in denen ein paar graue Strähnen vorwitzig durchschimmerten. Die gepflegten Hände waren kräftig.

»Ich fürchte, hier liegt ein Missverständnis vor«, sagte Lüder und bemühte sich, seiner Stimme einen ruhigen Klang zu geben.

»Pah. Missverständnis. Ich habe Sie genau beobachtet. Sie sind in die Wohnung und haben sich diese Dinge da«, dabei zeigte der Mann auf die Kamera und das Bild, dann auf die Trümmer des Notebooks auf dem Boden, »herausgeholt.«

Lüder hatte seine Aufmerksamkeit auf die Aussprache des Mannes gerichtet. Da klang nicht südeuropäisch, sondern deutsch mit Akzent. Es klang wie ... Lüder überlegte. Ja, es klang wie Fritz Muliar, der auf unvergessliche Weise den »Braven Soldaten Schwejk« verkörpert hat und für seine jiddischen Geschichten bekannt war. Sein Gegenüber war kein Südeuropäer, sondern Israeli, dämmerte es Lüder.

»Sie kennen Frau Eisenberg?«

Sofort begann es in den Augen des Mannes wieder zu funkeln.

»Kennen?«, fauchte er. »Sie ist meine Frau.«

Lüder holte tief Luft. Der eifersüchtige Ehemann hatte Lüder für den Liebhaber seiner Frau gehalten.

»Sie haben hier gewartet und wollten Ihre Frau in flagranti erwischen?«

»Ich wollte dem Lumpen in die Augen sehen, der meine Frau von zu Hause weggelockt hat, der meine Ehe zerstört hat, unser Glück.« Erneut schien den Mann der Zorn zu überwältigen. Wie von Furien gehetzt sprang er auf das Notebook und trampelte darauf herum. Knirschend zerbarsten die Reste, sofern sie vorher noch nicht zerstört worden waren.

»He«, versuchte Lüder den Rasenden zu bändigen und packte ihn am Oberarm. »Sie müssen hier nicht wie Rumpelstilzchen herumhüpfen. Da liegt ein Irrtum vor. Ich kenne Ihre Frau nicht.«

Eisenberg hielt inne. Er kniff die Augen zu schmalen Schlitzen zusammen.

»Lügner«, fauchte er. »Sie haben Hannah in Jerusalem kennengelernt und sich an sie herangemacht.« Der Mann tippte Lüder mit dem ausgestreckten Zeigefinger auf die Brust. »Mit welchen Versprechungen haben Sie meine Frau hierhergelockt, häh?«

»Nun kommen Sie zu sich.« Ihm reichte es allmählich. »Wer sind Sie überhaupt? Und wie kommen Sie dazu, Frau Eisenbergs Computer zu zerstören?«

»Frau Eisenbergs Notebook? So was. Mensch, das ist meiner.« Jetzt zeigte der Finger auf die eigene Brust. »Den hat Hannah mitgenommen.« Der Mann ließ von Lüder ab und kramte in der Innentasche seiner Jacke. Er zog einen Pass heraus, auf dessen Deckblatt der Davidstern leuchtete. Dann schlug er ihn auf und hielt ihn Lüder vor die Nase.

Dov Eisenberg, las Lüder. Er überschlug das Geburtsdatum. Sein Widersacher war sechsundvierzig Jahre alt. Er kam aus Rishon LeZion.

»Herr Eisenberg ... noch einmal. Ich bin nicht der Liebhaber Ihrer Frau.«

»Lügner. Haben Sie eine Vorstellung, wie aufwendig es war, bis ich herausgefunden hatte, wo Hannah jetzt lebt? Und Sie waren in ihrer Wohnung.« Eisenberg verzog das Gesicht zu einer Grimasse. »Das hier«, dabei zeigte er mit der Fußspitze auf das zerstörte Notebook, »das ist meines. Was soll das Leugnen?«

Lüder hatte nicht die Absicht, dem aufgebrachten Mann von der Ermordung Robert Havensteins zu berichten.

Plötzlich drehte sich Eisenberg um und ging zum Ausgang der Sackgasse, entgegengesetzt der Stelle, an der Lüder sein Auto geparkt hatte. Dabei schwenkte er drohend seinen Zeigefinger. »Sie hören noch von mir«, sagte er in einem wütenden Tonfall. »Das ist noch nicht gegessen.«

Lüder sah ihm nach und merkte sich das Kennzeichen des dunkelblauen Golf. Es war schon ein merkwürdiger Zufall, dass der Ehemann offenbar beim selben Autovermieter gebucht hatte wie seine Frau.

Lüder hatte keinen Grund, Dov Eisenberg aufzuhalten. Über den tätlichen Angriff auf sich sah er hinweg. Er schob es auf die Aufgebrachtheit des gehörnten Ehemanns. Objektiv betrachtet mochte es durchaus den Anschein haben, als würde Lüder in der Wohnung von Hannah Eisenberg ein und aus gehen und sich ungeniert der Gegenstände aus der Wohnung bedienen.

Vom Auto aus rief Lüder Vollmers an und gab ihm das Kennzeichen des Leihwagens durch. Er bat den Hauptkommissar zu eruieren, auf wessen Namen das Fahrzeug gemietet worden war.

Warum hatte Robert Havenstein sich nicht gescheut, in Begleitung Hannah Eisenbergs durch Eckernförde zu spazieren, während der Journalist in Oldenburg unbekannt war? Ob die

Frau befürchtete, ihr eifersüchtiger Ehemann würde unverhofft auftauchen und eine Szene machen? Wusste sie, dass Dov Eisenberg zur Gewalt neigte?

Um sicherzugehen, dass seine These richtig war, fuhr Lüder ins Stadtzentrum. Er fand einen Parkplatz vor der Bibliothek, die mit ihrem unansehnlichen Baustil aus Beton sicher nicht zu den städtebaulichen Kleinodien zählt. Lüder durchschritt eine kleine Passage, die sich ein wenig großspurig »Kuhtor-Center« nannte, und war nach wenigen Schritten in der Fußgängerzone.

Hier herrschte ein anderes Leben als in den großen Städten. Zwischen den kleinen und gemütlichen Häusern drängelten sich keine Menschenmassen. Eher vereinzelt waren Passanten unterwegs und suchten die Geschäfte auf, die sich in ihrer Individualität von der Uniformität der überall gleich aussehenden Ketten in den Metropolen unterschieden. Zwei gegenüberliegende Buchhandlungen bestimmten diesen Teil der Stadt. Da Lüder keine Bücher im Appartement der Frau gefunden hatte, verzichtete er darauf, in diesen Geschäften nachzufragen. Langsam schlenderte er über das Kopfsteinpflaster bis zum Marktplatz, an dessen Stirnseite das Rathaus stand. Der kleine, gemütlich aussehende Bau mit nur wenigen Rundbogenfenstern und einem Turm wirkte wie ein liebevolles Accessoire auf einer Modellbahnanlage.

Vor dem Rathaus ging ein Mann in einer grünen Jacke langsam auf und ab, sah dabei den Passanten nach und rauchte eine Zigarette. Er unterbrach seine Wanderung, als Lüder auf ihn zukam. und sah ihn fragend an.

»Arbeiten Sie hier?«, fragte Lüder mit Blick auf das Rathaus.

Der Mann nickte. »Ja«, sagte er freundlich und zeigte über die Schulter auf die unteren Fenster des Gebäudes. »Dort.« Dann hielt er seine glimmende Zigarette erklärend in die Höhe. »Dort ist das Rauchen verboten.«

»Sie können dem Laster nicht abschwören?«, fragte Lüder mit einem verständnisvollem Lächeln.

Der Mann lächelte zurück.

»Darf ich davon ausgehen, dass Sie gelegentlich an der – nun ja – frischen Luft weilen?« Dabei zog Lüder unmerklich die Nase kraus, weil ihm als Nichtraucher der Tabakqualm unangenehm in die Nase stieg.

Dem Raucher blieb die feine Ironie verborgen.

Lüder zog das Bild Hannah Eisenbergs hervor. »Haben Sie diese Frau schon einmal gesehen?«

Der Mann betrachtete die Fotografie eingehend. »Ich kenne hier sehr viele Leute«, sagte er und entschuldigte sich, dass ihm die Frau unbekannt sei.

Lüder zeigte als Nächstes ein Bild von Robert Havenstein.

»Sicher. Den kenne ich«, antwortete der Mann prompt. »Das ist der Journalist, der gestern in Eckernförde ermordet wurde. Das ging durch alle Zeitungen.« Er schüttelte mitfühlend den Kopf. »Schlimm.«

»Haben Sie Robert Havenstein schon einmal in Oldenburg gesehen?«

Jetzt sah der Raucher Lüder ratlos an. »Hier? Nein. Nicht dass ich wüsste.«

Lüder wünschte ihm noch einen schönen Tag und schlenderte weiter durch den zweiten Teil der Fußgängerzone. Er versuchte es in einem großen Textilgeschäft, in einer Eisdiele und auf dem Rückweg in einem Stehcafé am Marktplatz. Niemand konnte sich an Hannah Eisenberg erinnern. Er wäre auch überrascht gewesen.

Zur Linken sah er eine Fleischerei, der ein Imbiss angeschlossen war. Lüder fragte zunächst die Verkäuferin am Tresen. Doch die schüttelte bedauernd den Kopf. Ein letzter Versuch führte ihn zur Ausgabe im Imbissbereich. Der große kräftige Mann in der gestreiften Metzgerkleidung warf nur einen kurzen Blick auf das Bild.

»Kenn ich«, sagte er knapp und widmete sich weiter der Erledigung der Bestellungen.

»War die Frau bei Ihnen Kunde?«

»Ja.«

»Öfter?«

»Ich hab nicht mitgezählt. Aber sie war nicht nur einmal hier. Aß immer Spanferkelbrötchen.«

»Das ist eine besondere Delikatesse des Hauses«, mischte sich eine ältere Dame ein, die neben Lüder stand und neugierig in Richtung Bild blinzelte. Lüder zeigte ihr die Fotografie. Sie betrachtete sie eingehend.

»Ich bin oft hier. Dann muss ich nicht kochen«, erklärte die alte Frau. »Und als Rentnerin hat man ja Zeit, nä?« Sie studierte das Bild ausführlich. »Ja. Die hab ich auch schon hier gesehn.« Sie zeigte mit der Hand zur Seite. »Hier – um die Ecke –, da hat sie gesessen.«

»Haben Sie die Frau jemals in Begleitung gesehen?«

»Nee. Die war immer allein. Hab mich schon gewundert. Die war ja nich von hier. Sonst hätt ich sie gekannt.« Sie schüttelte energisch ihr graues Haupt. »Nee. Bestimmt. Die is nie in Begleitung hier drin gewesen. Und inne Stadt hab ich sie auch nie gesehn«, ergänzte sie.

Hannah Eisenberg hatte sich also tatsächlich nicht mit Robert Havenstein in Oldenburg blicken lassen.

Anschließend machte er sich auf den Weg nach Geesthacht.

Um diese Jahreszeit war die Autobahn bis Lübeck gut befahrbar. Dann füllte sie sich, und es entstand trotz des dreispurigen Ausbaus das gewohnte Gedränge. In Hamburg stand er im Stau, und es ging teilweise nur im Schritttempo voran. Erst nach dem Abbiegen auf die Marschenautobahn konnte Lüder wieder beschleunigen.

Geesthacht empfing Lüder mit ausgedehnten Waldflächen entlang der Straße, nachdem er die Autobahn verlassen hatte. Die zwischen Elbe und Geest in der Metropolregion Hamburg liegende rege Stadt war der größte Nuklear- und Energiestandort Norddeutschlands. Manche behaupteten auch, sie sei die reichste Gemeinde des Landes. Doch Lüder erinnerte sich gelesen zu haben, dass sich in jüngster Zeit nicht zuletzt durch den Stillstand des Atomkraftwerks die Finanzkraft der Stadt dramatisch zurückentwickelt hatte.

Die Tankstelle war eine von dreien, die an der Ausfallstraße angesiedelt waren. Hier benötigte er mehr Überredungskunst, um den Tankstellenpächter zu überzeugen, mit ihm die Aufzeichnungen der Überwachungskameras durchzusehen. Aufgrund der präzisen Zeitangaben aus dem Tankbeleg fanden sie schnell die

Stelle. Deutlich war Robert Havenstein zu erkennen. Allerdings wurde Lüder enttäuscht. Der Journalist war ohne Begleitung mit seinem Audi unterwegs gewesen.

Lüder zeigte dem Pächter Hannah Eisenbergs Bild. »Ist Ihnen diese Frau schon einmal aufgefallen?«

Der Mann sah gar nicht erst auf die Fotografie. Stattdessen zeigte er nach draußen. »Sie sehen selbst, was hier los ist. Das ist ein Stoßgeschäft. Da können Sie sich keine einzelnen Kunden merken, schon gar nicht, wenn es keine Stammkunden sind. Auf so etwas achten wir auch nicht.« Wahrscheinlich stimmte das, dachte Lüder und fuhr Richtung Lauenburg.

Wer die Geest, die der Stadt den Namen gab, nicht kennt, wundert sich, dass die Straße steil bergan führt. Am Ende der Steigung bog Lüder rechts ab, folgte der wieder zur Elbe hinabführenden Straße, die am Hafen und am Freizeitbad endete. Auf der Elbuferstraße herrschte reger Verkehr. Ein einsames Industriegleis begleitete den Weg. Kurz darauf endete die Bebauung und wich einem bewaldeten Hang. Nach einem knappen Kilometer tauchten die gewaltigen grün gestrichenen Rohre auf, die das etwa neunzig Meter höher im Stausee gespeicherte Wasser ablassen und damit jene Turbinen antreiben, die noch heute zur Abdeckung von Spitzenlasten und zur Stabilisierung der Stromversorgung dienen.

Wenig später tauchte ein schlichtes Gebäude auf, das auf den ersten Blick einer überdimensionalen Wellblechhütte ähnelte, wäre nicht der große Schornstein gewesen. Auch der Dreifachzaun mit dem Kiesstreifen und den Warnschildern »Hochspannung« an der mittleren Sicherung unterschied die Anlage von anderen Einrichtungen.

Das also war das Atomkraftwerk Krümmel, dessen Name in ganz Deutschland bekannt war. Die Erwähnung des gleichnamigen Ortsteils Geesthacht hatte schon immer einen Beigeschmack, der sensiblen Naturen einen Schauder über den Rücken jagte. Hier befand sich die Sprengstofffabrik von Alfred Nobel. An dieser Stelle erfand er das Dynamit. Bis zum Ende des Zweiten Weltkriegs wurde hier in großem Umfang Sprengstoff produziert. Das auf dem Areal errichtete Atomkraftwerk bietet heute nicht weniger Sprengstoff, dachte Lüder mit einem Anflug von Sarkasmus. Steckte womöglich so viel Sprengstoff dahinter, dass der Journalist Havenstein auf eine Mine getreten war, die ihn das Leben gekostet hatte?

Eine Hinweistafel führte Lüder zum Besucherparkplatz, der bergan auf einer Anhöhe des Geestrückens lag.

Er betrat das Empfangsgebäude durch eine Drehtür und fand sich bei den Pförtnern wieder, die hinter Panzerglas residierten.

Obwohl Lüder sich als Polizist ausgewiesen hatte, musste er so lange warten, bis ihn jemand abholte. Zuvor hatte man ihm den Personalausweis abgenommen und ihn fotografiert. Er bekam einen Besucherausweis im Scheckkartenformat, auf dem die Warnsignale für den Notfall und die dann geltenden Verhaltensregeln abgebildet waren. Er folgte einer Frau, die sich als Assistentin des Kraftwerkleiters vorgestellt hatte. Der Fußweg zum rechts neben der Pförtnerloge direkt am Zaun liegenden blau gehaltenen Verwaltungsgebäude war kurz. Seine Begleiterin führte ihn in ein Büro in der ersten Etage.

Lüders Geduld wurde auf eine längere Probe gestellt. Nach eineinhalb Stunden Wartezeit, in der eine freundliche Mitarbeiterin ihn mit Kaffee versorgt hatte, bekam er Zutritt zum Büro des Kraftwerkleiters. Herwig von Sohl trat entschlossen auf. Der zu leichter Fülle neigende Mann mit dem silbergrauen Haarkranz, der eine glänzende Glatze umschloss, kam Lüder entgegen, begrüßte ihn mit einem kräftigen Händedruck und bat ihn in sein Büro.

Sie nahmen in der Besucherecke Platz. Von Sohl zupfte an der Bügelfalte seiner Hose und zog sie am Knie ein wenig in die Höhe. Das schützt im Zweifelsfall auch nicht vor Knitterfalten, dachte Lüder, da der Kraftwerksleiter gleichzeitig die Beine übereinanderschlug.

»Herr Dr. Lüders – Sie kommen von der Polizei?« Von Sohl zog leicht eine Augenbraue in die Höhe. Dabei wackelte seine Hornbrille ein wenig auf der fleischigen Nase.

»Landeskriminalamt«, sagte Lüder. »Kennen Sie Robert Havenstein?«

»Den Journalisten?« Von Sohl nickte versonnen. »Sicher. Ein guter Mann. Ich habe mit Bewunderung viele seiner Reportagen gesehen und gelesen. Auch zwei seiner beeindruckenden Bücher«, schob der Kraftwerksleiter hinterher.

»Hat Robert Havenstein mit Ihnen gesprochen?«

Kein Muskel zuckte im schwammigen Gesicht des Mannes. »Ja«, gab von Sohl umgehend zu. »Zuletzt in der vergangenen Woche.« Dann schien ihm eine Idee zu kommen. »Geht es um die Ermordung Havensteins?«

»Wir ermitteln in viele Richtungen«, wich Lüder aus. »Worüber haben Sie gesprochen?«

Von Sohl lehnte sich zurück und legte seine gefalteten Hände gelassen in den Schoß. »Alles, was derzeit mit dem Begriff ›Krümmel‹ in irgendeinem Zusammenhang stehen könnte – *könnte*«, betonte von Sohl und unterstrich das Wort dadurch, dass er mahnend seinen Zeigefinger erhob, »findet ungeteilte Aufmerksamkeit in den Medien. Da wird viel mehr geschrieben, als sich tatsächlich ereignet.« Der Kraftwerksleiter seufzte tief. »Sie haben keine Vorstellung, was alles in Sachen hineininterpretiert wird, die eigentlich keiner Erwähnung wert sind.«

»Tatsache ist aber, dass es Störfälle gegeben hat. Nicht umsonst gibt es lange Ausfallzeiten gerade dieses Kraftwerks.«

»Sicher. Vielleicht war es ungeschickt, dass man manches nicht sofort publiziert hat. Doch darüber möchte ich nicht richten. Das ist nicht unter meiner Ägide geschehen.«

Lüder musterte von Sohl, der mit der flachen Hand über die dezente gelb gemusterte Krawatte fuhr, die hervorragend zu seinem grauen Anzug passte. »Sie wollten mir erzählen, worüber Sie mit Robert Havenstein gesprochen haben.«

»Er hatte Fragen zu Krümmel, zur Sicherheit, zur Technik, zur Zukunft.«

»Auch zu dem vermeintlichen Zusammenhang mit den Leukämiefällen?«

Von Sohl breitete die Hände aus und hielt die Handflächen nach oben. »Das bleibt nicht aus, dass ein kritischer Journalist auch dieses Thema anschneidet.«

»Was haben Sie ihm geantwortet?«

»Das, was jeder weiß, manche Unverbesserlichen aber nicht wahrhaben wollen. Unsere hochentwickelte Zivilisation benötigt Energie. Sehen Sie sich doch einmal um. Wohin Sie schauen – Strom. Niemand macht sich Gedanken darüber, aber wenn wir wirklich einmal einen Ausfall haben, was selten genug vorkommt, ist das Geschrei groß. Überall geht das Licht aus. Der Verkehr bricht zusammen, die Geschäfte müssen ihren Verkauf einstellen, die Tiefkühltruhen tauen auf und, was die Menschen am meisten verdrießt, sie können nicht fernsehen. Nichts geht mehr.«

»Und dafür sorgen Sie mit Atomstrom?«

»Ja«, antwortete von Sohl prompt. »Das ist die billigste und sauberste Art der Stromerzeugung. Beim Gas sind wir vom Wohlwollen osteuropäischer Lieferanten abhängig. Nehmen Sie das Beispiel der Ukraine. Denen haben die Russen kurz entschlossen den Gashahn zugedreht. Wollen Sie auf fossile Energie zurückgreifen? Wer hinterfragt, wie viel Kohlendioxid dort in die Luft geblasen wird? Auch moderne Kohlekraftwerke belasten die Atmosphäre mit unglaublichen Emissionen.« Von Sohl legte dezent drei Finger gegen die Stirn. »Fragen Sie die Menschen in Nordfriesland und in Ostholstein, was die davon halten, dass man eine Pipeline aus dem Ruhrgebiet bauen will, um das CO_2 unter die Gärten der Nordfriesen zu blasen. Sie wissen um die Aufregung, die allein diese Idee verbreitet hat. Niemand kann die Folgen einschätzen.«

»Und das ist bei einem Atomkraftwerk anders?«

Von Sohl nickte eifrig. »Sicher. Diese Technologie haben wir im Griff.«

»In jeder Konsequenz?«

Erneut nickte der Kraftwerksleiter. Dann winkte er ab. »Ich weiß, was jetzt kommt. Die ganze Litanei wie das Problem der Endlagerung, Störfälle wie Tschernobyl, Three Mile Island oder Sellafield.«

»In Three Mile Island kam es zur Kernschmelze«, warf Lüder ein, »von Tschernobyl ganz zu schweigen.«

Jetzt zeigte von Sohl ein fast überlegenes Lächeln. »Genau das ist es. Worüber regen wir uns auf, wenn wir über deutsche Kernkraftwerke sprechen? Wir haben hier ein paar technische Probleme gehabt. Gut. Aber unsere Sicherungseinrichtungen sind sofort darauf angesprungen. Wenn Sie sich die Störfälle bei Atomkraftwerken betrachten, finden Sie lauter Ereignisse, die sich ringsum zugetragen haben. Glauben Sie wirklich, namentlich im Osten achtet man so intensiv auf die Betriebssicherheit? Und dass die freigesetzten Strahlen an der Bundesgrenze nicht haltmachen, hat Tschernobyl eindrucksvoll gezeigt.« Von Sohl fasste sich nacheinander an den Fingerspitzen der linken Hand und zählte auf: »Frankreich, Forsmark in Schweden, Gerona in Spanien und so weiter. Das habe ich auch Herrn Havenstein gesagt: Wir sollten lieber Strom unter unseren strengen Sicherheitsauflagen gewinnen, als uns nicht nur von Nachbarn abhängig zu machen, sondern auch von deren möglicherweise lascheren Atomaufsicht. Hier ist alles transparent. Aber dort?«

»Ist wirklich alles transparent?«

Von Sohls fülliger Körper straffte sich. Er richtete sich in seiner Couchecke kerzengerade auf. »Wollen Sie uns etwas unterstellen?«

»Vielleicht hat Robert Havenstein eine Schwachstelle gefunden.«

»Es gibt nichts Geheimnisvolles«, antworte der Kraftwerksleiter mit Nachdruck. »Während man früher versucht hat, nicht jede Kleinigkeit zu veröffentlichen, um nicht unnütz Unruhe zu schaffen, gehen wir jetzt den Weg der Offenheit.«

»Gilt das auch für die offene Fragestellung, ob die vermehrte Zahl an Leukämie erkrankter Kinder im Umfeld des Kraftwerks auf Krümmel zurückzuführen ist?«

»Das ist Quatsch«, antwortete von Sohl erbost. »Alle seriösen Untersuchungen haben dafür keinen Nachweis erbringen können. Wir selbst haben ein großes Interesse an der Aufklärung. Trotzdem gibt es keine Anzeichen dafür, dass dieses Werk der Auslöser war. Je nachdem, wer seine Interessen unterbringen wollte, wurden die verschiedensten Spekulationen in Umlauf gebracht.« Von Sohl zeigte mit dem ausgestreckten Finger auf Lüder. »Merkwürdigerweise wurde der Gedanke, dass die Ursache vielleicht noch auf die Sprengstoffproduktion zurückgeht, nie weiter verfolgt. Was ist, wenn der Journalist hier fündig geworden ist?«

»Und wenn er entdeckt hat, dass es doch einen Störfall gab?« Lüder blieb skeptisch.

»Das kann nicht sein«, beharrte der Kraftwerksleiter.

Lüder lächelte. »Erinnern Sie sich an den Song ›Das macht doch nichts, das merkt doch keiner‹ des Satirikers Hans Scheibner, in dem er so treffend singt, dass aus dem Atomkraftwerk ein bisschen ›Oho‹ entwichen ist?«

»Das ist populistisch. Am Schornstein und an den Abwässern misst die unabhängige Institution ESN mit Sensoren die Radioaktivität. Und das System als solches ist absolut sicher. Das ist deutsche Hysterie. Nehmen Sie die Schweden. Denen werden Sie das Umweltbewusstsein nicht absprechen. Trotzdem sind die Menschen uneingeschränkt für die Atomkraft. Dort herrscht heile Welt.«

»Mich interessiert, was Robert Havenstein entdeckt hat«, bohrte Lüder nach.

Von Sohl zuckte die Schultern. »Da kann ich Ihnen nicht weiterhelfen. Jedenfalls nichts, was mit uns zusammenhängt.« Plötzlich fuhr er in die Höhe. »Havenstein war ein politischer Journalist. Muss es denn etwas sein, was mit der Technik zusammenhängt?«

Lüder sah sein Gegenüber an, ohne auf dessen Argument einzugehen.

»In der öffentlichen Meinung prallen die Argumente für und wider Atomkraft aufeinander. Hinter den Kulissen zählt aber ganz anderes.« Von Sohl rieb Daumen und Zeigefinger gegeneinander, als würde er Geld zählen. »Die Bürgermeister der kleinen Gemeinden auf der anderen Elbseite opponieren gegen das AKW. Sie leben in Niedersachsen und haben nichts von der steuerlichen Ertragskraft von Krümmel. Die Gewerbesteuer fließt in Geesthachter Kassen. Das Kraftwerk ist ein Goldesel für die Region. Wenn es läuft. Davon profitiert nicht nur der Stadtkämmerer, sondern auch die Geschäftsleute und Zulieferer, die Gastronomie und Hotellerie und viele mehr. Darum finden sich auch nicht viele Kernkraftgegner in der Einwohnerschaft. Schließlich geht es um rund dreihundert direkte Arbeitsplätze, um die Familien der Beschäftigten und um die Mitarbeiter der Zulieferbetriebe. Die Stadt Geesthacht könnte sich ohne die Steuern des Atomkraftwerks vieles nicht mehr leisten, zum Beispiel das Freibad. Dann wäre da noch der Finanzminister in Kiel, der sich allein über einen zweistelligen Millionenbetrag aus der Oberflächenwasserabgabe freut. Das wird dafür gezahlt, dass das AKW Wasser in die Elbe ableiten darf. Abgesehen von den anderen Wohltaten, die der Staat kassiert.«

Lüders Gedanken schweiften für einen kurzen Moment ab. Menschen wurden schon für weniger Geld ermordet. Hier ging es um Millionenbeträge, um die unterschiedlichsten Interessen, nicht zuletzt auch um den Wahrheitsgehalt politischer Aussagen und das damit verbundene Überleben von Politikern. Geld und Macht. Das waren oft die Triebfedern für dunkle Machenschaften hinter den Kulissen. Er ließ seinen Blick durch von Sohls Büro gleiten. Der Raum war nüchtern und zweckmäßig eingerichtet. Es fehlte jeder Ansatz zum Pompösen. Lediglich ein Bild an der Wand strahlte eine gewisse Extravaganz aus.

»Darf ich?«, fragte Lüder und stand auf, um das Kunstwerk aus der Nähe zu betrachten. Es passte nicht in das Büro eines Kraftwerkmanagers. Lüder blieb vor dem Bild stehen, ging zur Seite, trat einen Schritt zurück und besah sich die Darstellung einer nackten Frau von hinten. Ihm war das eigentümliche, fast ein wenig geheimnisvoll wirkende Blau aufgefallen, in dem der Künstler sein Werk gestaltet hatte. Nein! Lüder hatte sich nicht getäuscht. Dieses Blau hatte er erst vor Kurzem bewundert – im Büro des Ministerpräsidenten.

»Das ist ein Stümer«, stellte Lüder fest und nahm wieder Platz.

Von Sohl zuckte gleichgültig mit den Schultern. »Mag sein. Ich habe es von meinem Vorgänger übernommen. Was ist damit?«

Lüder unterließ es, den Kraftwerksleiter aufzuklären. Es war ein merkwürdiger Zufall, dass Lüder in beiden Büros Bilder desselben Malers vorfand. Oder gab es doch engere Beziehungen zwischen der Kieler Politik und dem Kraftwerk an der Elbe? Warum hatte der erste Bürger des Landes Lüder diesen Auftrag erteilt, ohne Näheres zu erklären, sondern alles vage und unbestimmt im Nebel gelassen? Geld und Macht!

»Könnte Robert Havenstein über Informationen verfügt haben, die eine Fortsetzung des Betriebs hätten gefährden können?«, fragte Lüder.

»Das habe ich schon erklärt. Es gibt keine vernünftige Alternative zur Atomkraft. Nehmen Sie die erneuerbare Energie. Ökologisch ist sie ganz bestimmt sinnvoll, aber ökonomisch eine Katastrophe. Denken Sie an die politisch gewollte hohe Einspeisevergütung für Solarstrom und Windenergie. Wer soll das bezahlen? Unter dem Deckmantel der Ideologie wird Profit gemacht. Nicht umsonst warnen heute schon Verbraucherverbände davor, dass Strom für die Haushalte unbezahlbar wird. Das hat Havenstein erkannt. Ich habe den Journalisten auf Albert Völlering aus Niebüll aufmerksam gemacht. Diesen Januskopf finden Sie auf jeder Protestkundgebung, sei es gegen den Atomstrom oder gegen die CO_2-Einlagerung in Nordfriesland.«

»Wir haben die Meinungsfreiheit. Gegen engagierte Bürger ist doch nichts einzuwenden.«

»Das würde ich akzeptieren. Aber Völlering verfolgt handfeste eigene Interessen. Er vergisst bei seinen Auftritten vor Bürgerinitiativen zu erwähnen, dass er mit russischem Kapital bestrebt ist, die Szene der erneuerbaren Energie im großen Stil zu vereinnahmen. Bedenken Sie: Die Betreiber erhalten eine doppelt so hohe Vergütung für jede Kilowattstunde, wie der Verbraucher heute zahlt. Und das auf zwanzig Jahre staatlich garantiert.«

Es war ein interessantes Gespräch gewesen, befand Lüder, als ihn die Assistentin aus von Sohls Vorzimmer zurück zur Pförtnerloge brachte. Sicher hatte von Sohl in manchen Punkten recht, auch wenn seine Sicht naturgemäß nicht objektiv war. Aber das hatte Lüder vom Kraftwerksleiter auch nicht erwartet.

Auf dem Weg zum Parkplatz musste Lüder an die brutale Hinrichtung Robert Havensteins denken. Von Sohl hatte einen Lobbyisten aus Niebüll mit angeblichen Kontakten zu russischen Finanzkreisen erwähnt. Und Havensteins Mörder hatte ein südländisches oder osteuropäisches Aussehen. Was hatte der Ministerpräsident gesagt? Wir wollen bei uns keine russischen Verhältnisse, wo unliebsame Journalisten ermordet werden.

Vom Auto aus rief Lüder Vollmers an. Er hatte Glück und traf den Hauptkommissar in dessen Büro in der »Blume« an.

»Wir waren nicht untätig«, begann Vollmers. »Zunächst zu Dov Eisenberg.« Der Hauptkommissar unterbrach seine Ausführungen und kicherte vergnügt. »Für deutsche Ohren ist das ein gewöhnungsbedürftiger Name.«

»Der Ehemann hält mich für den Liebhaber seiner Frau. Deshalb ist er mich tätlich angegangen«, unterbrach ihn Lüder. »Ich kann Ihnen nur zustimmen. Der Mann trägt diesen Namen zu Recht. Also ... Was wissen wir über Blöd Eisenberg?«

»*Dov* Eisenberg«, stellte Vollmers richtig. »Der hat den Leihwagen von seinem Wohnort Rishon LeZion bestellt. Das war vor vier Tagen. Er hat ihn in Hamburg am Flughafen abgeholt. Eine Adresse in Deutschland ist nicht angegeben. Als Sicherheit liegt eine gültige und verifizierte Mastercard eines israelischen Herausgebers vor.«

»Woher wusste Eisenberg, wo er nach seiner Frau suchen muss?«, überlegte Lüder laut.

»Das müssen Sie ihn schon selbst fragen«, erwiderte Vollmers. »Wir lassen derzeit prüfen, mit welcher Maschine Eisenberg nach Deutschland gekommen ist. Das dauert aber noch ein bisschen. Das gilt auch für die DNA. Und den Abgleich der Fingerabdrücke zwischen Oldenburg und Eckernförde konnten wir noch nicht durchführen. Sonst liegt nichts über die Frau vor. Sie war offenbar bis vor vier Monaten in Israel als Journalistin bei der Ha'eretz tätig. Mehr wissen wir noch nicht. Und nun zu unserem Täter. Vorweg sei gesagt, dass Bilder und Beschreibungen an die Medien rausgegangen sind. Das haben nicht wir gemacht, sondern die Staatsanwaltschaft und das LKA. Dafür liegt mir die Antwort des Bundeskriminalamts vor. Dort, aber auch bei Europol gibt es zahlreiche Tatortspuren, die auf unseren Mörder hinweisen. Der war an Straftaten in ganz Europa beteiligt. In Italien hat er gemordet. Mehrfach. Frankreich, Belg...«

»Frankreich?«, unterbrach Lüder. »Wie sieht es mit Korsika aus?«

»Moment«, sagte Vollmers. Dann war es einen Moment still. »Tatsächlich«, meldete sich Vollmers wieder. »Sogar zweimal. In Bastia und Corte. In beiden Fällen handelte es sich um kaltblütigen Mord.«

Lüder musste wieder an die korsischen Separatisten denken, die auch vor keiner Gewalt zurückschreckten. »Was für Menschen hat er ermordet? War es stets eine bestimmte Personengruppe? Politiker? Journalisten? Exilanten?«

»Das kann ich diesen Unterlagen nicht entnehmen.«

»Und nun die spannendste Frage: Wie heißt unser Mörder?«

»Tja«, machte es der Hautkommissar spannend und entließ hörbar die Luft aus seinen Lungen. »Das weiß niemand. Wir kennen nur seine Straftaten. Die Identität ist bis heute unbekannt.«

»Das gibt es doch nicht. Da zieht ein professioneller Auftragskiller seine blutige Spur quer durch Europa, und niemand kennt ihn?«

»Offenbar gibt es doch so etwas. Wir haben aber noch ein Ergebnis. Havenstein wurde mit einer 7,65 Parabellum erschossen.«

»War das nicht der Vorgänger der 9 mm?«, fragte Lüder und ergänzte: »Ich bin kein Schusswaffenexperte.«

»Könnte man sagen«, bestätigte Vollmers. »Sie war die Standardmunition für Pistolen im Ersten und Zweiten Weltkrieg und wurde schon vor über einhundert Jahren entwickelt. Sofern man bei Munition von technischen Meisterleistungen sprechen kann, gehört diese dazu. Die kinetische Leistung wird unterschätzt. Die Techniker können das so präzise sagen, weil die Hülse gefunden wurde. Es gibt noch eine teuflische Besonderheit: Das Geschoss wurde mit einer Feile abgeflacht. Damit verkürzen Sie die Schussentfernung, aber das taumelnde Geschoss richtet beim Opfer verheerende Wirkungen an. Sie können es mit ein wenig Phantasie mit den Dum-Dum-Geschossen vergleichen. An der Hülse waren deutlich Spuren eines Schraubstocks erkennbar.«

»Das ist ein weiterer Beweis, dass wir es hier mit einem absoluten Profi zu tun haben«, pflichtete Lüder bei.

»Als Waffe kommen einige Modelle infrage«, fuhr Vollmers fort. »Noch steht es nicht fest, aber es könnte eine Beretta M 951 gewesen sein. Das glauben die Experten aus den Zügen zu erkennen.«

»Das muss ich so glauben«, sagte Lüder.

»Ich auch«, stimmte Vollmers zu. »Wenn das zutrifft, wäre es verwunderlich. Denn es handelt sich um ein altes Modell, das seit dreißig Jahren nicht mehr produziert wird.«

Lüder fiel wieder das südländische Aussehen des Täters ein. »Eine italienische Waffe«, sagte er.

»Sì. Sie wurde in …«, Vollmers unterbrach seine Ausführungen, um noch einmal nachzusehen, »in Italien, im Nahen Osten, in Ägypten, im Irak, in Nigeria und Israel eingesetzt.«

»Israel?«

Vollmers bestätigte es, während Lüder an den eifersüchtigen israelischen Ehemann denken musste. Er nahm sich vor, das Phantombild der Zeugen aus Eckernförde noch einmal mit seinen Erinnerungen an Dov Eisenberg zu vergleichen.

Nachdenklich beendete Lüder das Gespräch. Dann rief er Sven Kayssen von der Pressestelle an und bat ihn um den Namen eines Vertreters der Bürgerinitiative, die sich in Geesthacht gegen das Atomkraftwerk engagierte. Er musste nicht warten.

»Das haben wir gleich«, sagte Kayssen und nannte Lüder den Namen eines Arztes. »Dr. Kai Feldkamp ist Facharzt für Kinder- und Jugendmedizin.«

»Ein Kinderarzt«, wiederholte Lüder für sich selbst. »Das überrascht mich nicht.«

Er fuhr ins Stadtzentrum zurück, fand einen Parkplatz auf dem Oberdeck eines Einkaufszentrums und stand anschließend mitten in der Fußgängerzone, der Bergedorfer Straße, der sparsame Stadtväter die Fahrspur belassen hatten. Gegenüber residierte hinter einer schmucklosen Fassade ein Kaufhaus. Zahlreiche Geschäfte säumten dicht an dicht den Weg. Auf Lüder wirkte die Mischung der Baustile, darunter lieblos entworfene Zweckbauten, insgesamt inhomogen. Ein Hubschrauber mit Münzeinwurf, aus dem ein kleiner Junge hervorlugte und mit dem Mund Brummgeräusche zu simulieren versuchte, entlockte Lüder ein Lächeln.

Dr. Feldkamp hatte seine Praxis im »City Center Geesthacht«, in dem neben zahlreichen Arztpraxen auch andere Gesundheitsdienstleister und ein Rechtsanwalt residierten.

Heute war Mittwochnachmittag, und Lüder war erstaunt, dass der Arzt trotzdem praktizierte. Die Räume lagen in der ersten Etage. Im Flur empfing ihn ein bunt gestalteter Tresen, von dem eine gestresst aussehende junge Arzthelferin überrascht aufblickte, als Lüder eintrat. Suchend blickte sie an ihm herunter und versuchte das Kind in seiner Begleitung zu orten.

»Ich möchte Dr. Feldkamp sprechen«, bat Lüder.

»In welcher Kasse sind Sie versichert?«, fragte die Frau routinemäßig.

»Privat«, erwiderte Lüder wahrheitsgemäß und zeigte dabei ein ironisches Lächeln, das die Frau aber nicht wahrnahm.

»Das Geburtsdatum Ihres Kindes«, fuhr die Arzthelferin fort. Lüder schien es, dass sich ihre Haltung ein wenig entspannt hatte, nachdem er seine Versicherung genannt hatte.

Lüder nannte sein Geburtsdatum. Die junge Frau begann, es in ihren Computer zu tippen. Plötzlich stutzte sie.

»Das geht nicht«, sagte sie. »Das ist doch kein Kind.«

»Richtig«, erwiderte Lüder gelassen. »*Ich* möchte mit dem Doktor sprechen.«

»Sie?« Die Frau sah Lüder mit großen Augen an.

»Ja.«

»In welcher Angelegenheit?«

»Könnten Sie mir weiterhelfen?«

»Ich weiß nicht, worum es geht«, antwortete sie unsicher.

»Eben.«

Lüder hatte die Frau aus ihrem Konzept gebracht.

»Nehmen Sie bitte einen Moment Platz.« Sie nickte mit dem Kopf in Richtung eines Wartezimmers, aus dem durchdringendes Kindergejohle drang.

Jetzt zeigte Lüder der Frau seinen Dienstausweis und bat darum, möglichst vorrangig zum Arzt vorgelassen zu werden.

Es hätte nicht viel gefehlt, und die Frau auf der anderen Seite des Tresens hätte salutiert und die Hacken zusammengeschlagen.

Trotzdem dauerte es zwanzig Minuten, bis Lüder in das Sprechzimmer gebeten wurde. In der Zeit hatte er Gelegenheit, Kinder von wenigen Wochen bis – er schätzte – dreizehn Jahren zu beobachten. Während sich zwei Dreijährige um ein schon arg demoliertes Modellauto balgten, wimmerte ein einjähriges Mädchen unentwegt vor sich hin und animierte seine etwas jüngere Nachbarin, in ein kraftvolles Krähen zu verfallen.

Der Dreizehnjährige mit den langen Haaren sah entnervt von seinem Comic auf. Ihm war anzusehen, dass er sich an diesem Ort deplatziert fühlte. Dazwischen füllte der Austausch der Mütter den Raum. Lüder fing Wortfetzen über gesunde Ernährung, teure Kinderkleidung und vor allem außergewöhnliche Heldentaten des Nachwuchses auf. Wenn man dem Glauben schenkte, was die Mütter über ihre Kinder erzählten, saß Lüder mitten unter kleinen Einsteins.

Dr. Feldkamp unterhielt mehrere Behandlungszimmer. So musste Lüder noch eine Weile warten, bis die Tür schwungvoll aufgerissen wurde und der Arzt erschien. Lüder schätzte ihn auf höchstens Mitte dreißig. Dr. Feldkamp war ein Stück kleiner als Lüder und hatte kurze mittelblonde Haare. Ob er vor Kurzem aus dem Urlaub zurückgekehrt oder Besucher eines Sonnenstudios war, vermochte Lüder nicht zu sagen. Der durchtrainiert wirkende Mann kam mit elastischem Schritt auf Lüder zu und reichte ihm die Hand. Es war ein angenehmer und fester Händedruck. Der Arzt hatte auf den weißen Kittel verzichtet. Er trug eine Jeans und einen beigefarbenen Rollkragenpullover, an dessen Kragen eine grellbunte Mickey-Mouse-Figur als Sticker angeheftet war. Als Lüder lächelte, antwortete der jugendlich-frisch wirkende Doktor ebenfalls mit einem Lächeln. Dann sah er Lüder fragend an.

»Ich komme vom Landeskriminalamt und ermittle in einer anderen Sache. Peripher bin ich dabei auf die rätselhaften Leukämieerkrankungen gestoßen, die seit über zwanzig Jahren diese Region beschäftigen. Ähnliches hat auch Robert Havenstein recherchiert.«

Dr. Feldkamp zeigte sich gut informiert. »Den man jetzt ermordet hat. Wo war das noch gleich?«

»Eckernförde«, half Lüder nach.

»Richtig.« Der Arzt griff sich einen Kugelschreiber vom

Schreibtisch und drehte ihn nervös zwischen seinen Händen. Dann ließ er den Kugelschreiber artistisch nur um die Finger der rechten Hand kreisen. »Das hat mich tief berührt«, sagte er. »Der Mord. Komisch.« Er hielt einen Moment inne. »Es ist noch gar nicht lange her, da hat Herr Havenstein mir gegenübergesessen.« Dr. Feldkamp schien für einen Moment in sich hineinzuhorchen. »Hier. Dort, wo Sie Platz genommen haben. Er hat mir die gleiche Frage gestellt. Wie Sie jetzt ...«, ergänzte der Arzt.

»Sie sind Mitglied der Bürgerinitiative gegen das Atomkraftwerk.«

Der Arzt nickte versonnen. »Mehr als tausend Atomkraftgegner haben am Jahrestag der Reaktorkatastrophe von Tschernobyl in Krümmel gegen eine erneute Inbetriebnahme des Atommeilers protestiert. Ich war einer von ihnen. Krümmel darf nicht wieder ans Netz gehen, haben wir, die Umweltverbände und Anti-Atom-Initiativen, gefordert. Jüngst ist wieder ein Kind in der Elbmarsch an Leukämie erkrankt. Deshalb fordern wir Ärzte und die Bürger das endgültige Aus des Meilers. Im Umkreis von fünf Kilometern um das Atomkraftwerk sind seit 1989 neunzehn Kinder an Blutkrebs erkrankt.«

»Es gibt keine Studie, die nachgewiesen hat, dass der Reaktor dafür verantwortlich ist«, warf Lüder ein. »Und es gab zahlreiche Studien.«

Dr. Feldkamp winkte ab. »Würden Sie an deren Stelle etwas anderes behaupten? Wir sprechen vom Leukämiecluster Elbmarsch. Unbestreitbar gibt es eine Häufung von Leukämieerkrankungen im Gebiet rund um Krümmel. Es handelt sich hierbei um die weltweit höchste dokumentierte Leukämierate bei Kindern auf so engem Raum.«

»Wie gesagt – die Ursachen sind nicht eindeutig nachweisbar«, wandte Lüder ein.

»Man hat die schleswig-holsteinische Kommission in ihrer Arbeit behindert, weil sie unliebsame Erkenntnisse publiziert hat«, sagte der Arzt. »Die Wissenschaftler haben der Landesregierung und der Staatsanwaltschaft Behinderung ihrer Arbeit vorgeworfen.«

Lüders Gedanken schweiften kurz zu Oberstaatsanwalt Brechmann ab, von dem auch zu vermuten war, dass er die Fälle manchmal nach politischen und nicht nach rechtlichen Grundsätzen beurteilte.

»Die Kommission hatte einen Vorfall auf dem Gelände der GKSS«, damit meinte er die Gesellschaft für Kernenergieverwertung in Schiffbau und Schifffahrt, »als eine der möglichen Ursachen ins Auge gefasst. Die Landesregierung hat das als abwegig, abstrus, haltlos und unseriös abgetan und ihr Vertrauen der niedersächsischen Kommission ausgesprochen, die zu anderen Ergebnissen gekommen ist. Die beiden betroffenen Länder haben daraufhin die ›Akte Elbmarsch‹ geschlossen. Es ist schwierig, neutrale Wissenschaftler zu finden. So hat das ZDF in einer Reportage behauptet, viele Institute würden aus Existenzangst keine Untersuchungen mehr zum Thema Krümmel vornehmen, da sie von Regierungen und anderen Behörden sonst keine Aufträge mehr erhalten würden.«

Ob Robert Havenstein an diesem Punkt neu recherchiert hatte?, fragte sich Lüder.

Dr. Feldkamp nickte. Es wirkte wie geistesabwesend. »Natürlich kenne ich das Gerede um andere Gründe. Neben dem Atomkraftwerk wird die ehemalige Sprengstofffabrik ins Gespräch gebracht. Und auch an die GKSS muss man denken. Während der ganzen Diskussion um Krümmel vergisst man allzu leicht, dass gleich nebenan bei der GKSS ein weiterer Reaktor steht, der zu Forschungszwecken benutzt wird.«

Dr. Feldkamp fuhr sich mit der Hand durchs Gesicht. Lüder erschien es wie eine Geste der Resignation. »Ich bin Mitglied im Verein ›Internationale Ärzte für die Verhütung des Atomkriegs‹. Und das aus Überzeugung. Da ist es mir völlig gleich, wer die Schuld trägt, solange unschuldige Kinder darunter zu leiden haben.«

Er zeigte auf ein Bild auf seinem Schreibtisch, auf dem zwei kleine Mädchen zu sehen waren. Lüder schätzte die Kleinere auf drei Jahre. Sie saß auf einer Schaukel in einem Garten und lachte aus ganzem Herzen ihre ältere Schwester an, die vor dem Gerät stand und der Kleinen Schwung gegeben hatte. Beide sahen glücklich und fröhlich aus.

»Das sind meine«, sagte Dr. Feldkamp. »Ich möchte nicht, dass sie oder andere Kinder erkranken. Dafür stehe ich.« Dann malte er ein paar Kringel auf die Schreibtischunterlage, die von einem Pharmahersteller stammte und aus Abreißblättern bestand. »Wissen Sie, wie grausam diese Krankheit sein kann? Leukämie wird von vielen als Schlagwort verwendet, ohne zu verstehen, was sich dahinter verbirgt.«

Als Lüder schwieg, fuhr Dr. Feldkamp fort: »Leukämie ist, vereinfacht ausgedrückt, ein Sammelbegriff für eine Erkrankung des blutbildenden Systems. Die Anteile von roten und weißen Blutkörperchen und Gerinnungsplättchen sind aus dem Lot geraten. Das Fatale ist, dass diese Krankheit bei Kindern und jungen Erwachsenen viel akuter auftritt. Das liegt daran, dass Kinder in der Immunlage noch nicht stabilisiert sind. Chronische Formen gibt es fast gar nicht in diesem Alter. Erste Anzeichen sind vermehrte Infekte, die Patienten werden kränklich und blutarm, haben vergrößerte Drüsen und eine geschwollene Milz. Die Folge einer nicht therapierten Leukämie kann der Tod durch eine fehlende Immunabwehr sein, wenn die Ursache in den weißen Blutkörperchen liegt, Blutarmut bei den roten Blutkörperchen oder schlicht durch Verbluten, wenn die Blutgerinnungsplättchen fehlen.«

»Können Sie mir Kontakte zu betroffenen Familien vermitteln?«

Der Arzt nickte nachdenklich. »Ein betroffenes Kind gehört zu meinen Patienten. Ich kann Ihnen versichern, dass die ganze Familie darunter leidet. Auch die beiden gesunden Geschwister. Da werden ganze Leben zerstört. Wer das nicht miterlebt hat, kann sich nicht vorstellen, wie grausam das ist.« Dann schüttelte Dr. Feldkamp energisch den Kopf. »Ich werde Ihnen keine Namen nennen. Weder von diesem Fall noch von Betroffenen, die ihr Kind durch Leukämie verloren haben. Eine Ehe ist darüber zerbrochen. Die Mutter ist psychisch zerstört. Dem Vater geht es auch nicht besser, obwohl er Halt in einer neuen Verbindung gefunden haben soll. Sagt man. Ich habe keinen Kontakt zu ihm.«

»Hat Robert Havenstein auch nach den Kindern gesucht?«

Dr. Feldkamp musterte Lüder lange. Es hatte den Anschein, als würde er durch ihn hindurchsehen.

»Der Journalist war hier. Er hat ähnliche Fragen wie Sie gestellt. Natürlich habe ich keine Patientendaten preisgegeben. Ob er sich die Namen auf andere Weise besorgt hat …?« Dr. Feldkamp zuckte mit den Schultern. »Ich weiß es nicht.« Dann sah er auf seine Armbanduhr. »Noch etwas: Es geht nicht nur um das Atomkraftwerk hier vor Ort, sondern auch um die Endlagerung. Wir hinterlassen unseren Nachkommen ein ungelöstes Problem. Das ist vom medizinischen Standpunkt höchst bedenklich.«

»Ist die Lagerung von CO_2, wie man es für Ostholstein und Nordfriesland als Möglichkeit geplant hat, vorteilhafter?« In Lüders Frage war der provozierende Unterton deutlich vernehmbar.

Der Arzt schüttelte den Kopf. »Ich bin kein Verfechter des St.-Florian-Prinzips nach dem Motto, dass vor meiner Haustür alles sauber bleiben soll und es mich nicht stört, wenn sich die Menschen an anderen Orten mit Umweltproblemen auseinandersetzen müssen.«

»Haben Sie Kontakt zur Bürgerinitiative gegen die CO_2-Einlagerung?«

»Ja«, sagte Dr. Feldkamp und sah erneut auf die Uhr, als markerschütterndes Kindergeschrei bis in den Behandlungsraum drang. »Ich muss mich jetzt wieder um die kleinen Patienten kümmern.« Er stand auf und gab Lüder die Hand. »Ach ja«, fiel ihm noch ein. »Es gibt eine lose Verbindung nach Niebüll.«

»Zu Albert Völlering?«

»Genau«, bestätigte der Arzt und begleitete Lüder zur Tür.

Das war das zweite Mal, dass der Name des Niebüllers fiel, stellte Lüder fest und nahm sich vor, mit Völlering zu sprechen. Vielleicht hatte auch Havenstein diese Spur verfolgt und den gleichen Weg beschritten, an dessen Ende der Tod auf ihn wartete.

Als Lüder auf die Straße trat, blieb er stehen und atmete die Herbstluft ein. Er schloss für einen kurzen Augenblick die Augen. Falls sich entgegen allen Expertenmeinungen doch Radioaktivität in der Luft befinden sollte, so würde man es nicht merken. Die Folgen würden sich später einstellen. Das war das Teuflische daran. Noch einmal sog er die Luft tief in seine Lungen. Es war ein anderer Geruch als in der Kinderarztpraxis. Obwohl es dort sauber war, hatte es sich nicht vermeiden lassen, dass sich zu den unverkennbaren Aromen einer Arztpraxis auch die der Kinder mischten – kleine Kinder mit durchnässten Windeln, größere mit anderen Düften, das Ganze durchmischt mit dem unverkennbaren Geruch von Süßigkeiten, mit denen die ebenso aufgeregten Mütter ihren Nachwuchs zu beruhigen suchten.

Als Lüder die Augen wieder öffnete und den Blick über die Fußgängerzone schweifen ließ, stutzte er, als er Dov Eisenberg sah. Der Israeli stand keine dreißig Meter entfernt vor einem Naturkost-Fachmarkt. Er machte keine Anstalten, sich zu verbergen, als Lüder auf ihn zuging.

»Haben Sie mich verfolgt?«, fragte Lüder, als er vor Eisenberg stand. Eine Spur Verärgerung keimte in ihm auf, mehr über sich selbst, weil er seinen Verfolger bisher nicht wahrgenommen hatte.

Dov Eisenberg sah Lüder aus leicht zusammengekniffenen Augen an. Es wirkte fast ein wenig bedrohlich.

»Was bezwecken Sie damit?« Lüder steckte die Hand in die Hosentasche, um Gelassenheit zu demonstrieren.

»Ich möchte wissen, wo meine Frau ist«, sagte Eisenberg.

»Und Sie glauben, ich würde Sie hinführen? Ich habe Ihnen schon einmal erklärt, dass Sie mich zu Unrecht verdächtigen. Ich habe kein Verhältnis mit Ihrer Frau.«

»Lügner«, zischte der Israeli und sah zum Praxisschild. »Sie haben Hannah versteckt. Und beim Doktor wollten Sie wissen, ob sie schwanger ist. Sie Schwein.«

»Jetzt reicht es.« Lüders Stimme klang fest, fast ein wenig zornig. »Suchen Sie Ihre Frau. Ich wünsche Ihnen viel Erfolg dabei. Im Übrigen«, jetzt zeigte Lüder auf das Arztschild, »ist das ein Kinderarzt und kein Gynäkologe. Der ist nicht für das Kindermachen zuständig.«

Eisenberg trat einen halben Schritt näher an Lüder heran, sodass sie sich am Bauchnabel berührten. »Sie haben Hannah entführt und geschwängert. Dafür werden Sie teuer bezahlen.«

»Wenn Sie nicht augenblicklich das Weite suchen«, fuhr ihn Lüder lautstark an, dass zwei Passanten stehen blieben und auf die beiden Kontrahenten aufmerksam wurden, »rufe ich die Polizei. Warum erzählen Sie Ihre Story nicht dort?«

»Dieses Land hat noch nie Moral besessen.« Eisenberg war sichtlich aufgebracht. Wieder war das gefährliche Funkeln in seinen Augen zu sehen. »Ehre und Anstand kennt man hier nicht. Die deutsche Polizei kümmert sich nicht um Ehebruch.«

Lüder neigte seinen Kopf, dass sich fast die Nasenspitzen berührten. »Wenn Sie mich für einen ehrlosen Gesellen halten, dann werde ich das gleich durch ein für Sie schmerzhaftes Verhalten unter Beweis stellen.« Für Eisenberg überraschend wurde Lüder laut. »Nun verschwinde, sonst gibt es Ärger.«

Tatsächlich waren jetzt ein paar Neugierige mehr stehen geblieben. Lüder wandte sich an die kleine Ansammlung und zeigte auf Eisenberg.

»Sie können weitergehen. Mein Freund hat ein paar persönliche Probleme.« Dann sah er einen älteren Mann mit einer ausgesprochenen Knollennase an, der keine Anstalten unternahm, seinen Platz in der ersten Reihe zu verlassen. »Sie sehen aus wie ein Psychiater. Kümmern Sie sich um ihn.«

Der Mann mit den erkennbar schwieligen Händen sah verlegen in die Runde, bevor er sich leise murmelnd davonmachte. Auch Lüder drehte sich um und ignorierte die auf Hebräisch ihm hinterhergeworfenen Flüche.

Es war leichtfertig, überlegte Lüder, nicht an solche Situationen gedacht zu haben. Hannah Eisenbergs Ehemann entpuppte sich als Klette. Noch vermied Lüder es, den Mann über den Mord an Robert Havenstein aufzuklären und die Verbindung zwischen dem Toten und Hannah Eisenberg zu erwähnen. Es war merkwürdig genug, dass Havensteins Geliebte bisher nicht aufgetaucht war. Wo und warum hielt sie sich versteckt? Hatte sie Angst vor ihrem eifersüchtigen Ehemann, der sie bis nach Schleswig-Holstein verfolgte?

Nirgendwo stand geschrieben, dass der Feierabend eines Polizeibeamten erst um Mitternacht beginnen darf. So machte sich Lüder auf den Heimweg nach Kiel. Der Verkehr rund um Hamburg kostete viel Zeit, und auch auf der Strecke von Bad Oldesloe über Bad Segeberg wurde seine Geduld gefordert. Es war schon dunkel, als er das ältere Einfamilienhaus im Kieler Stadtteil Hassee erreichte. Vor der Tür parkte der betagte VW Bulli, mit dem Margit den Chauffeurdienst für den Nachwuchs der Patchworkfamilie ausführte und die Einkäufe tätigte.

»Schön, dass du da bist«, begrüßte sie Lüder und hauchte ihm einen Kuss auf die Lippen. Dann verschwand sie wieder in der Küche. »Ich mache gerade Abendbrot«, rief sie ihm zu.

»Hallo, Papi.« Die vierjährige Sinje kam ihm strahlend entgegen. Sie schwenkte ein Blatt Papier. »Ich habe ein Bild gemalt.«

»Das heißt: Ich habe ein Bild gemahlen«, korrigierte sie Jonas, der auf der Treppe zum Obergeschoss saß.

Sinje hielt Lüder das Blatt entgegen. »Ich habe ein Bild gemahlen.«

»Du hast es schon richtig gesagt. Es heißt: Ich habe ein Bild gemalt. Jonas ist dumm.«

Sinje begann lauthals zu lachen. »Jonas ist dumm«, rief sie vergnügt.

Jonas grinste schelmisch. »Der kann man noch was erzählen.«

»Und du?«, fragte Lüder und versuchte Jonas durch das wuschelige Haar zu fahren.

Doch der Junge war schneller und wich aus. »Lass das«, sagte er.

An solchen Kleinigkeiten erkennt man, dass die Kinder größer werden, überlegte Lüder. Es war noch nicht lange her, da hatte Jonas gegen solche Gesten nichts einzuwenden. Und Sinje hatte sich bei seiner Heimkunft auf seinen Arm gedrängt, um mit dem Papa zu schmusen. Jetzt war der Jüngsten mehr daran gelegen, die Bewunderung ihres Vaters für ihr Kunstwerk einzuheimsen.

»Hi«, grüßte Thorolf aus der ersten Etage und schob sich noch etwas Essbares in den Mund. Er war kaum zu verstehen, als er weitersprach. »Hast du mit der Journalistenleiche zu tun?«

»Man spricht nicht so despektierlich über Tote«, belehrte ihn Lüder.

»Ist doch egal. Also? Hast du?«

»Warum interessiert dich das?«

»In der Zeitung stand, dass der Tote was mit Atom und so zu tun hat.«

»Dann weiß die Zeitung mehr als die Polizei.«

Thorolf biss erneut ab und sagte etwas, das Lüder nicht verstand.

»Noch einmal. Dann aber bitte mit leerem Mund.«

»Diese Atomscheiße. Wir wollen dagegen protestieren.«

»Wer ist ›wir‹?«

»Welche aus unserer Schule. Wir wollen keine AKWs.«

»Dafür CO_2-Emissionen und Speicherung des Kohlendioxids unter den Gärten in Schleswig-Holstein?« Lüder war sich bewusst, dass seine Frage provokativ war.

»Nee«, sagte Thorolf, und es sollte lässig klingen. »Dagegen wollen wir auch protestieren. Vielleicht!«

»Und wie wollt ihr die Energie gewinnen?«

Für einen Augenblick schwieg Thorolf. Die Frage hatte ihn überrascht.

»Sonnenenergie und Wind«, fiel ihm schließlich ein.

»Das ist aber wesentlich teurer«, gab Lüder zu bedenken.

»Warum? Die Sonne und der Wind – das kostet doch nichts«, sagte Thorolf leichthin.

Diese Meinung traf man sicher häufig an, überlegte Lüder für sich selbst. Die Antwort auf die Fragen zur Energiesicherung war aber wesentlich komplizierter. So kompliziert, dass dafür ein Mensch hatte sterben müssen?

DREI

Lüder hatte das Frühstück zu Hause genossen, obwohl es mit der gewohnten Unruhe verbunden war. Margit gab sich alle Mühe, Ruhe einzubringen, aber die vier Kinder ließen sich trotz aller mahnenden Worte nicht disziplinieren. Es war unmöglich, sie auch nur für eine kurze Zeit gemeinsam an den Frühstückstisch zu bitten.

Mittlerweile saß er in seinem Büro, nahm einen Schluck Kaffee, den er sich im Geschäftszimmer bei Edith Beyer besorgt hatte, und blätterte gewohnheitsmäßig durch die Morgenpresse. Immer noch war der Mord an Robert Havenstein in den Zeitungen. Die Jagd nach Sensationen hatte das Thema aber von den Titelseiten verdrängt.

Dafür fand sich Lüder auf einer Innenseite der Boulevardzeitung wieder. Der Artikel von LSD zeigte neben dem Phantombild vom Täter ein Archivfoto von Lüder, bei dem nur unzureichend mit einem schwarzen Balken sein Gesicht verdeckt wurde. Insbesondere der blonde Wuschelkopf war deutlich zu erkennen. Zu allem Überfluss stand als Bildunterschrift auch noch: »Kriminalrat L. vom LKA steht ratlos vor den Ermittlungen«.

Damit hatte der Zeitungsmann – Lüder weigerte sich schon lange, Dittert als Journalisten zu bezeichnen – nicht nur Lüders Identität preisgegeben, sondern auch noch den Lesern suggeriert, dass die Polizei dem Fall ohnmächtig gegenüberstand. Außerdem erweckte es den Eindruck, als würde Lüder allein ermitteln. Woher wusste Dittert, dass Lüder in diesem Fall tätig war? Lüder griff zum Telefon und wollte Dittert zur Rede stellen, unterließ es dann aber doch. Er konnte damit nichts erreichen, sondern würde LSD nur Genugtuung verschaffen, wenn er seinen Ärger kundtat. Er würde es dem Zeitungsmann anders heimzahlen.

Stattdessen rief er Vollmers an.

»Es gibt eine Reihe von Neuigkeiten«, sprudelte es aus dem Hauptkommissar heraus, kaum dass Lüder seinen Namen genannt hatte. »Fingerabdrücke und DNA der Frau in Oldenburg und Eckernförde sind identisch. Damit ist definitiv der Beweis erbracht, dass Hannah Eisenberg in Eckernförde war. Umgekehrt hat die Spurensicherung nicht einen einzigen Hinweis dafür gefunden, dass Havenstein sich jemals im Oldenburger Appartement aufgehalten hat. Und dann wissen wir, wie der Ehemann nach Norddeutschland gekommen ist.« Vollmers schwieg einen bedeutungsvollen Moment. »Er ist am Montag um sieben Uhr dreißig mit der El Al ab Tel Aviv Ben Gurion International nach Zürich geflogen. Von dort ist er mit der Swiss International Air nach Hamburg gekommen. Dort war er nachmittags um Viertel nach zwei. Sein Mietwagen war von Israel aus vorbestellt.«

»Hmh«, brummte Lüder, und als der Hauptkommissar »Bitte?« fragte, erklärte er: »Es ist erstaunlich, wie zielgerichtet Dov Eisenberg nach Oldenburg gekommen ist. Am Mittwoch hat er mich dort abgefangen. Woher wusste er, dass er dort suchen musste? Das würde ich gern von ihm hören.«

»Kaum ist er in Deutschland, schon wird der Liebhaber seiner Frau ermordet«, warf Vollmers ein.

»Dem steht entgegen, dass er mich für den Liebhaber seiner Frau hält«, entgegnete Lüder. »Der Mann wird immer rätselhafter. Ich werde ihn einem ›peinlichen Verhör‹ unterziehen.«

Vollmers lachte auf. »Das Mittelalter ist lange vorbei.«

»Leider«, erwiderte Lüder und verabschiedete sich von Vollmers.

Dann rief er sich das Phantombild des Mörders auf den Bildschirm und betrachtete es lange und intensiv. Nein, entschied er, es wies keine Ähnlichkeit zu Dov Eisenberg auf. Der Israeli war mit hoher Wahrscheinlichkeit nicht der Mörder des Liebhabers seiner Frau.

Jetzt galt es, nicht nur den gehörnten Ehemann, sondern auch Hannah Eisenberg zu finden. Warum versteckte sich die Frau?

Lüder schloss für einen kurzen Moment die Augen.

»Hallo, Herr Oberarzt«, hörte er die Stimme Friedjofs, der unbemerkt ins Büro getreten war. »Warst du gestern auf Herrentour, dass du dich hier ausschlafen musst?«

»Moin, Friedhof, du Leisetreter. Hast du nichts Besseres zu tun, als Meisterdetektive beim Denken zu stören?«

Der Bürobote sah sich demonstrativ um. »Ich sehe hier keinen Sherlock Holmes.« Friedjof ließ sich an Lüders Schreibtisch nieder. »Überlegst du, wo du deine Waffe hast?«

Lüder sah ihn fragend an.

»Ich dachte, du willst diesen Dittert erschießen. Das ist eine Frechheit, was der sich wieder einmal geleistet hat.«

Lüder winkte ab. »Der Mann ist nicht dumm. Aber mit dieser Masche, der allgemeinen Volksverdummung, verdient er sein Geld. Vermutlich mehr als wir beide zusammen.«

Friedjof lenkte das Gespräch auf sein Lieblingsthema, den Fußball und besonders »seinen Verein«, Holstein Kiel. Lüder hörte ihm aufmerksam zu und vermied es heute, sehr zu Friedjofs Bedauern, in eine kontroverse Diskussion einzusteigen. Darum verabschiedete sich der Bürobote nach kurzer Zeit.

Lüder wählte den Anschluss von Frau Dr. Braun. Die Wissenschaftlerin war im letzten Jahr befördert worden. Man hatte ihr die Gesamtleitung der Abteilung 4 des Landeskriminalamts, die Kriminaltechnik und den Erkennungsdienst, anvertraut, nachdem sie früher für das Dezernat »Naturwissenschaftliche Kriminaltechnik« verantwortlich zeichnete. Der neue Verantwortungsbereich hinderte Frau Dr. Braun aber nicht daran, sich weiterhin detailversessen um einzelne Fälle zu kümmern.

»Herr Dr. Lüders«, kam es klagend aus dem Telefon, »muss es sein, dass Sie mich ansprechen? Ich habe schrecklich viel zu tun und jongliere mit unserer viel zu dünnen Personaldecke. Und jetzt will man auch noch Personal entlassen. Haben Sie gelesen, dass auch wir, die Polizei, davon nicht verschont bleiben sollen?«

»Es hat sich bis zur Landesregierung herumgesprochen, liebe Frau Dr. Braun, dass man in Ihrer Abteilung sehr viel einsparen kann, da Sie ganz allein alles aus dem Ärmel schütteln.«

Lüder hörte ein verlegen klingendes Hüsteln aus dem Telefon. »Sie Schmeichler. Wenn Sie so beginnen, wollen Sie wieder etwas außerhalb des Dienstweges.«

»Das ist zutreffend. Ich möchte von Ihnen eine kluge Auskunft. Ich weiß, Sie sind eine begnadete Physikerin.«

Jetzt herrschte Schweigen in der Leitung.

»Können Sie mir etwas zur Technik von Atomkraftwerken sagen? So, dass auch ein Jurist es versteht.«

»Krümmel?«, fragte sie zurück. Und als Lüder es bestätigte, wandte sie ein: »Das hat nichts mit Physik oder Jurisprudenz zu tun. Das ist Allgemeinwissen.«

»Daran mangelt es mir. Im Unterschied zu Ihnen.«

»Schön.« Frau Dr. Braun atmete hörbar aus. »Krümmel ist der größte Siedewasserreaktor der Welt. Wissen Sie, was das ist – ein Siedewasserreaktor?«

Als Lüder schwieg, seufzte sie auf. »Gut, dann erkläre ich es mit einfachen Worten, dass auch Juristen es verstehen. Sie müssen es sich wie einen großen Tauchsieder vorstellen. Das Herzstück der Anlage ist der Reaktordruckbehälter, in dem die Brennstäbe angesiedelt sind. Diese sind schwach angereichert, mit drei bis vier Prozent Uran. Die Brennstäbe werden nun – sehr bildlich gesprochen – zu einer Atomexplosion gebracht.«

»Das klingt sehr gefährlich, fast wie eine Atombombe«, unterbrach Lüder sie.

Frau Dr. Braun ließ ein gurrendes Lachen hören. Für Lüder war es eine Premiere. Er hätte der stets streng auftretenden Wissenschaftlerin keine Heiterkeit zugetraut.

»Das Uran, das Sie für Bomben benötigen, ist über fünfundneunzig Prozent angereichert. Also: Wenn der Reaktor angefahren wird, so nennt man das, erhitzt er das Wasser, in dem die Brennstäbe schwimmen. Es entsteht Wasserdampf, der eine Turbine antreibt. In diesem Punkt unterscheidet sich die Technik nicht von Kohle- oder Gaskraftwerken, nur das man hier zum Heizen Atomkraft verwendet. Es handelt sich im Prinzip um eine übergroße und sehr effiziente Dampfmaschine.«

»Das ist doch radioaktiv«, warf Lüder ein.

»Richtig. Das Wasser und der erzeugte Dampf sind radioaktiv. Deshalb darf auch nichts aus diesem geschlossenen Kreislauf austreten. Das wäre schlimm. Der Dampf, nachdem er die Turbinen angetrieben hat, muss wieder gekühlt werden. Das geschieht durch das Elbwasser. Der Dampf ...«

»Der radioaktive«, warf Lüder ein.

»Genau der«, bestätigte Frau Dr. Braun, »läuft durch eine Kühlschlange. Die Fachleute sprechen von Kondensator. Sie müssen es sich wie eine Heizung mit Rippen vorstellen, die von Wasser umspült wird. Dadurch wird die Wärme an das Kühlwasser abgegeben, das wiederum in die Elbe zurückfließt.«

»Dadurch wird der Fluss wärmer«, sagte Lüder.

»Auch das stimmt. Und für diesen Tatbestand kassiert der Finanzminister in Kiel jährlich einen Millionenbetrag.«

Dann wundert es mich nicht, dachte Lüder, dass es im Stillen ein Interesse daran gibt, das Kraftwerk in Betrieb zu halten. Die Landeskassen sind leer. Da könnte es stören, wenn jemand kritische Berichte über Krümmel in die Öffentlichkeit trägt.

»Was ist, wenn der radioaktive Dampf austritt?«, fragte Lüder.

Frau Dr. Braun zögerte einen Moment. »Das wäre schlimm. So etwas ist in Harrisburg geschehen. Wenn Radioaktivität in der Luft ist, können Sie sie nicht wieder einfangen. Aber dafür gibt es zahlreiche Sicherheitssysteme. Der Druckbehälter selbst ist mit einer meterdicken Betonummantelung abgeschirmt. Diese wiederum umgibt eine doppelwandige Stahlkugel, der Sicherheitsbehälter. Und das Reaktorgebäude selbst ist ein weiterer Schutzmantel. Man hat sehr viel für die Sicherheit getan.«

»Und trotzdem gibt es den Leukämiecluster Elbmarsch, die vermehrte Häufigkeit an Erkrankungen rund um das Atomkraftwerk Krümmel. Könnte es in der Vergangenheit ein Leck gegeben haben?«

»Ich möchte mich nicht an den Spekulationen beteiligen«, wich Frau Dr. Braun aus. »Unbestreitbar ist, dass diese Erkrankungen seit 1986 gehäuft auftreten.«

»Was könnte Robert Havenstein entdeckt haben?«

»Diese Frage kann ich Ihnen nicht beantworten«, gestand die Wissenschaftlerin.

»Vielen Dank. Sie haben mir sehr geholfen.«

Lüder war erstaunt, dass die Leiterin der Kriminaltechnik diesmal auf das Hohelied der permanenten Arbeitsüberlastung ihrer Mitarbeiter verzichtete.

Er suchte die Telefonnummer von Albert Völlering heraus und rief in Niebüll an.

»Jetzt bin ich überrascht«, sagte der Aktivist der Bürgerinitiative. »Was will die Kriminalpolizei von mir?«

»Das würde ich gern persönlich mit Ihnen besprechen«, sagte Lüder. »Wo kann ich Sie in Niebüll erreichen?«

»Ich habe mein Büro in einem Ladengeschäft in der Hauptstraße, mitten im Stadtzentrum. Ach so. Die Hauptstraße ist in der Mitte durch den Platz vor dem Rathaus geteilt. Sie finden mich im nördlichen Teil.«

Wie oft bin ich schon in die entlegensten Winkel des Landes gefahren, dachte Lüder, als er auf der Autobahn Richtung Rendsburger Kreuz unterwegs war. Er nannte diesen Abschnitt immer »Sparautobahn«, weil es eine jener kostengünstiger angelegten Schnellstraßen war, bei denen man auf den Randstreifen verzichtet hatte. Von der Rader Hochbrücke über den Nord-Ostsee-Kanal hatte man heute einen herrlichen Weitblick über das Land. Lüder war versucht, die beiden großen Schiffe anzusehen, die auf der rechten Seite langsam Richtung Kiel fuhren. Man staunte immer wieder über die hoch aufgetürmten Container und wunderte sich, dass die Stapel bei unruhiger See nicht über Bord kippten.

Wie erwartet, war die Autobahn nur mäßig frequentiert und gestattete ihm ein zügiges Vorankommen. Hinter Schleswig lieferte er sich ein Rennen mit einem dänischen Mercedes. Es schien, als würde der Fahrer noch einmal die uneingeschränkte Freiheit auf der Straße auskosten wollen, bevor er bei Kupfermühle die unsichtbare Grenze überquerte und sich dann an die strenge Geschwindigkeitsbeschränkung halten musste, die Königin Margarethes Administration den Nordländern auferlegt hatte.

In Niebüll suchte Lüder einen Parkplatz. Auch hier galt, wie oft in kleinen Städten, dass man das Zentrum für den Verkehr so abgegrenzt hatte, dass nur Einheimische und Eingeweihte durch das Labyrinth der engen Straßen hindurchfanden und auch um versteckte Parkmöglichkeiten wussten.

Lüder fand einen großen Parkplatz zwischen ZOB und Hallenbad. Von dort waren es nur wenige Schritte am lang gestreckten Verwaltungsgebäude der Volksbank vorbei ins Zentrum, das aus einer Straße bestand. Hier bot sich ihm das vertraute Bild, das dem Besucher norddeutscher Kleinstädte begegnet. Im Unterschied zur Hektik in den großen Metropolen war alles ruhiger. Selbst die Geräuschkulisse schien gedämpfter. Es schoben sich keine Menschenmassen durch die Straßen, und auch die gemütlich wirkenden Geschäfte schienen mehr eine Einladung als ein hartes Verkaufsmarketing auszustrahlen.

Inmitten der Reihe bunter Läden der unterschiedlichsten Richtungen fand er in einem Ladengeschäft das Finanzierungsbüro von Albert Völlering. Im Schaufenster versuchten Plakate von Bausparkassen, Versicherungen und Teilzahlungsbanken die Interessenten anzulocken. Lüders erster Eindruck war, dass hier vorwiegend der Endverbraucher angesprochen wurde. Ihm fiel schwer zu glauben, dass der Mann mit der Halbglatze, der an einem einzelnen Schreibtisch im Ladengeschäft saß und eine Computertastatur bearbeitete, der große Drahtzieher für russische Investoren im Bereich der alternativen Energien sein sollte, wie Herwig von Sohl, der Leiter des Atomkraftwerks, behauptet hatte.

Völlering sah auf, als Lüder eintrat.

»Moin. Mein Name ist Lüders vom Landeskriminalamt«, stellte er sich vor und legte Völlering eine Visitenkarte hin. Der Mann fragte gar nicht erst nach einem Ausweis und bot Lüder Platz gegenüber dem Schreibtisch an. Ungefragt stand er auf, holte von einem Sideboard eine leere Tasse, stellte sie vor Lüder hin, schenkte aus einer Kanne, die auf einer Kaffeemaschine leise vor sich hin blubberte, ein und fragte Lüder, wie er den Kaffee haben mochte.

Nachdem beide Männer einen Schluck getrunken hatten, musterte Völlering Lüder neugierig.

»Ich habe vor Kurzem ein Gespräch mit dem Management des Atomkraftwerks Krümmel geführt«, begann Lüder und sah ein erschrecktes Aufblitzen in den Augen seines Gegenübers. Völlering hatte ein schwammiges Gesicht, das von einem zarten Rosa überzogen war. Die blauen Augen lagen tief und waren von einer Falte unterhalb des Lides begrenzt. Lüder bemerkte, wie der Mann vor Aufregung kaum merklich mit den Ohren wackelte.

»Es geht um den Protest, der sich in zunehmendem Maße im Land gegen Krümmel formiert hat. In diesem Zusammenhang wurde auch Ihr Name genannt.« Lüder ließ unerwähnt, dass er zuvor in den internen Daten nach »Albert Völlering« gesucht hatte. Aber der Mann war dort nicht erfasst.

Völlering schluckte, bevor er antwortete. »Was hat das mit mir zu tun?«

»Sie sind sehr engagiert in der Bürgerinitiative.«

Völlering hatte seine Hände wie zum Gebet gefaltet und auf den Schreibtisch vor sich gelegt. »Wenn wir alles schweigend hinnehmen, wird unsere Welt irgendwann zerstört sein. Nehmen Sie das Beispiel der CO_2-Einlagerung.« Der Mann tippte sich mit dem Zeigefinger an die Stirn. »Da bauen die im Ruhrgebiet eine neue Dreckschleuder von Braunkohlekraftwerk, und den Mist wollen die uns unter unsere Füße blasen, nur weil ein Energieriese seine Kohle vermarkten will. Das ist doch ein perverser Gedanke, das Kohlendioxid durch eine Pipeline hierherzutransportieren. Niemand weiß, wie sicher das ist. Das ist eine tickende Zeitbombe, da die Technologie nicht ausgereift ist. Ob das Zeug nicht das Grundwasser verseucht, irgendwann an die Oberfläche gurgelt und sich in unseren Kellern und Häusern einschleicht – keiner weiß das.«

Völlering hatte sich in Rage geredet. Das zarte Rosa seiner Gesichtshaut war einem kräftigen Rot gewichen.

»Vor unserer Haustür haben wir das wunderbare Weltnaturerbe Wattenmeer, um das uns die ganze Welt beneidet. Und dann kommen irgendwelche Idioten auf die Idee, ihr Giftgas hierherzuleiten. Nein!« Vor Aufregung schlug Völlering mit der flachen Hand auf die Tischplatte. »Glauben die, Nordfriesland und Ostholstein sind die Mülleimer der Nation? Dabei tun gerade die Nordfriesen enorm viel für die alternative Energiegewinnung. Nicht umsonst ist in Husum die größte Windenergiemesse der Welt beheimatet. Nein, Herr Dr. Lüders! Die sollen ihren Mist behalten.«

Ist es ein Zufall, dass eine wichtige Spur dieses Falles nach Oldenburg in Ostholstein führt?, fragte sich Lüder, wenn auch dort das Schreckgespenst der Endlagerung im Raum steht.

»Es gibt mittlerweile eine breite politische Mehrheit, die gegen die CO_2-Einlagerung ist«, warf Lüder ein und musterte sein erregtes Gegenüber.

»Nicht in Berlin«, schimpfte Völlering aufgebracht. »Und selbst unser Ministerpräsident ist ein Wendehals. Zuerst war er für die Einspeicherung. Erst als er merkte, dass er damit die ohnehin knappe Wählermehrheit verlieren würde und seine Wiederwahl gefährdet ist, ist er umgeschwenkt.«

»Ich verstehe Ihr Engagement«, sagte Lüder und versuchte, beschwichtigend zu klingen. »In Nordfriesland wären Sie unmittelbar betroffen. Aber vom nächsten Atomkraftwerk sind Sie weit entfernt.«

»Ich und auch andere Freunde von der Bürgerinitiative sind doch keine Ohnemichels, die sagen: ›Was geht es uns an?‹ Wenn Sie an das Florian-Prinzip denken, dass es besser ist, wenn das Haus des Nachbarn brennt, dann müssten Sie darauf verweisen, dass es in Baden-Württemberg geologische Formationen gibt, die sich viel besser für das Einlagern von Atommüll eignen als Gorleben und Asse zusammen. Was glauben Sie, warum sich die dortige Landesregierung strikt dagegen verwahrt?« Wieder tippte sich Völlering an die Stirn. »Die wollen den Dreck nicht. Der soll hier im Norden, bei den wenigen Deppen, die hier leben, abgekippt werden. Nein! Das machen wir nicht mit. Und Krümmel ... wer denkt an die Leukämiekinder?«

»Das ist nicht bewiesen«, sagte Lüder und versuchte, neutral zu klingen.

Völlering presste die Lippen zusammen, bevor er antwortete. »Ich bin mir hundertprozentig sicher, dass Krümmel ein Leck hat.«

»Haben Sie Informationen, die uns nicht vorliegen?«

»Es reicht, wenn ich Ihnen sage, dass ich mir sicher bin.«

»Und dagegen wollen Sie aktiv vorgehen?«

»Ja!«, antwortete Völlering entschlossen.

»Haben Sie andere Optionen als die im Grunde ebenso harm- wie zwecklosen Proteste?«

»Ja!«

»Welche?«, fragte Lüder.

Völlering leckte sich mit der Zungenspitze über die Lippen. »Darüber möchte ich nicht sprechen. Aber ich kann Ihnen versichern, dass unsere Maßnahmen wirkungsvoll und aufrüttelnd sein werden.«

»Das hat diese Republik oft erlebt. Brokdorf, Krümmel, Grohnde, Gorleben ... Wie wollen Sie das steigern?«

»Warten Sie es ab.«

»Kennen Sie Robert Havenstein?«

Völlering nickte. »Ja. Der war hier. Wir haben zwei Tage miteinander gesprochen. Ein kluger Mann.«

»War er allein unterwegs?«

Völlering schüttelte den Kopf. »Nein. Eine Frau hat ihn begleitet. Die hat nur zugehört, aber nichts gesagt.«

»Können Sie sich an den Namen erinnern?«

Völlering zog die Stirn kraus, als müsse er nachdenken. »Irgendetwas mit Eisen.«

»Eisenberg?«

Ein Lächeln huschte über Völlerings Gesicht. »Ja. So hieß die.«

»Was haben Sie Robert Havenstein anvertraut?«, fragte Lüder.

Der Mann überlegte einen Moment. »Wir haben über die Probleme gesprochen, die Atomkraft und CO_2-Einlagerung mit sich bringen.«

»Haben Sie dem Journalisten etwas von den geplanten großen Dingen erzählt, die Sie vorhin erwähnten?«

Völlering drehte seine Hände in den Gelenken, ließ Lüders Frage aber unbeantwortet. Auch intensives Nachfragen bewog den Mann nicht, die Ankündigung näher zu erläutern.

Als Lüder wieder auf die Straße trat, sah er sich um, ob ihm Dov Eisenberg gefolgt war. Doch von dem Israeli war nichts zu sehen. Schade, dachte Lüder, der dem Mann gern ein paar Fragen gestellt hätte.

Lüder schlenderte die Hauptstraße entlang, überquerte den Platz vor dem Rathaus und verharrte einen Moment, um einem Paar zuzusehen, das vergnügt umherhüpfte, wobei die attraktive Frau, die sicher fast fünfzig war, einen Ohrwurm vor sich hin summte. Lüder ließ sich den südlichen Teil der Fußgängerzone entlangtreiben. Völlering hatte auf ihn nicht den Eindruck gemacht, als wäre er der Drahtzieher im Hintergrund, der unter dem Vorwand des Umweltschutzes Interessenvertreter geheimnisvoller Dritter war und dabei die Bürgerinitiative nur als Vehikel missbrauchte. Andererseits hatten sowohl von Sohl vom Kraftwerksmanagement als auch der Kinderarzt Dr. Feldkamp auf Völlering verwiesen. Warum war Hannah Eisenberg noch nicht aufgetaucht? Der Mord an Havenstein war vor zwei Tagen geschehen. Seitdem gab es keine Spur von der Frau. Wenn sie den Journalisten auf seinen Rechercherreisen begleitet hatte, wusste sie vielleicht etwas und war selbst in Gefahr.

Lüder zog sein Handy hervor und rief Vollmers an.

»Können Sie Informationen über Albert Völlering aus Niebüll einziehen? Ich denke an sein geschäftliches Umfeld. Also wären Anfragen bei Banken und der Industrie- und Handelskammer in Flensburg interessant.«

Der Hauptkommissar versprach, sich darum zu kümmern.

»Haben Sie sich die Bilder auf Hannah Eisenbergs Kamera genau angesehen?«, fragte er dann.

»Ja«, erwiderte Lüder gedehnt.

»Auch das Bild, auf dem Robert Havenstein abwehrend beide Hände in die Höhe hält, so als würde er sich gegen das Bild sträuben? Im Hintergrund ist eine Art Fabrikeinfahrt zu sehen. Wir können es bisher nicht zuordnen.«

»Senden Sie es mir auf das Handy und auf meinen Rechner?«, bat Lüder.

Kurz darauf hatte er die angeforderte Fotografie. Es war etwas mühsam, die Einzelheiten auf dem kleinen Display zu erkennen. Aber um den Zugang zum Atomkraftwerk Krümmel handelte es sich nicht. Den hatte Lüder anders in Erinnerung. Auch wenn er seiner Vorstellungskraft freien Raum ließ und sich die Aufnahme aus einer anderen Perspektive vorstellte, konnte er keine Ähnlichkeiten entdecken. Spontan fiel ihm ein, dass sich Hannah Eisenberg für die Marineanlagen in Eckernförde interessiert hatte. Ob es die Zufahrt zur dortigen Basis war? Das müsste geprüft werden.

Auf der Rückfahrt von Niebüll fuhr Lüder über Husum.

Christoph Johannes freute sich über den spontanen Besuch und wechselte ein paar freundschaftliche Worte mit ihm.

»Wo ist Wilderich?«, fragte Lüder und zeigte auf den zweiten Schreibtisch, der aussah, als wäre dort eine Bombe explodiert. Christoph erklärte, dass Große Jäger zu einem Einsatz unterwegs sei.

»Mord? Unter dem beginnt unser Küstencolumbo doch keine Ermittlungen mehr«, sagte Lüder.

Christoph lachte herzlich mit. »Nein«, sagte er schließlich. »Große Jäger hat sich eine schusssichere Weste angezogen und Geleitschutz angefordert. Er ist zur Vernehmung eines Verdächtigen in Tönning. Kreditkartenbetrug.«

Lüder verabschiedete sich von Christoph und stieg in die zweite Etage der Polizeidirektion in Husums Poggenburgstraße.

Kriminaldirektor Jochen Nathusius war erfreut, als Lüder überraschend durch die offene Flurtür eintrat. Er stand auf, umrundete den Schreibtisch und eilte Lüder mit ausgestreckter Hand entgegen. »Herr Dr. Lüders.« Das Strahlen im runden Gesicht des Leiters der Polizeidirektion war ehrlich.

Lüder erwiderte den kräftigen Händedruck. Kriminaldirektor Nathusius, wie immer korrekt mit farblich zum Anzug abgestimmtem Hemd und passender Krawatte gekleidet, war viele Jahre als Leiter des Polizeilichen Staatsschutzes Lüders Vorgesetzter beim Landeskriminalamt gewesen. Gemeinsam hatten sie viele brisante Fälle geklärt. Lüder schätzte an Nathusius nicht nur dessen brillante Fähigkeit zur Analyse und das Detailwissen um die politische Szene, sondern auch, dass der Kriminaldirektor seinen Mitarbeitern stets den Rücken freigehalten hatte. Auf Nathusius hatte man sich immer verlassen können. Aus einem Lüder bis heute nicht erklärlichen Grund war Nathusius ohne jede Vorankündigung im Landeskriminalamt durch Dr. Starke ersetzt worden und hatte in Husum die Nachfolge des inzwischen verstorbenen Polizeidirektors Grothe angetreten.

»Ich möchte Sie nicht aushorchen, nehme aber an, dass Sie im Fall Havenstein ermitteln«, sagte Nathusius. »Wie kommen Sie voran?«, fragte er, nachdem Lüder genickt hatte.

Lüder berichtete von dem Mord an dem Journalisten und dem bisherigen Erkenntnisstand.

Nathusius' Blick schweifte kurz zu dem Bild seiner Frau Beatrice ab, das schon in Kiel auf seinem Schreibtisch gestanden hatte. »Wie geht es Ihrer Familie?«, fragte er zwischendurch.

»Danke, gut. Die drei Großen tragen ihre schulischen Probleme mit an den häuslichen Abendbrottisch. Es ist immer wieder eine Herausforderung, sie zu motivieren. Ich bewundere Margit, wie sie es schafft, alles im Lot zu halten, Haus, Hof und Kinder zu versorgen und dabei auch noch eine wunderbare Frau zu sein.«

»Und die Kleine?«

»Die entwickelt sich mit Riesenschritten.«

Nathusius lächelte Lüder an. »Würden Sie in einen Spiegel sehen, könnten Sie das Leuchten in Ihren Augen erkennen, das ich immer dann bemerkt habe, wenn Sie von Ihrer Familie gesprochen haben.« Dann räusperte er sich. »Es gibt keinen einzigen Hinweis darauf, woran Havenstein gearbeitet hat? Der Mann kann doch nicht alles im Kopf behalten haben.«

»Während man früher Papier, Bleistift, Kladde und ähnliche Medien benutzte, werden Gedanken und Erkenntnisse heute in Memos elektronisch abgespeichert. Und diese Spuren haben wir gründlich verfolgt. Leider ohne Erfolg. Das gilt auch für die Kameras. Ein Mitarbeiter des Ermittlungsteams durchforstet die gebrannten CDs und DVDs, die die Spurensicherung in Havensteins Wohnung sichergestellt hat. Bisher gab es aber noch keine verwertbaren Anhaltspunkte. Es sieht so aus, als wäre diese Datensammlung Havensteins Archiv für frühere Reportagen und Berichte.«

»Könnte das Tatmotiv eventuell in der Vergangenheit zu suchen sein?«, fragte Nathusius.

Lüder nickte versonnen. »Danach suchen wir. Es ist nicht auszuschließen, dass jemand Rache übt.« Lüder berichtete von seinem Verdacht, dass es einen Zusammenhang zu der extremistischen korsischen Separatistenbewegung geben könnte.

Nathusius wiegte den Kopf. »Das wäre zu einfach. Außerdem glaube ich nicht, dass dieses Thema hierzulande so interessant ist, dass sich ein Spitzenjournalist damit beschäftigt. In den deutschen Medien reicht es nur zu einer Randnotiz.«

Lüder musste dem Kriminaldirektor recht geben. Das klang plausibel. Man könnte diese Spur zunächst einmal zurückstellen.

»Ich habe Probleme, die Rolle des eifersüchtigen Ehemanns zuzuordnen«, dachte Nathusius laut. »Und ich frage mich auch, woher der Mann so schnell wusste, wo er seine Frau finden konnte. Wissen wir Näheres über ihn?«

»Leider nicht«, gestand Lüder. »Vollmers hat versucht, Informationen über die Konsularabteilung der israelischen Botschaft in Berlin einzuholen.«

»Israel hat keine Konsulate in Deutschland. Das macht alles die Botschaft«, sagte Nathusius mehr zu sich selbst. »Die Israelis halten sich sehr bedeckt mit Auskünften über ihre Landsleute. Lassen Sie es mich trotzdem probieren.«

Der Kriminaldirektor sah in seinen Handheld und suchte eine Telefonnummer heraus. Das Gespräch führte er anschließend von seinem Handy und nicht vom Dienstapparat. Er musste einen direkten Zugang zum Teilnehmer haben, ohne sich mühsam durch Telefonzentralen und Vorzimmer vorkämpfen zu müssen.

»Hallo, Aaron«, sagte er, »Nathusius aus Kiel. Das heißt, jetzt Husum.« Er gab seinem Gesprächspartner Gelegenheit für ein paar Worte. »Es gefällt mir gut in Husum, wenn auch die Aufgabe eine ganz andere ist. Ich habe eine Bitte an dich. Es geht um einen israelischen Staatsbürger. Sein Name ist Dov Eisenberg aus Rishon LeZion.« Der Kriminaldirektor lauschte den Worten des anderen Teilnehmers. »Gut. Vielen Dank, Aaron.« Dann drückte er auf die Taste mit dem roten Telefonsymbol und beendete das Gespräch.

»Es gibt keine Beweise dafür, dass Robert Havenstein an einer Story gearbeitet hat, die im weitesten Sinne mit Krümmel im Zusammenhang steht«, sagte Lüder. »Mein Verdacht basiert lediglich auf den beiden Büchern, die er in Eckernförde bestellt hatte.«

Nathusius legte die beiden Hände wie zum Gebet zusammen und klemmte seine Nase zwischen den Fingerspitzen ein. »Ihre

Vermutung wird durch ein anderes Faktum untermauert. Das Kraftwerk Krümmel ist, wenn ich mich nicht irre, 1984 ans Netz gegangen.«

Lüder nickte anerkennend. Er selbst hatte diese Information nachlesen müssen. Der Kriminaldirektor hatte Lüders Reaktion richtig gedeutet und winkte ab. »Das wäre zu viel der Ehre. Ich weiß es deshalb so genau, weil Brokdorf zwei Jahre später in Betrieb genommen wurde und ich bei den Krawallen dort im Einsatz war.«

»1984«, wiederholte Lüder. »Und seit 1986 treten in der Elbmarsch, und zwar nur dort, vermehrt Leukämiefälle auf. Das ist ein sonderbarer Zufall. Ich selbst mag deshalb nicht an die auch von den eingesetzten Kommissionen für möglich gehaltene Variante glauben, dass die Erkrankungen auf die Altlasten aus der Zeit der Sprengstofffabrik zurückzuführen sind. Es gab mehrere Kommissionen, und die schleswig-holsteinische, nennen wir sie einmal so, wurde von der damaligen Landesregierung zurückgepfiffen. Ob man doch etwas entdeckt hat, was nicht an die Öffentlichkeit darf?«

Lüder wusste, dass Nathusius ein vorzüglicher Schachspieler war. Diese Fähigkeiten konnte er auch bei seinen Analysen einsetzen und ein paar Schritte im Voraus denken.

»Sie halten es für möglich, dass Havenstein etwas herausgefunden hat, mögliche Manipulationen, Drohungen, Erpressungen oder so.«

Lüder nickte. »Ich möchte deshalb mit Mitgliedern der Kommission sprechen und herausfinden, wie unabhängig sie waren.«

Der Kriminaldirektor nickte. »Das ist eine gute Idee. Sie waren damals einer meiner fähigsten Mitarbeiter.« Es sprach für Nathusius, dass er nicht »der fähigste« sagte und damit andere Beamte der Abteilung diskriminiert hätte. »Sie haben am eigenen Leib erfahren, wie es ist, wenn man zwischen die Mühlsteine der Politik gerät, Herr Dr. Lüders. Ich erinnere mich an Ihre unter nicht nachvollziehbaren Argumenten zurückgezogene Beförderung zum Kriminaloberrat. Da hat jemand hinter den Kulissen dran gedreht. Und jetzt scheinen Sie sich wieder in diesem Strudel zu befinden.«

»Ich habe mich nicht danach gedrängt«, warf Lüder ein. »Es war der Auftrag des Ministerpräsidenten.«

»Hinter dessen Stirn man nicht sehen kann«, sinnierte Nathusius. »Oder hat der Regierungschef einen unserer besten Beamten auf den Fall angesetzt, um aus erster Hand zu erfahren, auf welcher Fährte man ist?«

»Sie meinen, die Politik möchte wissen, ob die Ermittlungen sehr nahe an Dinge herankommen, die besser im Verborgenen bleiben sollten?«

Nathusius' Loyalität als ranghoher Polizeibeamter verbot ihm, Lüder zu antworten. Aber die beiden Männer verstanden sich auch ohne Worte.

»Entschuldigung«, sagte der Kriminaldirektor, als sein Handy klingelte. »Ja, Aaron«, begrüßte er seinen Gesprächspartner, um eine Weile zuzuhören, unterbrochen durch ein gelegentliches »Ja, ja«. Dann bedankte er sich und legte auf.

»Diese Auskunft ist inoffiziell«, betonte Nathusius. »Dov Eisenberg ist tatsächlich mit Hannah Eisenberg verheiratet. Seit über zehn Jahren. Das Ehepaar wohnt in Rishon LeZion im Großraum Tel Aviv. Frau Eisenberg war Journalistin bei der Ha'eretz, einer liberalen Zeitung. Ihr Ehemann ist Straßenbauingenieur.«

»Das ist eine unverdächtige Vita.«

Nathusius stimmte Lüder zu. »Frau Eisenberg hat neben ihrer journalistischen Tätigkeit auch Bücher veröffentlicht.«

»Welche?«, fragte Lüder.

Nathusius hob bedauernd die Hände. »Es ist ein sehr persönlicher Kontakt, den ich nicht übermäßig strapazieren kann.«

»Hat Ihr Kontaktmann etwas von Kindern erzählt?«

»Nein«, sagte der Kriminaldirektor.

»Wer ist dann das Kind auf dem Foto, das wir im Oldenburger Appartement gefunden haben?«, sagte Lüder mehr zu sich selbst.

Auf der Heimfahrt erreichte ihn ein Anruf Vollmers'. »Wir haben Informationen über Albert Völlering. Laut Industrie- und Handelskammer betreibt er seit fünf Jahren das Finanzierungsgewerbe. Die Bankauskünfte zeigen keine Unregelmäßigkeiten auf. Völlering ist weder überschuldet, noch gibt es außergewöhnliche Geldeingänge. Fazit: Er ist ein unbeschriebenes Blatt. Dann habe ich noch eine weniger gute Nachricht. Elisabeth Vorderwühlbecke, das ist die alte Dame aus der Nachbarwohnung, hat einen Oberschenkelhalsbruch und eine Gehirnerschütterung erlitten. Besonders der Bruch ist eine schlimme Folge des brutalen Stoßes durch den Täter. Es steht zu befürchten, dass die Frau sich von den Folgen nie wieder erholen wird.«

»Gibt es weitere Neuigkeiten?«, fragte Lüder.

»Wir verfolgen zahlreiche Spuren. Natürlich haben sich viele Leute gemeldet. Darunter sind jene, die mit Sicherheit ihren Nachbarn auf dem Fahndungsfoto erkannt haben, andere, die glauben, den Täter schon einmal gesehen zu haben, sich aber nicht mehr erinnern können, wo und in welchem Zusammenhang das war. Es ist wie immer – eine verwertbare Spur ist noch nicht darunter.«

Obwohl es noch Sommerzeit war, begleitete die lange Dämmerung Lüder auf der Rückfahrt ins heimische Kiel.

Die Frau in gelben Gummistiefeln, der aufgeplusterten Hose und dem kunstvoll gebundenen Kopftuch, unter dem die grauen Locken vorwitzig hervorlugten, fasste sich ans Kreuz, als sie sich aufrichtete. Dann trat sie an den Zaun, der ihren Vorgarten von Lüders Grundstück trennte.

»Ach, Herr Dr. Lüders«, begrüßte sie ihn. »Das ist aber schön, dass Sie so früh Feierabend machen können. Da wird sich Ihre Familie aber freuen.«

»'n Abend, Frau Mönckhagen«, erwiderte Lüder den Gruß der Nachbarin.

Die ältere Dame beugte das Rückgrat durch, wodurch ihr kräftiger Busen noch deutlicher zur Wirkung kam. »Es ist beschwerlich für eine alte Frau, den ganzen Tag im Garten zu arbeiten.«

»Sie sind doch noch eine junge Dame«, sagte Lüder.

»Ach, Sie Schmeichler.« Sie kam noch ein Stück näher und senkte die Stimme, als hätte sie Lüder konspirativ Neuigkeiten zu verkünden.

»Ich habe Sie heute in der Zeitung gesehen. Mit Foto. Stimmt es, dass Sie den Mörder noch nicht gefasst haben? Woran liegt es denn? Ist das so schwierig? Sie haben doch das Bild. Das müssen die Nachbarn von diesem Scheusal doch erkennen.« Frau Mönckhagen schüttelte den Kopf. »Das verstehe ich nicht. Aber«, dabei zeigte sie mit dem Finger, der in Haushaltshandschuhen aus Gummi steckte, auf Lüder, »warum haben die von der Zeitung so einen schwarzen Balken über Ihr Gesicht gemacht? Das tun die doch sonst nur bei Verbrechern? Ich verstehe das nicht. Wenn ich nicht meine Brille aufgesetzt hätte, dann hätte ich Sie gar nicht erkannt.«

Lüder ging nicht auf Frau Mönckhagens Fragen ein, wünschte der alten Dame einen schönen Abend und begab sich ins Haus. Wenn selbst die betagte Nachbarin Lüder in der Zeitung erkannt hatte, würden andere, die an seiner Identität interessiert wären, viel schneller auf ihn stoßen können. Leif Stefan Dittert hatte Lüder mit diesem Artikel einen Bärendienst erwiesen.

Wie so oft kam ihm Sinje als Erste entgegen. Doch statt des »Hallo, Papi« ließ sie nur ein schrilles und erschrecktes »Nein, nicht« hören. Jonas war ihr dicht auf den Fersen. Der Junge ignorierte Lüder und versuchte, Sinje etwas zu entreißen, was die Kleine in den Händen hielt. Dabei fiel etwas, das einem Handy ähnelte, direkt vor Lüders Füße. Lüder war schneller als Jonas, der hastig zugreifen wollte.

»Was ist das?«, fragte Lüder und besah sich das Gerät mit dem kleinen Bildschirm und einer Art Bedienungsring darunter.

»Ein Eierdings«, sagte Sinje und streckte ihre kleine Hand danach aus.

»Ein iPod, du Blödmann«, fauchte sie Jonas an.

»Wenn schon, dann Blödfrau«, belehrte ihn Lüder. »Auch junge Damen haben Anspruch auf die Emanzipation. Aber so etwas sagt man nicht. Nicht in unserer Familie.« Er besah sich das Gerät. »Nun wollen wir zunächst die Besitzansprüche klären.«

»Das ist meiner«, sagte Jonas und versuchte Lüder das Gerät aus der Hand zu nehmen. Doch der hielt es hoch über den Kopf.

»Wo hast du das her?«

»Das ist meiner«, beharrte Jonas trotzig, ohne auf Lüders Frage zu antworten.

»Ich kann mich nicht erinnern, dass du so ein Gerät besitzt.«
»Das ist neu.«
»Seit wann?«
»Heute.«
»Und? Hast du im Lotto gewonnen?«
»So was Blödes.«
Lüder musste erneut nachfragen.
»Thorolf hat auch einen iPod«, erwiderte Jonas als Begründung. »Auch neu.«
»Aha«, sagte Lüder. »Also eine Gewinngemeinschaft.«
»Quatsch. Die haben wir geschenkt bekommen. Nach der Schule. Auf dem Nachhauseweg.«
»Von der guten Fee?«
»Von einem Mann. Der hat uns angesprochen, ob wir die Lüders-Kinder wären. Als wir ja gesagt haben, hat er uns die Dinger geschenkt.«
»Und ihr nehmt die an. Einfach so, ohne euch zu fragen, warum jemand solche Wohltaten verbreitet?«
»Ich wollte schon immer so ein Ding haben. Und Thorolf auch. Aber wir haben ja keins gekriegt.«
»Wie sah der Mann aus?«, fragte Lüder und lauschte aufmerksam Jonas' Schilderung, bis es ihm siedend heiß über den Rücken fuhr. »Komm mit«, forderte er seinen Sohn auf, schaltete sein Notebook an und zeigte Jonas ein Bild.
»Das ist er«, bestätigte Jonas. »Nur über dem rechten Auge, da hatte er eine Narbe. Was ist mit dem?«
Lüder wollte und konnte Jonas nicht erklären, dass der Junge dem Mörder von Robert Havenstein begegnet war.
»Wie hat der Mann gesprochen?«
»Na, so komisch«, erklärte er Lüder. Mehr war aus Jonas nicht herauszuholen. Auch Thorolf konnte nichts ergänzen. Der Große zeigte mehr Betroffenheit, als Lüder beiden Jungen einen Vortrag über die Annahme von Geschenken durch Dritte hielt.
Margit war dem Ganzen schweigend gefolgt. Als die beiden Erwachsenen allein waren, sagte sie: »Was wird hier gespielt? Ist es gefährlich? Mich hat heute jemand angerufen und um unsere Kontonummer gebeten, weil wir angeblich bei einem Preisaus-

schreiben gewonnen haben. Natürlich habe ich keine Auskunft gegeben, zumal der Anruf anonym erfolgte und die Rufnummer unterdrückt war. Nun weiß ich, dass Firmen seit einiger Zeit nicht mehr anonym anrufen dürfen. Das ist verboten.«

Lüder stimmte ihr zu. Wenigstens ein Mitglied der Familie hatte korrekt gehandelt, denn selbst Viveka, die dem Spender nicht begegnet war, hatte unterschwellig Klage geführt, dass sie leer ausgegangen war.

Lüder unterließ es, Margit einzuweihen. War es ein Bestechungsversuch, oder wollte der Täter Lüder damit demonstrieren, dass er ihn und die Familie kannte?

VIER

Edgar Süssert hatte die Regenjacke am Kragen hoch geschlossen und die Schirmmütze tief ins Gesicht gezogen. Ihm war der Gang mit dem Hund vertraut. Mehrmals täglich forderte der weiße Golden Retriever Leo sein Recht auf den Gang ins Freie. »Ein Hund ist eine gute Sache«, pflegte Süssert stets zu sagen. »Man bleibt in Bewegung.« An einem Morgen wie diesem hätte er sich aber lieber Fische im Aquarium als Haustiere gewünscht. Es hatte in der Nacht angefangen zu regnen.

»Du musst los, Edgar«, hatte seine Frau gedrängt, nachdem sich Herrchen und Hund beim Blick aus dem Fenster zunächst beharrlich zu weigern schienen, den Fuß vor die Tür zu setzen.

Edgar Süsserts morgendlicher Gang war ein Ritual. Auch der Regen konnte den hochgewachsenen schlanken Rentner nicht davon abbringen, den See, an dessen Ufern das weit über die Grenzen der Region bekannte Wallmuseum lag, zu umrunden. Missmutig sah Süssert dem Hund hinterher, der trotz des schlechten Wetters hier schnupperte, dort seine Duftmarke absetzte und an jedem Grasbüschel etwas Interessantes zu entdecken schien.

Inmitten des Sees lag die Heilige Insel, in deren Mitte sich eine hölzerne Statue des Gottes Svantovit befand und die nach der Überlieferung nur von slawischen Priestern betreten werden durfte. Ob Gottheiten auch der Regen stört, überlegte Süssert und überquerte die hölzerne Brücke, an der sich ein Flechtzaun anschloss.

Er fluchte unbotmäßig, als er auf dem unbefestigten Weg einer Pfütze auswich und dabei unbeabsichtigt in die nächste trat, die sich als tieferes Loch erwies. »Leo«, ließ er seinen Ärger am Hund aus, doch der war vorausgelaufen und verschwand durch einen Spalt in der Toreinfahrt.

Süssert war erstaunt. Um diese Jahreszeit und zu dieser Stunde war die Museumsanlage normalerweise geschlossen. Noch einmal rief er seinem Hund hinterher, aber das Tier blieb verschwunden. Der Mann schlüpfte durch den Spalt und wunderte sich, dass das Vorhängeschloss, das das Gatter sicherte, aufgebrochen war.

Er vermutete, dass Jugendliche sich am Vorabend auf dem Gelände vergnügt hatten. Jetzt war nichts zu sehen. Weder am kleinen Häuschen an der Toreinfahrt noch am großen Fachwerkhaus zur Linken konnte er etwas entdecken. Süssert zögerte. War Leo geradeaus in Richtung des Museumshofes gelaufen, der als Restaurant diente, oder nach rechts, am alten Backhaus vorbei, zum Steg hinunter, der in den See hinaus gebaut und auf dem eine slawische Hüttensiedlung nachgebildet worden war? Nachdem er noch einmal den Namen des Tieres gerufen hatte, sah er das weiße Fell unruhig etwas umkreisen, das auf den Holzbohlen zwischen zwei Hütten lag. Der Hund hatte sein Herrchen wahrgenommen und bellte aufgeregt, ohne sich von der Stelle zu rühren.

Süssert näherte sich dem Steg. Auch hier war das Schloss, das die aus groben Ästen gezimmerte Pforte versperrte, zerstört worden. Am Ufer, ein paar Meter weiter, reckten dünne Ruten, die aus den beschnittenen Köpfen der Weiden emporwuchsen, sich gegen den trüben Himmel, aus dem es unablässig regnete. Unter Süsserts Stiefeln knarrte das Holz der Brücke. Dann blieb der Mann stehen und starrte auf das Bündel, das dort lag.

Arme und Beine waren eigentümlich wie bei einer Gliederpuppe verrenkt. Das Becken lag seitlich auf der Hüfte auf, während der Oberkörper verdreht war und die beiden Schultern die Bohlen berührten, so als würde der Mensch dort nur ausruhen. Mit vor Schreck weit geöffneten Augen starrte Süssert auf den dunklen Fleck, der sich auf dem dunklen Wildlederblouson in Höhe des Herzens abzeichnete. Auch der Laie konnte erkennen, dass er einem Toten gegenüberstand.

Während der Hund winselnd um den Toten herumschlich, war Süssert stocksteif vor Schreck. Entsetzen keimte in ihm auf. Es war ein Unterschied, ob man von Gräueltaten hörte, schaurige Bilder in Fernsehen und Zeitung sah oder direkt damit konfrontiert wurde. Vorsichtig sah er sich um. Auf dem See kräuselte sich das Wasser von den winzigen Fontänen, die die Regentropfen verursachten. Der Wind fuhr raschelnd ins Reet der Dächer und zwischen die groben Planken der Hütten. Das hochgewachsene Ufergras wogte und bog sich und wich elastisch den Böen aus. Nirgends konnte Süssert einen Menschen entdecken. Jetzt schien sogar von den nahen Kopfweiden eine Bedrohung auszugehen. Edgar Süssert taumelte rückwärts und tastete nach dem Geländer, das er hinter sich wähnte. Dabei vergaß er, dass nicht der ganze Steg gesichert, sondern ein Stück ausgespart war, an dem im Sommer die »Starigard« lag, der Nachbau eines slawischen Schiffes, das nach dem alten Namen Oldenburgs benannt war. Fast wäre er ins Wasser gefallen, fing sich im letzten Moment noch ab und ging dann mit raschem Schritt von der Brücke zum kopfsteingepflasterten Museumshof. Erst hinter der Ecke einer Langscheune stoppte er, sah sich noch einmal um, holte tief Luft und angelte nach seinem Handy. Mit zittrigen Fingern wählte er den Polizeinotruf und erklärte dem Beamten am anderen Ende der Leitung, dass auf dem Steg im Oldenburger Wallmuseum eine Leiche lag. »Erschossen«, fügte Süssert atemlos an.

***

Jonas gönnte seinem Vater nicht einen Blick. Thorolf hatte immerhin ein gequältes »Hi« herausgequetscht. Viveka war noch irgendwo im Haus damit beschäftigt, ihre Utensilien zusammenzusuchen. Nur Sinje grollte ihrem Vater nicht, weil er am Vorabend die iPods eingesammelt hatte.

»Wer ist das?«, fragte Margit, auf die die gereizte Stimmung abzufärben schien, als das Telefon klingelte.

»Dreesen«, meldete sie sich. »Ich kann Sie schlecht verstehen«, sagte sie kurz darauf, bis sie den Hörer an Lüder weitergab. »Das ist der Mann, der mich gestern wegen des angeblichen Gewinns beim Preisausschreiben angerufen hat.« Lüder übernahm den Hörer.

»Wie viel verdient ein Polizist?«, fragte der Anrufer direkt, als Lüder sich gemeldet hatte. »Nicht so viel, dass er seinen Kindern alle Wünsche erfüllen kann. Und für Sie und Ihre Frau wäre ein kleines Zubrot doch auch ganz angenehm.«

»Wer sind Sie?«, fragte Lüder den Mann mit der fremdländisch klingenden Stimme und versuchte herauszuhören, woher der Anrufer stammen könnte. Es klang jedenfalls nicht nach einer osteuropäischen Sprache. Auch nicht italienisch oder französisch.

Als Antwort erhielt er ein kehliges Lachen. »Das war eine dumme Frage. Sie erwarten doch keine Antwort, oder? Ich möchte Ihnen nur etwas Gutes zukommen lassen.«

»Wollen Sie mich oder meine Kinder bedrohen?«, fragte Lüder scharf zurück.

»Aber, aber«, antwortete der Anrufer. »Sie machen doch nur Ihren Job. So wie ich meinen. Also? Möchten Sie ein kleines Zubrot? Sagt man so – Zubrot? Sie müssen sich nicht schämen. Ein Kollege von Ihnen hat sich nicht geziert, die mageren Polizeibezüge aufzubessern.«

»Was verlangen Sie dafür?«

»Das werden Sie selbst wissen. Sie sind nicht dumm, Herr Lüders.«

»Das Geld aus Ihrer Tasche fließt in die Staatstasche, wenn ich Sie erwische«, sagte Lüder in drohendem Ton.

Der Mann lachte. »Das haben schon andere nicht geschafft. Vermutlich werden Sie mit Ihrem ganzen europäischen Spitzelapparat wissen, wo ich überall gearbeitet habe. Machen Sie es gut.« Dann legte er auf.

»Ich hoffe, der ruft nicht wieder an«, sagte Lüder zu Margit, als er das Telefon an die Seite legte. »Und ihr nehmt nichts mehr an«, wandte er sich an Jonas und Thorolf, die diese Anweisung mit einem Brummen quittierten.

»Aber ich«, mischte sich Sinje ein und sah ihren Vater mit großen Augen und einem schelmischen Lächeln an.

Lüder kniff ihr in die Nase. »Du auch nicht. Sonst beiße ich dir die Nase ab.« Sie hielt beide Hände vors Gesicht und jauchzte vergnügt.

Das war auch der einzige fröhliche Lichtblick an diesem Morgen. Alle anderen Familienmitglieder wirkten konsterniert. Bei den beiden Jungs war es mit Sicherheit nicht nur der Groll darüber, dass sie zumindest in der nächsten Zeit weiterhin ohne iPod auskommen mussten, obwohl, wie sie zu Hause eifrig bekundeten, »alle« aus der Klasse so etwas hätten.

Im Landeskriminalamt verzichtete Lüder auf das morgendliche Ritual der Lektüre der Morgenpresse. Bevor er seinen ersten Kaffee im Geschäftszimmer abholte, suchte er den Abteilungsleiter auf.

»Guten Morgen, Herr Starke«, sagte Lüder beim Betreten des Büros.

Der Kriminaldirektor erwiderte den Gruß betont sachlich. »Haben Sie Fortschritte erzielt? Berichten Sie mir bitte vom Stand der Ermittlungen.«

»In diesem Punkt möchte ich Sie an die Staatskanzlei verweisen«, sagte Lüder und wunderte sich selbst, dass bisher niemand ein Zwischenergebnis abgefordert hatte. Dann legte er die beiden iPods auf den Tisch.

Der Kriminaldirektor sah die Geräte staunend an. »Das sind iPods«, sagte er. »Was sollen die hier?«

»Damit hat man versucht, mich zu bestechen. Über den Umweg meiner Kinder.«

»Lächerlich. Sie wollen mir nicht im Ernst erzählen, dass ein geheimnisvoller Mörder oder womöglich gar die Mafia mit so einer kindischen Aktion Einfluss auf die Ermittlungen nehmen will.«

Lüder berichtete von dem angeblichen Gewinn beim Preisausschreiben. »Außerdem hat der Anrufer«, Lüder vermied es, vom »Mörder« zu sprechen, »berichtet, dass es einen weiteren Bestechungsversuch gegeben hat. Und der soll erfolgreich gewesen sein.«

»Ihre Phantasie geht mit Ihnen durch. Sie konstruieren irgendetwas Geheimnisvolles, um davon abzulenken, dass Sie noch nicht weitergekommen sind.«

»*Liberae sunt nostrae cogitationes*«, erwiderte Lüder.

Dr. Starke nickte. »Unsere Gedanken sind frei. Cicero. Wünschen Sie hier einen akademischen Schlagabtausch?«

Lüder lächelte. »Kompliment. Ich meine – dass Sie das Zitat kannten. Ich möchte von Ihnen eine Quittung, dass ich Ihnen die beiden iPods übergeben und Sie von dem Bestechungsversuch unterrichtet habe.«

»Ich habe das zur Kenntnis genommen.«

Lüder zeigte auf den Kugelschreiber, der auf dem Schreibtisch lag. »Was man schwarz auf weiß besitzt ...«

Jetzt zeigte sich zu Lüders Überraschung der Anflug eines Lächelns auf dem Gesicht Dr. Starkes. »Goethe«, sagte der Kriminaldirektor und begann, eine handschriftliche Notiz auszufertigen, in der er den Inhalt des Gesprächs bestätigte. Dann beugte er sich vor. »Mein lieber Herr Lüders. Ich habe eine gute Nachricht für Sie. Sie wissen, dass ich viele Kontakte zu wichtigen Leuten im Lande unterhalte. So weiß ich, dass in Flensburg eine herausragende Position in der Verwaltungsspitze zu vergeben ist. Man sucht dort einen neuen Stadtrat. Wäre das nichts für Sie?«

»Mein Platz ist hier, in Kiel«, entgegnete Lüder. »Was soll ich in Flensburg?«

»Flensburg ist eine attraktive Stadt mit guten Zukunftsperspektiven. Ich selbst habe dort lange und gern gelebt«, sagte Dr. Starke.

Lüder zog die Mundwinkel herab. »Das ist Zynismus pur. Seit Langem sinkt die Einwohnerzahl. Es gibt erhebliche strukturelle Probleme, die durch die Schließung bedeutender Betriebe noch größer geworden sind. Die Universität ist unterfinanziert, und in Anbetracht des chronischen Geldmangels sind die Möglichkeiten, diesen Zustand zu ändern, sehr begrenzt, selbst wenn tüchtige und engagierte Leute ihr Bestes geben und sich für die Stadt und ihre Bürger einsetzen.«

Dr. Starke zeigte zwei Reihen blendend weißer Zähne, als er überlegen lächelte. »Da kann sich ein guter Mann wie Sie verwirklichen. Endlich einmal könnten Sie Ihre Qualifikation unter Beweis stellen.«

»Das mache ich hier täglich.«

»So?«, fragte Dr. Starke spitz. »Noch sind Sie keinen erkennbaren Schritt vorangekommen. Oder?«

Lüder lehnte sich zurück, verschränkte die Arme vor dem Oberkörper und grinste den Kriminaldirektor an. »Doch. Aber das werde ich Ihnen nicht erzählen.«

»Wenn Sie wirklich so gut sind, wie Sie das in einer offensichtlichen Selbstüberschätzung glauben, dürfte die zweite Alternative eine gute Nachricht sein. Sie könnten im Innenministerium Karriere machen, die Ihnen aufgrund vergangener Vorkommnisse in der Polizei versagt ist.«

Lüder wusste, dass Dr. Starke selbst in eine herausragende Position drängte, da er in der Landespolizei nicht weiter aufsteigen konnte. Im schlimmsten Fall würde Lüder diesem Despoten im Innenministerium wieder begegnen. Das war alles andere als erstrebenswert.

»Soll das eine Drohung sein?«, fragte Lüder.

»Drohungen und Erpressung sind Ihr Metier«, erwiderte Dr. Starke vielsagend. »Sie missverstehen mich. Ich möchte Sie fördern. Im Landesamt für Ausländerangelegenheiten ist eine Position frei. Dort würde man die Mitarbeit eines findigen Juristen begrüßen. Außerdem würde sich Ihre Frau darüber freuen, wenn Sie nicht mehr in gefährliche Situationen geraten würden. Lebensgefährliche!«, betonte Dr. Starke. Dann fasste er sich an den Kopf, als wäre ihm etwas Wichtiges eingefallen. »Ach ja, richtig. Sie sind ja gar nicht verheiratet, sondern leben in wilder Ehe.«

Lüder stand auf. An der Tür drehte er sich noch einmal um. »Ach«, äffte er Dr. Starke nach und fasste sich übertrieben an den Kopf. »Mir ist auch etwas eingefallen. Wissen Sie, was der spätere Außenminister Joschka Fischer 1984 zum Bundestagsvizepräsidenten Richard Stücklen gesagt hat?«

Der Kriminaldirektor sah Lüder ratlos an.

»Mit Verlaub: Sie sind ein Arschloch.«

In seinem Büro hatte Lüder den Eindruck, der Kaffee würde heute besonders gut schmecken. Fast vergnügt rief er Vollmers an, dessen Apparat zum Handy durchgeschaltet war.

»Wir sind auf den Weg nach Oldenburg«, sagte der Hauptkommissar. Er sprach laut, weil Fahrgeräusche die Qualität der Verbindung erheblich beeinträchtigten.

Lüder zeigte sich überrascht. »Sie wildern in fremden Gewässern?«

»Mein Kollege aus Lübeck hat mich verständigt. Das sind die Vorzüge eines Bundeslandes mit überschaubarer Größe. Da klappt auch die Information untereinander.«

»Wir sind eben eine große Familie«, sagte Lüder und musste still in sich hineinlächeln, als er an Dr. Starke dachte. »Allerdings gibt es auch in den besten Familien manchmal Auseinandersetzungen.«

»Das K1 und das K6 von der BKI aus Lübeck sind von der KPASt angefordert worden, nachdem die Oldenburger schon den ersten Angriff ausgeführt haben.«

Lüder lachte. »Wenn uns jemand zuhört – wir mit unseren Abkürzungen –, dann würde der nur den Kopf schütteln.«

»Haben Sie etwas nicht verstanden?«, fragte Vollmers.

»Doch. Wollen Sie es in Langschrift hören? Die Kommissariate 1 und 6 der Bezirkskriminalinspektion sind von der Kriminalpolizeiaußenstelle angefordert worden, nachdem die Oldenburger die ersten Maßnahmen ergriffen hatten. Also die Mordkommission und die Kriminaltechnik. Das heißt, es liegt ein Tötungsdelikt vor. Wenn Sie von den eigentlich zuständigen Lübeckern angefordert werden, gibt es dafür einen triftigen Grund.«

»Es hängt mit unserem Mord in Eckernförde zusammen.«

Lüder erschrak. »Wenn Sie sich so sicher sind, habe ich einen schlimmen Verdacht.«

»Das ist zutreffend«, bestätigte Vollmers, aus dessen Stimme alle Heiterkeit gewichen war. »Die bei der Toten gefundenen Papiere weisen sie als Hannah Eisenberg aus. Die Frau wurde erschossen, und zwar nach dem gleichen Muster wie Robert Havenstein. Zwei Schüsse. Der erste in den Brustbereich, etwa ins Herz. Der zweite Schuss wurde gezielt auf den Kopf abgegeben.«

»Was konnte über die verwendete Munition festgestellt werden?«

»Bisher haben die Kollegen vor Ort noch keine Patronenhülsen gefunden. Sie suchen noch. Nun löchern Sie mich bitte nicht mit weiteren Fragen. Mehr weiß ich auch noch nicht.«

Lüder überlegte einen Moment, ob er auch zum Tatort fahren sollte. Er entschied sich dagegen. Es waren viele Experten vor Ort. Er würde nichts ausrichten können und nur im Wege stehen.

Hannah Eisenberg war tot. Vermutlich vom selben Täter erschossen worden. Hatte die Journalistin sterben müssen, weil sie Robert Havensteins Geheimnis teilte? Die bisherigen vagen Informationen deuteten darauf hin, dass die Israelin Havenstein bei seinen Recherchetouren – zumindest gelegentlich – begleitet hatte. Lüder fiel wieder das Bild mit der Fabrikzufahrt ein. Er holte sich die Fotografie, die ihm Vollmers überstellt hatte, auf seinen Bildschirm und betrachtete sie eingehend.

Im Hintergrund war ein Fahrzeug zu erkennen, das gerade das Areal verließ. Die Schranke war geöffnet und gab den Weg frei. Lüder zoomte das Bild. Jetzt konnte er das Kennzeichen erkennen. »RZ«. Der Passat war im Herzogtum Lauenburg zugelassen. Lüder notierte sich das ganze Kennzeichen, besorgte sich über die Zulassungsdatei den Namen des Halters und rief in Dassendorf an.

»Schmidt«, meldete sich eine etwas atemlos klingende Frauenstimme.

»Lüders, Polizei Kiel.«

»Polizei?«, fragte die Frau erschrocken.

»Es gibt keinen Grund zu Beunruhigung«, sagte Lüder und versuchte seiner Stimme einen besänftigenden Klang zu geben. »Sie haben einen VW Passat mit folgendem Kennzeichen.«

Die Frau war immer noch nicht beruhigt.

»Damit ist mein Mann auf Arbeit«, sagte sie in unverkennbarem Hamburger Tonfall. »O Gott. Ist was passiert?«

»Keine Sorge, Frau Schmidt. Ich habe eine unbedeutende Frage. Uns liegt ein Foto vor, auf dem Ihr Mann«, Lüder unterstellte, dass der männliche Fahrer auf dem Bild Herr Schmidt war, »durch ein Werkstor fährt.« Lüder beschrieb die Umgebung.

»Das ist bei mein Mann seine Arbeit. Wollen Sie mir nicht endlich sagen, was los ist?«

»Es ist alles in Ordnung. Können Sie mir noch sagen, wo Ihr Mann arbeitet?«

»Ich weiß nicht«, zögerte Frau Schmidt plötzlich. »Geben Sie mir mal Ihre Nummer. Dann kann er Sie ja anrufen.«

Fünf Minuten später meldete sich eine energisch klingende Männerstimme. »Schmidt. Sie haben meine Frau angerufen. Um was geht's denn?«

»Uns liegt ein Foto vor, das jemand von der Örtlichkeit aufgenommen hat. Sie sind rein zufällig auf dem Bild. Wir möchten nur wissen, wo das ist.«

Schmidt atmete hörbar auf. »Sagen Sie das doch gleich. Das ist bei mir auf der Arbeit. Im GKSS in Geesthacht.«

Lüder bedankte sich bei Herrn Schmidt und versicherte ihm, er habe der Polizei sehr geholfen.

Das GKSS-Forschungszentrum befand sich in unmittelbarer Nachbarschaft zum Kernkraftwerk Krümmel. Warum hatte daran noch keiner gedacht?

Soweit Lüder wusste, hatte die GKSS unter Wissenschaftlern einen exzellenten Ruf. In Geesthacht wurde an vielen Projekten gearbeitet. Unter anderem hatte die GKSS den einzigen atomgetriebenen deutschen Frachter, die »Otto Hahn« entwickelt. Man beschäftigte sich mit der Forschung im Bereich der Schlüsseltechnologien, der Küsten-, Meeres- und Polarforschung und der regenerativen Medizin. Unter der nichtssagenden Bezeichnung »Struktur der Materie« interessierten sich die Geesthachter Forscher aber auch für die Forschung mit Photonen, Neutronen und Ionen. Der Kinderarzt Dr. Feldkamp hatte Lüder auch darauf aufmerksam gemacht, dass die GKSS als direkter Nachbar des Atomkraftwerks einen weiteren Reaktor zu Forschungszwecken betrieb.

»Seibert, BKI Kiel«, meldete sich eine jugendlich wirkende Frauenstimme, als Lüder abnahm, nachdem sich sein Telefon gemeldet hatte. »Ich bin eine Mitarbeiterin von Herrn Vollmers«, stellte sich die Frau von der Mordkommission der Bezirkskriminalinspektion vor. »Mein Chef bat mich, Ihnen Folgendes mitzuteilen, da er verhindert ist.«

»Ich weiß«, unterbrach Lüder. »Er ist auf dem Weg nach Oldenburg.«

Frau Seibert ging nicht darauf ein. »Wir haben unsere Ermittlungen auch auf Hotels, Autoverleiher und Flughäfen ausgedehnt«, erklärte sie. »Es gibt eine erste Spur vom Flughafen Hamburg. Ein Mitarbeiter des Sicherheitsdienstes glaubt, eine Ähnlichkeit zwischen einem kontrollierten Passagier und unserem Fahndungsaufruf mit dem Phantombild des mutmaßlichen Eckernförder Täters festgestellt zu haben. Wolfgang Beckert, so heißt der Mann, kann sich deshalb erinnern, weil Kommissar Zufall kräftig mitgeholfen hat. Beckert und seine Frau, so erzählte er, sind Italienfans. Sie verbringen dort jedes Jahr ihren Urlaub. Deshalb besuchen sie auch Sprachkurse an der Volkshochschule. Die Italienischkenntnisse bringt Beckert auch beruflich ein, wenn er mit Fluggästen aus Italien zu tun hat. Deshalb hat er sich gewundert, dass ein angeblicher Italiener sich nur schwer mit Beckert auf Italienisch verständigen konnte. Beckert ist davon überzeugt, dass Andrea Filipi gar nicht von dort stammt. Da der Mann vom Sicherheitsdienst den ganzen Tag mit internationalen Fluggästen zu tun hat, ist er überzeugt, dass Filipi eher Grieche ist.«

»Die Spur ist nicht abgesichert«, warf Lüder ein.

»Bedingt«, erwiderte Frau Seibert. »Soweit es uns möglich war. Andrea Filipi ist tatsächlich auf der Lufthansa-Maschine abends um Viertel vor sieben über Frankfurt nach Rom gebucht gewesen.«

»Dann sollten Sie umgehend die Bundespolizei in Fuhlsbüttel verständigen«, unterbrach Lüder sie. »Vielleicht wählt der Täter erneut den Fluchtweg über den Hamburger Flughafen.«

»Mach ich«, versicherte Frau Seibert.

Das war eine erfreuliche Entwicklung, wenn die Spur auch noch sehr vage war. Dieser Hinweis zeigte, dass die Polizei kein Phantom jagte, sondern einen Mörder, der nach der Tat trotz aller Kaltblütigkeit eine wohlgeplante und kontrollierte Flucht angetreten hatte. Da der Flug im Voraus gebucht war, musste Filipi – oder wie immer der Täter hieß – die Tat sorgfältig vorbereitet haben, auch wenn die Durchführung wie eine spontane Aktion aussah.

Lüder betrachtete erneut das Foto auf seinem Bildschirm – das Tor zur GKSS in Geesthacht. Dr. Feldkamp hatte in Verbindung mit dem Forschungsinstitut erwähnt, dass es Gerüchte um einen Vorfall gab, der sich auf dem Gelände der GKSS abgespielt haben sollte.

Er griff zum Telefon und rief in der Praxis des Kinderarztes an. Lüder musste ein paar Minuten warten, bis sich der Arzt meldete.

»Ich bin noch beschäftigt«, erklärte Dr. Feldkamp, »möchte aber Ihre Fragen gern beantworten. Treffen wir uns in zwei Stunden?«

»In Ihrer Praxis?«

Der Arzt lachte auf. »Dann komme ich hier nie heraus. Nein! In der Fußgängerzone, ein Stück weiter in die andere Richtung, gibt es ein Stehcafé, das zu einer Bäckerei gehört. Es ist eine Art gläserner Pavillon mit einem auffälligen spitzen Zeltdach. Unübersehbar. Bis dann«, sagte der Arzt und legte auf.

Lüder sah auf die Uhr. Zu gern hätte er auch noch die GKSS aufgesucht. Sicher würde es schwierig werden, am Freitagnachmittag jemanden zu erreichen. Ein englischer Freund hatte einmal erstaunt festgestellt, dass die Deutschen nicht länger, sondern öfter arbeiten müssten. Zu oft hätten Institutionen und Unternehmen geschlossen. Es gehörte mittlerweile zum guten Ton, dass Wirtschaft und Verwaltung ab Freitagmittag in den lethargischen Wochenendschlaf verfielen. Deshalb war Lüder erstaunt, als er nach längerem Bemühen noch einen Termin beim Forschungsinstitut bekam. Herr Dr. Bringschulte würde ihn erwarten, versicherte ihm eine Frauenstimme.

Lag es an der Jahreszeit oder am Wetter? Lüder hatte für den Weg an die Elbe weniger Zeit benötigt, als er kalkuliert hatte. Sein BMW stand auf dem Oberdeck des Einkaufszentrums, und Lüder stand unschlüssig in dem einem Torbogen nachempfundenen Bauwerk, das den Zugang zum Kaufparadies markierte. Für einen Freitagnachmittag war erstaunlich wenig Betrieb in der Fußgängerzone. Sicher trug das unwirtliche Wetter dazu bei. Vom viel besungenen goldenen Oktober war heute nichts zu sehen.

Lüder schlug den Kragen seiner Jacke hoch, drückte auf den

Knopf am Griff seines Regenschirmes, dass sich das Gestell mit dem Stoff spannte, und stapfte die Bergedorfer Straße entlang. Nach wenigen Schritten sah er den Pavillon, den Dr. Feldkamp beschrieben hatte. Von dem Arzt war noch nichts zu sehen. Ein Stück weiter stieß er an einer Straßenecke auf ein Haus, das sich wohltuend von den einfallslosen Betonbauten der Jahre des Aufbruchs abhob. Das Gebäude – Lüder schätzte die Herkunft auf die zwanziger Jahre des letzten Jahrhunderts – beherbergte einen Tabakladen. Die Werbung für die bei Kindern beliebte »Diddl-Maus« – sie behauptete, die Figur würde aus Geesthacht stammen – erinnerte Lüder an seine eigenen Kinder. Eltern durften dankbar sein, wenn der Nachwuchs gesund war und von unvorhersehbaren Ereignissen verschont blieb. In der Region rund um Geesthacht gab es Familien, denen dieses Glück nicht beschieden war. Dagegen wehrte sich der engagierte Kinderarzt Dr. Feldkamp.

Hatten die zahlreichen individuellen Schicksale das Interesse der beiden Journalisten geweckt? Waren sie fündig geworden und hatten dafür mit dem Leben bezahlen müssen? Lüder ertappte sich dabei, wie er den Kopf schüttelte, sodass ihn eine entgegenkommende Frau mit einem fragenden Blick musterte. Nein! Er konnte sich nicht vorstellen, dass in Deutschland der Schutz wirtschaftlicher Interessen ein so starkes Motiv sein konnte, dass dafür Menschen hatten sterben müssen.

Auf dem Vordach des Zeitungsladens war die Figur eines Indianerhäuptlings angebracht. Die Rothaut hielt nach Manier der Krieger die Hand an die Stirn und sah in Lüders Richtung. Bei diesem Wetter würde ihn die Sonne kaum blenden.

Lüders Gedanken schweiften zu Robert Jungk und seinem genialen Buch »Heller als tausend Sonnen« ab, in dem er sich kritisch mit der Atomforschung auseinandersetzte. Jungk war – wie Robert Havenstein – Journalist, von wacher Neugier und trotziger Zuversicht und hatte nicht nur als jüdischer Emigrant, sondern auch gegen unsinnige politische Vorhaben oft Widerstand geleistet.

Abrupt blieb Lüder stehen. Da kamen wirklich viele Zufälle zusammen. Es war nicht nur der gleiche Vorname und der gleiche Beruf. Auch Havenstein hatte sich für das Thema »Atom« interessiert.

Bei allen Überlegungen zu möglichen Zusammenhängen störte nur das Auftreten des eifersüchtigen Ehemanns, der den Liebhaber seiner Frau verfolgte. Ob der Mann bereits vom Tod seiner Frau Kenntnis erhalten hatte? Lüder sah auf die Uhr und schlenderte gelassen in Richtung des vereinbarten Treffpunkts zurück. Von Weitem sah er Dr. Feldkamp, der von der anderen Seite kam. Lüder wartete vor dem Stehcafé und musste sich noch ein wenig gedulden, weil der Arzt von einer Frau mit einer Kinderkarre aufgehalten wurde. Er wechselte ein paar Worte mit der Mutter, beugte sich zum Nachwuchs hinab und fuhr dem Kind sanft über den Kopf. Dann kam er Lüder entgegen, hob zum Zeichen des Erkennens kurz die Hand und begrüßte ihn mit einem festen Händedruck.

Lüder folgte dem Arzt in das Geschäft, schloss sich bei der Bestellung dem Mediziner an, und kurz darauf hatten sie im Pavillon auf Barhockern Platz genommen. Der heiße Kaffee tat bei diesem nasskalten Wetter gut.

»Sind Sie vorangekommen?«, fragte Dr. Feldkamp und blinzelte über den Rand des Bechers in Lüders Richtung.

»Wenn Sie glauben, eine Diagnose gefunden zu haben, kann die Therapie noch längere Zeit in Anspruch nehmen«, wich Lüder aus.

Der Arzt presste die Lippen zusammen und nickte leicht. »Kluge Antwort. Wie kann ich Ihnen behilflich sein – ich meine, beim Therapieren?«

»Ich suche nach konkreten Hinweisen darauf, welchen Geheimnissen Robert Havenstein auf der Spur war.«

»Hatte ich es nicht gesagt? Havenstein interessierte sich für die auffällig hohe Zahl an Leukämie erkrankter Kinder.«

»Welche Anhaltspunkte hatte er zusammengetragen?«, fragte Lüder.

Dr. Feldkamp zuckte mit den Schultern. »Das weiß ich nicht. Er hat kaum etwas erzählt, sondern nur Fragen gestellt.« Der Arzt schloss kurz die Augen, als müsse er sich konzentrieren. »Havenstein hat lediglich die drei Möglichkeiten erwähnt, die als

Ursachen infrage kämen. Die erste halte ich persönlich aber für ausgeschlossen.«

»Sie meinen die Variante, dass der Boden durch die frühere Sprengstofffabrik kontaminiert ist?«, riet Lüder. Und als der Mediziner nickte, fuhr er fort: »Immerhin hat Alfred Nobel, der hier in Geesthacht das Dynamit erfunden hat, mit seinem Vermögen den Nobelpreis gestiftet. Man sagt, ihn hätte das schlechte Gewissen getrieben. Wenn er vielleicht geahnt hat, welche Folgen die Produktion für die Umwelt und Nachwelt haben würde?«

»Das glaube ich nicht. Damals gab es noch keinerlei Umweltbewusstsein«, widersprach Dr. Feldkamp energisch. »Nobels Motivation, die Menschheit mit dem nach ihm benannten Preis zu mahnen, hatte andere Gründe. Wer auf dieser Variante herumreitet, will nur von anderen Möglichkeiten ablenken.«

»Von welchen?«, hakte Lüder nach.

»Entweder davon, dass es im Atomkraftwerk ein Leck gegeben hat, das man uns verschwieg. Man muss die damalige politische Situation bedenken. Durch die ganze Republik zogen sich engagierte Proteste gegen die Atomkraft. Es waren nicht nur Gorleben und Brokdorf. Nennen Sie ein Atomkraftwerk, und die Erinnerungen an den Widerstand dagegen werden wach.« Dr. Feldkamp hatte seinen Zeigefinger gehoben und bewegte ihn hin und her, als würde er einem kleinen Kind drohen. »Darüber hinaus gab es auch noch die Proteste gegen die militärische Aufrüstung mit Atomwaffen.«

»Deutschland verfügt über keine atomaren Waffensysteme oder gar Bomben.«

»Das stimmt«, pflichtete ihm der Arzt bei. »Aber die Amerikaner lagern diese fürchterlichen Vernichtungswaffen hier. Man spricht von Standorten in Schleswig-Holstein. Erinnern Sie sich noch an die Blockaden in Mutlangen?«

In Lüder tauchten vage die Erinnerungen auf. Zahlreiche Prominente hatten die damalige Aktion unterstützt. Lüder glaubte sich an Namen wie Erhard Eppler zu erinnern, aber auch an Robert Jungk, der ihm erst vorhin eingefallen war. Plötzlich keimte in Lüder ein fürchterlicher Verdacht auf. Doch den wollte er nicht mit Dr. Feldkamp erörtern.

»Sie sprachen von drei Optionen, die ursächlich für den Leukämiecluster Elbmarsch sein könnten«, erinnerte Lüder sein Gegenüber.

Der Arzt trank die Neige aus seinem Kaffeebecher aus und sah nachdenklich in das Trinkgefäß, als könne er dort die Lösung finden. »Niemand sieht es diesem Städtchen an, dass wir ein herausragender Nuklearstandort sind. Neben Krümmel gibt es auch noch die GKSS.«

Dr. Feldkamp musterte Lüder nachdenklich. Lüder ging darauf ein.

»Die GKSS ist eine anerkannte und renommierte Forschungseinrichtung und Mitglied der Helmholtz-Gemeinschaft Deutscher Forschungszentren.«

»Das klingt vordergründig seriös«, gab der Arzt zu. »Ich möchte auch nicht daran zweifeln. Aber stößt es nicht bitter auf, dass das skandalträchtige Atomlager Asse II vom Helmholtz-Zentrum München betreut wird? Wer hat uns denn belogen? Angeblich soll im dortigen Salzstock alles sicher sein. Und jetzt?« Dr. Feldkamp legte eine Pause ein, um die Bedeutung seiner Worte zu unterstreichen. »Bröckchenweise kommt ans Tageslicht, dass es dort schon zu Leckagen gekommen ist. Plötzlich ist nichts mehr sicher. Keiner möchte mehr garantieren, dass nicht doch etwas geschehen kann. Politik und Wirtschaft sind weit genug entfernt, wenn es die Menschen vor Ort trifft. Und wer garantiert uns, dass man die Wahrheit sagt? Die volle Wahrheit!«

»Könnte Robert Havenstein etwas herausgefunden haben?«

Der Arzt sah eine Weile versonnen durch die transparente Plane des Pavillons auf die Straße.

»Ich weiß es nicht«, erwiderte er dann. »Man versucht uns überall etwas unterzujubeln.« Dr. Feldkamp zeigte mit ausgestreckter Hand Richtung Norden. »Denken Sie an diese dumme Idee, CO_2 in Nordfriesland unter die Erde zu pumpen, anstatt es an der Quelle zu vermeiden.«

»Sie meinen Albert Völlering aus Niebüll.«

Dr. Feldkamp winkte ab. »Die Bürgerinitiative meint es ehrlich, aber dem Völlering traue ich nicht.«

Ähnliches hatte der Leiter des Atomkraftwerks, von Sohl, auch gesagt. Und Dr. Feldkamp stand gewiss nicht im Verdacht, die gleichen Interessen wie von Sohl zu verfolgen. Die Überprüfung Völlerings hatte aber keine Anzeichen für Unregelmäßigkeiten ergeben.

Als hätte der Arzt Lüders Gedanken erraten, ergänzte er: »Sie können kaum noch jemandem trauen. Man munkelt, dass Völlering ein Lobbyist ist und seinen eigenen Reibach machen möchte.«

Nachdem Lüder vorsichtig Zweifel angemeldet hatte, widersprach ihm Dr. Feldkamp.

»Jeder ist bestechlich. Wer hätte gedacht, dass ein Weltkonzern wie Siemens, der stets für deutsche Tugenden stand, einmal in einen weltweiten Korruptionsskandal verwickelt ist.«

Es war nicht auszuschließen, dass hinter den Kulissen ganz andere Dinge geschahen, überlegte Lüder. Schließlich hatte man versucht, über den Umweg seiner Familie auch ihn zu bestechen. Und der Anrufer, von dem Lüder annahm, dass es Havensteins Mörder war, hatte davon gesprochen, dass man erfolgreich an anderer Stelle die Polizei bestochen habe.

Lüder holte tief Luft, was die Aufmerksamkeit des Arztes erregte. Siemens und der Korruptionsskandal. Und Siemens war auch ein weltweit tätiger Kraftwerksbauer, ein Milliardengeschäft. Wenn sich wirklich in der Vergangenheit ein Zwischenfall ereignet haben sollte, gab es viele Interessenten, die das nur zu gern verschweigen würden. Es könnte möglicherweise am Renommee deutscher Ingenieurskunst kratzen. Und da kamen wieder fundamentale wirtschaftliche Interessen ins Spiel. Die konnten auch den Ministerpräsidenten eines Bundeslandes, das notorisch am Rande des Ruins entlangschrammt, nicht unberührt lassen. Schloss sich dort der Kreis, denn schließlich hatte der Regierungschef Lüder mit den Ermittlungen betraut?

»Glauben Sie, dass es in den achtziger Jahren einen Zwischenfall gegeben hat, den man verschwieg?«

Dr. Feldkamp sah einem Ehepaar nach, das einen Zwillingskinderwagen durch die Fußgängerzone schob. Die Frau trug ein nach muslimischer Sitte gebundenes Kopftuch. Ein drittes Kind klammerte sich an den Griff des Gefährts. Einen halben Schritt voraus ging der Familienvater, in ein Gespräch mit dem ältesten Sohn vertieft. Der Arzt nickte in die Richtung der Familie.

»Kinder sind ein wunderbares Geschenk«, sagte er. »Mein Beruf erfüllt mich in einer außerordentlichen Weise. Kinder sind die Zukunft. Und wir können uns nicht von der Verantwortung freimachen, ihnen eine saubere Welt zu übergeben. Wer Atommüll einlagert, versündigt sich an dieser Pflicht.« Dann sah er Lüder lange an. »Ja! Es hat vermutlich einen Zwischenfall gegeben«, sagte er dann mit Nachdruck. »Das muss 1986 gewesen sein. Man hat aber alles vertuscht.«

»Was ist im Kraftwerk passiert?«, fragte Lüder.

Der Arzt schüttelte den Kopf. »Nicht im Kraftwerk. Bei der GKSS.«

***

Mirkovic gehörte nirgendwohin. Vor rund zwanzig Jahren war er als bosnischer Serbe aus Banja Luka nach Deutschland gekommen. Die Bosnier wollten ihn, den Serben, nicht haben. Die Serben hielten ihn für einen Bosnier. Und in Deutschland war er auch nur geduldet, obwohl hier seine beiden Kinder geboren wurden und er Wohnung und Arbeit gefunden hatte. Mirkovic. Alle Welt nannte ihn so, ohne »Herr« davor. Seinen Vornamen Branko kannte offensichtlich niemand. Ob es in der Betonplattensiedlung Bergedorf West war, wo er wie viele andere Menschen mit Migrationshintergrund in einem der heruntergekommenen Hochhäuser lebte, oder am Arbeitsplatz in Wentorf, der Gemeinde am Stadtrand von Hamburg. Sein Chef nannte ihn Mirkovic, die Nachbarn, die Angestellten in den Geschäften, in denen man ihn kannte, selbst in der Familie hatte es sich eingebürgert.

Mirkovic hatte sich daran gewöhnt. Alternativen boten sich ihm nicht. Ein Zuhause hatte er nicht. Da war das Leben in der Großsiedlung zumindest ein Ankerplatz, wenn auch keine wirkliche Heimat.

Seit über zehn Jahren arbeitete er, der gelernte Klempner, in dem kleinen Handwerksbetrieb mit zehn Beschäftigten. »Gas, Wasser, Sanitär«, stand neben dem Namen des Betriebsinhabers auf den Fahrzeugen.

»Eh, Witsch«, rief ihm Bernd Voß unter Verwendung der letzten Silbe seines Nachnamens zu und lehnte sich aus dem Fenster des älteren Ford Transit. »Sieh zu, dass du in die Gänge kommst.« Dann wandte sich Voß wieder dem Mitarbeiter des Sicherheitsdienstes zu, der gelangweilt am Fahrzeug stand. »Diesen Typen musst du immer klarmachen, dass sie nicht zum Rumgucken hier sind«, erklärte er.

Ugur Gülcan nickte nur. Ihm war nicht anzusehen, was er von der Anmerkung des unrasierten und schmuddeligen Voß hielt. Seine Aufgabe war es, die Handwerker auf dem Gelände des Kraftwerks zu begleiten.

Das Areal war durch einen Dreifachzaun gut abgeschirmt. Eine lückenlose Kameraüberwachung bot der Sicherheitszentrale neben dem stromführenden Mittelzaun und dem mit Kontakt- und Signaldrähten ausgestatteten dritten Zaun Gewähr, dass kein Unbefugter Zugang zum Kraftwerk fand.

Besucher und Mitarbeiter mussten ein ausgeklügeltes Sicherheitssystem passieren, und Lieferanten oder Handwerker, die mit ihren Fahrzeugen auf das Gelände kamen, wurden durch eine Sicherheitsschleuse geleitet. Zunächst öffnete der Pförtner das Schiebetor. Dann wurden das Fahrzeug und die Insassen kontrolliert, bevor sich das zweite Tor öffnete und die Zufahrt freigab.

Die beiden Handwerker waren öfter hier. Deshalb mochten die Kontrollen ein wenig laxer gewesen sein, als es sonst üblich war.

Mirkovic beugte sich über den Rand der Ladefläche, griff sich den Werkzeugkoffer und trottete langsam zum Hilfskesselhaus. Dort hatten die beiden in den letzten drei Tagen eine Pumpe ausgetauscht und eine Leitung neu verlegt. Mirkovic erschloss sich nicht, woher die Leitungen kamen und wohin sie führten. Dieses Gebäude gehörte jedenfalls nicht zum Sicherheitsbereich, von dem Mirkovic nur gehört, den er aber noch nie betreten hatte.

»Mach zu, Witsch«, rief ihm Voß nach. »Mir juckt's beim besten Freund, und ich will weg.« Dabei rieb er sich mit der Hand zwischen den Beinen. Angewidert schaute Ugur Gülcan vom Sicherheitsdienst zur Seite. »Ich hab 'nen geiles Ding kennengelernt«, sagte Voß und bog die Finger der linken Hand so rund, dass es wie ein Tunnel aussah. Dann fuhr er mit dem Zeigefinger der rechten Hand darin hin und her. Gülcan beachtete auch diese obszöne Geste nicht und wich ein Stück zurück, als ihm Voß durch das geöffnete Seitenfenster auf die Schulter klopfen wollte.

Mirkovic hatte sich dem Zugang zum Hilfskesselhaus genähert, öffnete die Blechtür und ließ seine linke Hand in die Tasche seiner Arbeitshose gleiten. Seine Finger spielten mit den sechs Fünfzigeuroscheinen, die dort zusammengerollt steckten. Dann wandte er sich nach links, sah über die Schulter, ob ihn jemand beobachtete, und griff in den Werkzeugkoffer. Zögernd holte er das Paket heraus, das wie ein länglicher Stab aussah. Mirkovic betrachtete den Gegenstand. Unschlüssig hielt er ihn in der Hand, steckte ihn zwischen die frisch ausgetauschte Pumpe und die Wand, zog ihn wieder heraus und wollte ihn zurück in den Werkzeugkasten legen. Automatisch tauchte seine Hand erneut in die Hosentasche ein. Dreihundert Euro! Zweihundertfünfzig fehlten seinem Sohn für die Klassenreise. Mirkovic hatte das Geld zusammengespart und Petr mit zur Schule gegeben. Es hatte zu Hause großen Ärger gegeben, als der Sechzehnjährige mit einem neuen Handy auftauchte, das er von dem Geld erworben hatte, anstatt es beim Lehrer abzuliefern. Er habe »null Bock«, hatte der Junge erklärt, und alle Vorhaltungen seines Vaters waren an ihm abgeprallt. Das Erlebnis einer Klassenreise zählte nicht als Statussymbol in Bergedorf West, aber das neue Handy.

Mirkovic nickte versonnen. Mit dem Geld in seiner Tasche könnte er seinem Sohn doch die Teilnahme ermöglichen. Und es wäre sogar noch ein klein wenig Taschengeld übrig.

Er hörte, wie hinter ihm die Blechtür geöffnet wurde. »Mensch, Jugo, wo bleibst du? Komm in Schweiß«, hörte er Voß fluchen. »Mir juckt es zwischen den Beinen. Ich will doch die Schnecke nicht warten lassen, nur weil du so lahmarschig bist.« Dann knallte die Tür wieder ins Schloss.

Mirkovic nickte grimmig. Er stieß einen Fluch in seiner Muttersprache aus. Dann klemmte er den länglichen Stab zwischen Pumpe und Wand, drückte auf den Knopf, wie man es ihm gezeigt hatte, und verließ das Hilfskesselhaus.

***

Das Gelände der GKSS lag – von Hamburg aus gesehen – hinter Geesthacht. Auf der bekannten Kuppe des Geesthangs wurde Lüder jedoch umgeleitet, da die Straße wegen Bauarbeiten gesperrt war. Die Umleitung führt ihn zur Elbe hinab, am Pumpspeicherwerk und am Atommeiler vorbei und durch das beschaulich am Fluss liegende Tesperhude. Lüder war sich plötzlich nicht mehr sicher, ob er mit seiner Familie hier, in unmittelbarer Nachbarschaft des Kraftwerks, unbefangen leben könnte.

Am Ende des Ortes bog er nach links ab, umfuhr die Absperrung und nahm den Weg über die Bundesstraße. Ein paar Kilometer weiter wies ein großes Schild auf die GKSS hin. Die Zufahrtsstraße – Lüder war nicht überrascht, dass sie nach Max Planck benannt war – führte durch einen Wald zum Forschungsgelände. Auffällig war, dass sich links und rechts der Straße Zäune entlangzogen. Auf diesem idyllischen Plätzchen, inmitten der ausgedehnten Waldungen, waren noch heute die Reste der Bunkeranlagen der Sprengstofffabrik zu finden. Die Otto-Hahn-Straße erwies sich als ebenfalls eingezäunter Waldweg. Auch dieser Name war nicht zufällig gewählt. Der Chemiker und Nobelpreisträger war der Entdecker der Kernspaltung des Urans. Nach ihm war der einstige mit Atomkraft angetriebene Frachter »Otto Hahn« benannt, der von der GKSS entwickelt worden war. So schloss sich der Kreis.

Nach einer längeren Fahrt öffnete sich der Wald zu einer Lichtung, auf der eine Bushaltestelle, ein modern anmutender Flachbau und das Pförtnerhäuschen davon kündeten, dass Lüder sein Ziel erreicht hatte. »Einsteinchen«, las er auf dem Schild den Namen der Kindertagesstätte, in der der Nachwuchs der GKSS-Mitarbeiter betreut wurde.

Zu- und Ausfahrt waren durch eine Insel getrennt, an deren

Spitze ein mächtiger Baum stand. Der Haupteingang war mit einem frei tragenden Dach überbaut, das durch eine interessante halbkreisförmige Trägerkonstruktion aus Stahlrohren gehalten wurde. Lüder erkannte die Örtlichkeiten wieder. Von der Stelle, wo er angehalten hatte, musste Hannah Eisenberg das Foto aufgenommen haben, das ihn hierhergeführt hatte.

»Moment«, sagte der Pförtner durch die Wechselsprechanlage, als Lüder seinen Namen genannt hatte, und kontrollierte den Eintrag auf einem Zettel. Dann bat er um den Personalausweis und erklärte Lüder den Weg zum Sitz der Geschäftsführung und Verwaltung. Lüder war überrascht von der Größe der Anlage. Er fuhr weiter durch den Wald, folgte der Straße, die einen Linksschwenk machte, bis er das unscheinbare Gebäude erreichte, das lediglich aus dem Erd- und einem weiteren Geschoss bestand.

Auch hier funktionierte die interne Organisation ähnlich gut wie im Atomkraftwerk. Vor der Tür erwartete ihn ein junger Mann, der auf ihn zukam, bevor Lüder ausgestiegen war.

»Herr Dr. Lüders?«, fragte er, und als Lüder nickte, führte er ihn in das nüchtern wirkende Verwaltungsgebäude zum Büro Dr. Bringschultes.

»Sie haben uns gefunden?«, fragte der Leiter des Forschungsprogramms.

»Sie haben sich gut versteckt«, erwiderte Lüder.

Die beiden Männer lachten. Dr. Bringschulte war annähernd so groß wie Lüder. Er hatte volles Haar, das in Wellen über seinen Ohren lag und sich auch im Nacken zu einem dichten Knust bündelte. Die dunkle, viereckige Hornbrille verlieh ihm auf den ersten Blick ein strenges Aussehen, doch wenn er lächelte und dabei zwei Reihen weißer Zähne zeigte, wirkte er zugänglich. Die markanten Gesichtszüge, die insgesamt gepflegte Erscheinung und die dezente Bekleidung ließen Dr. Bringschulte sympathisch wirken. In Verbindung mit der wohlklingenden Stimme war er der Typ des Womanizers, obwohl er einen Ehering trug. Während er Lüder mit einem festen Händedruck begrüßte, stellte er sich noch einmal vor. »Hans-Wilhelm Bringschulte.«

Im Unterschied zu ihm wirkten die beiden anderen Anwesenden zurückhaltend, fast unnahbar. Der asiatisch aussehende Mann von unbestimmbarem Alter war korrekt mit einem dunklen Anzug bekleidet. Dazu trug er ein weißes Hemd und eine dezent gemusterte Krawatte. Lüder hatte das Problem vieler Europäer, auf den ersten Blick nicht die Nationalität des Mannes feststellen zu können. Chinesen, Koreaner und Japaner wiesen für das europäische Auge oft große Ähnlichkeiten auf.

»Lee Sung Hyesan«, stellte Dr. Bringschulte vor.

Der Mann mit den schmalen Augen verneigte sich leicht, vermied es aber, Lüder die Hand zu reichen.

»Das ist Dr. Medhi Ahwaz-Asmari«, stellte Dr. Bringschulte den zweiten Mann vor, der eine in Goldrand gefasste Brille trug. Der Mann hatte eine leicht getönte Hautfarbe und gelockte schwarze Haare. Aus dunklen, fast schwarzen Augen musterte er Lüder und nickte dabei freundlich.

»Ich habe die beiden Herren dazugebeten«, erklärte Dr. Bringschulte. »Sie sind langjährige Mitarbeiter unseres Instituts und können vielleicht an den Stellen behilflich sein, an denen mich mein Gedächtnis verlässt.« Dann zeigte er auf die Sitzgruppe in seinem Büro.

Lee Sung Hyesan und Dr. Ahwaz-Asmari warteten, bis Lüder und Dr. Bringschulte Platz genommen hatten. Erst dann setzten sie sich. Es wirkte fast synchron, wie die beiden Männer sich in den schlichten Sitzmöbeln niederließen.

Lüder dankte für das Angebot, Kaffee oder etwas anderes aufzutischen.

»Ich untersuche die Hintergründe des Mordes an Robert Havenstein.«

Dr. Bringschulte nickte zustimmend. »Der Journalist, der vorgestern ermordet wurde«, sagte er. Lüder korrigierte ihn nicht. Es waren inzwischen drei Tage vergangen, seit Havenstein erschossen worden war.

Der Asiate, Lüder vermutete, dass Lee Sung Hyesan Koreaner war, verzog keine Miene, während Dr. Ahwaz-Asmari fast mit einem Ausdruck des Bedauerns nickte.

»Hat Robert Havenstein Sie aufgesucht?«, fragte Lüder und sah nacheinander die drei Männer an.

»Nein«, erwiderte Dr. Bringschulte mit einer Verzögerung, die genau so angemessen war, dass sie nicht als voreilig angenommen werden konnte. Dann sah er seine beiden Kollegen fragend an.

Dr. Ahwaz-Asmari schüttelte den Kopf, während der mutmaßliche Koreaner völlig unbeweglich dem Gespräch lauschte.

»Kann es sein, dass Robert Havenstein mit anderen Mitarbeitern der GKSS gesprochen hat?«

»Möglich«, sagte Dr. Bringschulte. »Hier arbeiten ein paar hundert Menschen. »Wissen Sie, um was es ging? Das würde den Kreis potenzieller Gesprächspartner einschränken.«

»Das möchte ich gern wissen«, gestand Lüder ein. »Deshalb bin ich hier.«

»Moment.« Dr. Bringschulte stand auf, ging zu seinem Schreibtisch und führte zwei Telefongespräche.

Lüder nutzte die Zeit, um die beiden Mitarbeiter anzusprechen. »Darf ich fragen, woher Sie kommen?«

Dr. Ahwaz-Asmari nickte freundlich. »Iran«, sagte er mit sanfter Stimme. Überhaupt schien von diesem Mann nur Sanftmut auszugehen.

»Korea«, erwiderte Lee Sung Hyesan. Dann hatte Lüder mit seiner Vermutung recht gehabt.

Dr. Bringschulte hatte seine Telefonate beendet. »Es tut mir leid«, sagte er, »aber Herr Havenstein war nicht bei uns im Hause. Weder die Pressestelle noch jemand anders hat mit ihm gesprochen.«

»Das ist sicher?«

Der Bereichsleiter nickte. »Definitiv.«

Das überraschte Lüder, weil es ihm bisher gelungen war, Havensteins Weg nachzuvollziehen. Hier schien sich seine Spur zu verlieren. Andererseits … Das Bild vom Haupteingang des Forschungszentrums hatten die Spurensicherer auf der Kamera von Hannah Eisenberg gefunden. Ob die Israelin allein, ohne Havensteins Begleitung, hier ermittelt hatte?

Lüder bat Dr. Bringschulte, sich noch einmal zu erkundigen, ob eine weibliche Journalistin Gespräche in der GKSS geführt hätte.

Während der Bereichsleiter erneut zu seinem Schreibtisch zurückkehrte, wandte sich Lüder an seine beiden Mitarbeiter.

»An welchem Projekt arbeiten Sie?«

Die beiden sahen sich an. War es Höflichkeit, Unsicherheit oder Diskretion, dass es schien, als würde keiner antworten wollen? Deshalb zeigte Lüder auf den Iraner.

»Wir entwickeln neue Werkstoffe für die Verkehrstechnik, betätigen uns in der Spurenanalytik und beschäftigen uns mit Werkstoffen für die Verwendung in medizinischen Prozessen. Sie müssen es sich so vorstellen, als würden wir Metalle und Kunststoffe durchdringen. Statt Röntgenstrahlen nutzen wir aber Neutronen. Dabei suchen und erforschen wir deren atomare Strukturen.«

»Neutronen?«, fragte Lüder. »Das sind – laienhaft ausgedrückt – atomare Teilchen. Woher bekommen Sie diese?«

»Nun«, Dr. Ahwaz-Asmari legte die Fingerspitzen zu einem Dach zusammen und spitzte die Lippen, »dafür betreiben wir einen Forschungsreaktor.«

»Und welche Gefahren können davon ausgehen? Ob groß oder klein – ein Reaktor bleibt ein Reaktor.«

Der Iraner nickte. »Keine«, sagte er kurz und bündig. Für ihn schien das Thema ohne weitere Erklärungen abgeschlossen zu sein. Er schien froh zu sein, dass Dr. Bringschulte zurückkehrte.

»Hier war auch keine Frau, um Fragen zu stellen«, erklärte der Bereichsleiter.

»Robert Havenstein hat Recherchen zum Zwischenfall angestellt, der sich 1986 hier ereignet hat.«

In Dr. Bringschulte schien eine Wandlung vorzugehen. »Davon weiß ich nichts. Und ich bin schon lange bei der GKSS«, sagte er in schroffem Ton. Alle Freundlichkeit war von ihm abgefallen.

»Es ist kein Zufall, dass im Umkreis eine erhöhte Leukämierate bei Kindern besteht«, warf Lüder ein.

»Alle diesbezüglichen Ermittlungen sind im Sande verlaufen. Die Untersuchung der mit hochkarätigen Wissenschaftlern besetzten Kommission hat keine Anhaltspunkte ergeben. Abgesehen davon haben sich alle Ermittlungen auf unseren Nachbarn, das Atomkraftwerk, konzentriert.«

Lüder warf den beiden Mitarbeitern Bringschultes einen Seitenblick zu. Der Iraner und der Koreaner folgten schweigend dem Dialog. Dabei wanderten ihre Augen wie beim Tennis zu dem jeweils Sprechenden hin.

»Sie verwenden hier aber auch Uran«, sagte Lüder.

»Unter ganz anderen Umständen als die da drüben.« Dr. Bringschulte nickte in Richtung des Atomkraftwerks.

»Beziehen Sie Ihre Brennstäbe aus der gleichen Quelle?«

»Das können Sie nicht vergleichen. Es würde aber zu weit führen, Ihnen das auseinanderzusetzen«, wich Dr. Bringschulte aus. »Uran kommt heute hauptsächlich aus Kanada, Australien und Südafrika. Da sind zuverlässige Quellen, und der Bedarf ist langfristig gesichert. Das ist übrigens der große Unterschied zu den Gaslieferungen. Da sind wir von politisch vielleicht fragwürdigen Lieferanten abhängig. Um für unsere Nachbarn in Krümmel eine Lanze zu brechen: Im Unterschied zu allen anderen Betriebsformen ist Atomkraft immer verfügbar.«

»Gibt es Verbindungen zwischen dem Atomkraftwerk und Ihnen?«

Dr. Bringschulte lachte auf. Es klang fast ein wenig befreiend. »Nein. Mit Ausnahme der Tatsache, dass uns nur ein Gartenzaun trennt.«

Jetzt musste Lüder schmunzeln. Gartenzaun! Mit dieser Formulierung waren die umfänglichen Sicherungsmaßnahmen sehr ironisch umschrieben.

»Sie haben meine Frage nicht beantwortet«, beharrte Lüder. »Nutzen Sie die gleichen Brennstäbe wie Krümmel?«

Dr. Bringschulte sah seine beiden Mitarbeiter an. Dann schüttelte er den Kopf. »Wir machen hier etwas ganz anderes. Für unseren Reaktor benötigen wir anderes Uran.«

»Ich bin Laie«, sagte Lüder. »Ist Uran nicht gleich Uran?«

»Es unterscheidet sich zum Beispiel im Grad der Anreicherung.«

Lüder erinnerte sich an die Erklärung Frau Dr. Brauns. »Das Atomkraftwerk nutzt schwach angereichertes Uran. So etwa«, Lüder bewegte dabei seine Hand in einer Wellenlinie, »um die fünf Prozent. Ungefähr.«

»Ich habe Ihnen schon erklärt, dass wir hier ganz etwas anderes machen als Krümmel.«

»Sie verwenden also angereichertes Uran. Wie hoch?«

Auf Dr. Bringschultes Gesicht zeigte sich Empörung. »Das geht jetzt aber zu weit. Sie erwarten von mir doch nicht, dass ich Betriebsgeheimnisse und Forschungsergebnisse offenlege.«

Lüder machte Anstalten, aufzustehen. »Schön«, sagte er. »Dann werden Sie drei offiziell in Kiel vorgeladen. Ihre Aussagen in der Mordsache Havenstein und anderer Tötungsdelikte erfolgt dann in Gegenwart des Staatsanwalts.«

Die drei Männer tauschten untereinander hastig Blicke aus. Dr. Bringschulte hatte seine Selbstsicherheit verloren. Er schien eine Weile mit sich zu ringen.

»Schön«, sagte er schließlich. »Für unseren Forschungsreaktor verwenden wir hoch angereichertes Uran.«

»Na bitte, es geht doch«, konnte sich Lüder nicht enthalten anzumerken. »Und was gibt es zu dem Zwischenfall 1986 zu sagen?«, versuchte er es noch einmal.

Aber Dr. Bringschulte schwieg beharrlich.

***

Arno Heitmann stieß sich mit den Füßen auf dem Teppichboden ab. Sanft glitt der bequeme Stuhl ein wenig zurück. Dann drehte sich Heitmann um, griff zur Konsole mit den vielen Monitoren, nahm die Flasche Mineralwasser, öffnete sie und ließ die Flüssigkeit glucksend durch die Kehle rinnen.

Thomas Schnieders grinste. »Nachdurst?« fragte er.

Nachdem Heitmann die Flasche wieder abgesetzt hatte, wischte er sich mit dem Handrücken über die Lippen. »Nee. Jedenfalls nicht, was du meinst. Ich habe heute Mittag Gyros gegessen. Mensch, da haben die vielleicht was reingehauen.«

Schnieders zog die Nase kraus. »Das kannst du laut sagen. Puh. Das riecht wie in der S-Bahn nach Wilhelmsburg.« Dann ließ er seinen Blick über die Monitorwand gleiten. »Ich wär nicht traurig, wenn's ruhig bliebe«, sagte er, verschränkte beide Hände hinter dem Nacken und lehnte sich zurück. Dann gähnte er herzhaft, ohne die Hand vor den Mund zu halten. »Ich hab die letzte Nacht kaum ein Auge zugekriegt.«

Als Heitmann ihn mit einem süffisanten Lächeln ansah, ergänzte er: »Nix da. Benni kriegt Zähne.«

»Warum soll es dir besser ergehen als anderen Eltern«, lachte Heitmann.

»Kathrin ist auch völlig fertig«, berichtete Schnieders. »Die glaubt, ich könnte mich auf der Arbeit erholen. ›Ihr habt ja nix zu tun auf eurem Leitstand‹, hat sie mir noch gesagt, bevor ich los bin. Komisch, nä? Alle Welt glaubt, das Ding da macht sich von allein.«

Mit »das Ding« meinte er das Atomkraftwerk, in dessen Leitstand die beiden Techniker Dienst hatten.

Heitmann stand auf. »Ich geh 'ne Runde pinkeln«, sagte er.

Schnieders grinste seinen Kollegen an. »Sag nich, dass das so schnell durchläuft. Dann musst du das nächste Mal dein Wasser direkt auf der Porzellanabteilung trinken.«

Heitmann hatte noch nicht die Tür erreicht, als ein durchdringender schriller Ton den Raum erfüllte.

»Verdammt, was ist das?«, fluchte Schnieders und kontrollierte die Monitore vor sich.

Heitmann reagierte blitzschnell und hatte ebenfalls wieder Platz genommen.

»Die Meldeschleife ist ausgelöst«, sagte er. »Im Hilfskesselhaus. Da ist Alarm ausgelöst.« Die beiden Männer betrachteten konzentriert ihre Displays. »Verflixt. Da brennt es.«

»Nicht schon wieder«, stöhnte Schnieders und griff zum Telefon. Er musste nur einen Knopf drücken und war mit dem Betriebsleiter verbunden.

»Von Sohl«, meldete sich der Vorgesetzte.

»Leitstand – Schnieders. Wir haben Alarm vom Hilfskesselhaus. Dort haben die Rauchmelder angeschlagen. Die Meldeschleife ist ausgelöst worden. Mehr wissen wir noch nicht.«

»Danke«, erwiderte Herwig von Sohl. Er verzichtete darauf, die Techniker im Leitstand mit weiteren Fragen zu behelligen. Mehr wussten die beiden Männer auch nicht.

Von außen drang das Sirenengeheul der Werksfeuerwehr. Jetzt

würde alles nach Plan verlaufen. Solche Ereignisse waren oft geübt worden. Automatisch würden die Feuerwehren aus Grünhof-Tesperhude und Geesthacht alarmiert werden.

»Teufel noch mal. Was ist da schon wieder los?«, sagte Heitmann. In seiner Stimme klang ein Hauch Resignation mit. Jeder neue Zwischenfall würde die Diskussion um den Fortbestand des Kraftwerks anheizen. Und nicht nur für ihn, sondern auch für rund dreihundertfünfzig andere Menschen und deren Familien hing die Existenz vom Kraftwerk ab.

***

Lüder trat vor die Tür des Verwaltungsgebäudes und ließ das Gespräch noch einmal auf sich wirken. Sehr ergiebig war es nicht gewesen. Insbesondere zum vermeintlichen Vorfall wollte sich niemand äußern. Offizielle Stellen hatten die Unfalltheorie stets geleugnet. Der damalige Staatssekretär, immerhin Mitglied der Grünen und von daher eigentlich atomkritisch eingestellt, hatte das Gelände persönlich inspiziert und anschließend verkündet, dass keine Anzeichen für einen Zwischenfall zu erkennen waren. Die Bürgerinitiative und einige kritische Wissenschaftler gingen aber davon aus, dass ein möglicher Vorfall seinerzeit vertuscht werden sollte. War das Ganze doch so brisant, dass Robert Havenstein für eine Entdeckung hatte sterben müssen?

Von fern hörte Lüder Sirenengeheul, das sich rasch näherte. Als er aus dem Schatten des Hauses heraustrat und sich seinem Fahrzeug näherte, sah er über den Wipfeln der Bäume eine dünne Rauchfahne aufsteigen. In dieser Richtung musste das Atomkraftwerk liegen.

Lüder beschloss, vor der Rückfahrt nach Kiel noch einmal in Krümmel vorbeizufahren.

Am Hauptausgang meldete er sich zurück. Dann wurde die Schranke geöffnet. Überrascht trat er auf die Bremse. In der Bushaltebucht auf der gegenüberliegenden Straßenseite parkte der Golf mit dem Münchener Kennzeichen. Es handelte sich um das Fahrzeug, das Dov Eisenberg gemietet hatte.

Der Israeli musste Lüder im selben Moment gesehen haben.

Sein Auto schoss ein paar Meter vor. Mit quietschenden Pneus wendete Eisenberg fast auf der Stelle, dann jagte der Golf Richtung Bundesstraße davon.

Lüder war verblüfft. Für einen Amateur hatte der Mann eine meisterhafte Leistung hinterm Lenkrad hingelegt. Lüders Staunen währte nur einen halben Herzschlag. Dann trat er ebenfalls das Gaspedal bis zum Anschlag durch. Der BMW schien sich wie ein wilder Mustang auf der Stelle aufzubäumen. Das Durchdrehen der Räder verursachte jedem Autoliebhaber ein tiefes Grausen, und Pedanten würden nachrechnen wollen, für wie viel Euro Gummiabrieb auf der Fahrbahn zurückblieb. Dann fassten die Hinterreifen und trieben das Fahrzeug vorwärts. Lüder stemmte sich mit beiden Händen am Lenkrad ab und wurde in das Polster gepresst. Er fühlte sich wie in einem startenden Flugzeug.

Das Ganze hatte sich in Bruchteilen von Sekunden abgespielt. Trotzdem hatte Eisenberg einen Vorsprung von gut fünfzig Metern. Auch der Israeli musste das Gaspedal bis zum Anschlag durchgedrückt haben. Lüder schien es, als würde er dem Golf keinen Meter näher kommen. Erst als die Tachonadel jenseits der einhundertvierzig vibrierte, zeigte sich das Mehr an Kilowatt unter der Motorhaube seines Wagens.

Lüder wusste, dass die Möglichkeit, Eisenberg zu verfolgen, auf dieser durch den Wald führenden Straße auf etwa eineinhalb Kilometer begrenzt war. Er ließ seinen Fuß auf dem Gaspedal stehen, zog auf die Gegenfahrbahn, und endlich zeigte sich die Überlegenheit seiner Motorisierung. Nun überholte er doch mit einer deutlich höheren Geschwindigkeit. Lüder vermied es, zur Seite zu sehen. Er konzentrierte sich auf die enge Straße und hoffte, dass ihm niemand entgegenkam. Dann hätte er den Vorgang sofort abbrechen müssen. Vor dem Golf setzte er sich in die Mitte der Straße, sodass die Mittelmarkierung zwischen seine Vorderräder kam, und bremste sachte ab. Ein schneller Blick in den Rückspiegel zeigte ihm, dass auch Eisenberg bremste. Der Abstand zwischen den beiden Autos verringerte sich nicht.

Für den ganzen Vorgang hatte Lüder die volle Distanz der

Zufahrtsstraße benötigt. Kurz vor deren Einmündung in die Bundesstraße trat er auf die Bremse, riss das Steuer zur Seite und stellte seinen BMW quer. Hier hatte sich das spezielle Fahrtraining ausgezahlt, dachte er, das er während seiner Zeit beim Personenschutz genossen hatte.

Lüder wusste um den Jähzorn des eifersüchtigen Ehemannes. Er öffnete seine Wagentür, stieg aus und näherte sich vorsichtig dem Golf, der mit laufendem Motor etwa zehn Meter hinter seinem BMW zum Stehen gekommen war.

Eisenberg ließ die Seitenscheibe herab. »Was soll das? Sind Sie auch noch ein Wegelagerer?«, schimpfte er lauthals. »Es reicht doch, dass Sie meine Ehe zerstört haben.«

Lüder warf einen raschen Blick in das Fahrzeuginnere, konnte aber nichts Verdächtiges entdecken. Eisenberg hatte sich vorschriftsmäßig angeschnallt. Seine beiden Hände ruhten auf dem Lenkrad.

Lüder öffnete die Wagentür, löste den Sicherheitsgurt und zog den überraschten Dov Eisenberg wortlos aus dem Golf. Der Mann war so perplex, dass er keinen Widerstand leistete. Lüder drehte ihn um und drückte die Arme Eisenbergs auf das Dach des Golfs. Dann fuhr er mit seinem Fuß zwischen die Beine seines Kontrahenten und rückte dessen Füße auseinander.

»Ganz ruhig«, sagte Lüder, tastete den Mann schulbuchmäßig ab und drehte ihn anschließend um, sodass sie sich gegenüberstanden.

»Was ist hier los? Ein Überfall?«, fragte Eisenberg atemlos.

Lüder las die Angst in den Augen des Israeli. Zumindest zeigte der Mann keine Spur von Aggression.

»Was sollte das Ganze?«, fragte Lüder scharf und war froh, dass seine innere Anspannung durch die Verfolgungsjagd nicht in seiner Stimme mitschwang.

»Wer hat hier wen verfolgt?«, schimpfte Eisenberg aufgebracht. »Habe ich Sie angehalten?«

»Sie haben mich verfolgt. Ich möchte wissen, warum.«

»Warum? Warum?«, echote Eisenberg. »Das ist die dümmste Frage, die Ihnen einfällt, ja?«

»Ich habe Ihnen versichert, dass ich kein Verhältnis mit Ihrer

Frau hatte«, sagte Lüder mit Nachdruck. »Und nun reicht es mir.« Er griff in seine Tasche, zog seinen Dienstausweis hervor und hielt ihn Eisenberg direkt vor die Nase. »Wissen Sie, was das ist?«

»Polizei?«, staunte der Israeli. »Was hat das zu bedeuten?«

»Der mutmaßliche Liebhaber Ihrer Frau ist ermordet worden. Ich ermittle in diesem Fall.«

Eisenberg schüttelte den Kopf. »Nein«, sagte er und wiederholte das Wort mehrfach.

»Doch.« Lüder musterte den Mann, der ihn ungläubig ansah. Die vorher böse funkelnden schwarzen Augen stachen nicht mehr. Von Dov Eisenberg schien urplötzlich die Spannung abzufallen.

»Ich suche doch nur meine Frau und habe gedacht, dass Sie mich zu ihr führen.« Plötzlich krallten sich Eisenbergs Hände in Lüders Revers. »Wo ist Hannah?«, schrie der Mann.

Lüder ließ ihn gewähren. Er wollte Eisenberg nicht an dieser Stelle sagen, dass seine Frau ebenfalls ermordet worden war.

»Wir sollten das Gespräch auf einer Dienststelle fortsetzen«, sagte Lüder.

»Polizei?« Eisenberg schüttelte heftig den Kopf. »Nein«, rief er, und seine Augen hatten einen fast irren Glanz. »Nein! Ich setze keinen Fuß in ein deutsches Polizeirevier.«

»Gut«, sagte Lüder. »Wenn Sie rechts abbiegen bis zu der Abzweigung, an der die Straßensperre steht, dann wieder rechts in den Ort hinein. Dort gibt ein Restaurant.« Lüder sah auf die Uhr. »In einer Stunde bin ich dort.« Er reichte ihm eine Visitenkarte. »Damit Sie wissen, mit wem Sie es zu tun haben.«

Dann drehte er sich um und ging auf den Lieferwagen mit der Aufschrift »Großverbraucherservice« zu, der inzwischen auf der Gegenfahrbahn eingetroffen war und aus dessen Fenster sich ein feister Oberkörper lehnte. Der Fahrer trug einen weißen Kittel mit dem aufgestickten Firmenemblem.

»Seid ihr nicht ganz dicht?«, fluchte er. »Müsst ihr die Straße versperren? Was soll der Scheiß?«

»Entschuldigung«, sagte Lüder, stieg in seinen BMW und gab die Fahrbahn frei. Als Dank zeigte ihm der Fahrer des Lieferwagens einen Vogel. Dann drückte der Mann auf die Hupe und fuhr in Richtung GKSS davon.

Als Lüder das Kraftwerk erreichte, standen die beiden Tore weit offen. Mehrere Mitarbeiter des Sicherheitsdienstes versuchten, trotz aller Hektik die Übersicht zu bewahren. Immerhin waren die Männer so vorsichtig, dass sie Lüder trotz Ausweis nicht auf das Gelände lassen wollten. Erst nachdem sich einer beim Kraftwerksleiter rückversichert hatte, durfte Lüder auf das Areal fahren.

Er kam nicht weit. Überall standen Feuerwehrfahrzeuge mit zuckendem Blaulicht. Die Besatzungen in ihren schweren Arbeitsanzügen, den gelben Helmen mit Leuchtstreifen und Visier standen in kleinen Gruppen herum und diskutierten.

»Wo finde ich die Einsatzleitung?«, fragte Lüder.

Ein Feuerwehrmann zeigte mit ausgestrecktem Arm hinter das Reaktorgebäude. »Dahinten.«

Es sah gespenstisch aus, wie die blauen Lichter mit ihren Strahlen über die Wände der Gebäude zuckten. Dazwischen dröhnten die Diesel der Fahrzeuge. Mehrere starke Scheinwerfer auf Stativen beleuchteten die Szene.

Lüder wandte sich einer Gruppe von Feuerwehrmännern zu, die miteinander diskutierten. Als er näher kam, sah er auch Zivilisten, darunter Herwig von Sohl, der ebenfalls mit einem gelben Schutzhelm bekleidet war. Lüder gesellte sich zur Gruppe und lauschte den Ausführungen eines Uniformierten, der zunächst schniefte und dann erklärte: »Der Angriffstrupp hat nichts weiter finden können. Wir haben die Rauchabgasanlage installiert. Das kleine Feuer war schon durch die Werksfeuerwehr gelöscht.« Der Mann sah von Sohl an. »Ihre Jungs leisten gute Arbeit.«

Der Kraftwerksleiter ignorierte das Kompliment. »Können Sie schon etwas über die Ursache sagen?«, fragte er.

Der Feuerwehrmann schüttelte den Kopf. »Nicht viel. Da muss eine Pumpe gewesen sein. Sieht fast so aus, als wäre sie explodiert.«

»Davon kann aber keine Rauchentwicklung entstehen, die man so weit sieht«, mischte sich Lüder ein.

Der Brandschützer sah ihn an. Was wollen Sie denn?, verhieß der Blick. Dann wandte er sich von Sohl zu.

»Dr. Lüders von der Kriminalpolizei«, erklärte der Kraftwerksleiter.

Der Feuerwehrmann nickte verstehend. »Das ging aber fix«, sagte er. »Kommen Sie mal mit.«

Lüder folgte ihm. Sie blieben vor einer Feuerschutztür stehen. Der Brandschützer zeigte auf ein merkwürdig aussehendes Teil, das Ähnlichkeiten mit einem Rohr aufwies. Es war am oberen Ende wie ein zerplatzter Kanonenschlag aufgepilzt.

Lüder sah es sich an, konnte aber nicht erkennen, um was es sich handelte. Das wäre eine Aufgabe für die Kriminaltechniker.

»Eine Bombe?«, fragte der Feuerwehrmann und versuchte in Lüders Mimik zu lesen.

»Kaum«, erwiderte der. »Jedenfalls keine mit großer Sprengwirkung. Das hätte andere Wirkung gezeigt.«

Der Brandschützer wiegte nachdenklich seinen Kopf. »Merkwürdig«, sagte er. »Es hat nur ein wenig geglimmt. Kein richtiger Brand. Dafür hat es aber eine gewaltige Rauchentwicklung gegeben. Wir waren erschrocken, als wir eintrafen. Das war senf- bis ockergelb. Es sah richtig giftig aus. Wir sind unter Atemschutz vorgedrungen. Die Kameraden der Werksfeuerwehr übrigens auch. Natürlich waren die vor uns hier.«

Lüder warf einen weiteren Blick auf das versengte Teil. Im Unterschied zu Fernsehdetektiven, die auf allen Sachgebieten Experten waren, überließ er solche Dinge lieber den Fachleuten. Er war sich nicht sicher, aber nach der Schilderung der Umstände und dem, was er sah, konnte es sich um eine modifizierte Rauchbombe handeln, die beim Militär oder in der Schifffahrt Verwendung finden.

Ein forsch auftretender Mann in einer Blousonjacke schob sich zwischen Lüder und den Feuerwehrmann.

»Sie sind der Einsatzleiter?«, fragte er. Dann sah er Lüder an. »Und Sie?«

»Wer sind Sie?«, antwortete Lüder mit einer Gegenfrage.

»Kripo«, sagte der Mann.

»Auch.«

»Was, auch?«

»Ich bin auch von der Kripo.«

»Ihren Ausweis.« Der forsche Beamte hielt Lüder auffordernd seine offene Handfläche hin.

Lüder zeigte seinen Dienstausweis. Er hielt ihn allerdings vor die Nase des Mannes.

»Oh. Entschuldigung, Herr Kriminalrat.« Es hätte nicht viel gefehlt, dann hätte sich der Beamte verbeugt. »KOK Thiemann«, stellte er sich vor. »Von der Außenstelle Geesthacht.«

Lüder spitzte die Lippen. KOK – Kriminaloberkommissar. Die Kriminalpolizeiaußenstelle, wie es umständlich hieß, gehörte zur Kriminalpolizeistelle Bad Oldesloe, die wiederum der Polizeidirektion Ratzeburg angegliedert war. Lüder ging nicht näher auf die nassforsche Art Thiemanns ein. Die Dienststellen im Lande waren notorisch unterbesetzt, und gerade an den kleineren Standorten mussten sich die Mitarbeiter mit zahlreichen unterschiedlichen Delikten auseinandersetzen. Es waren zum großen Teil Generalisten, keine für spezielle Tatbestände geschulten Experten.

»Übernehmen Sie, Herr Dr. Lüders?«, fragte Thiemann vorsichtig.

Lüder winkte ab. »Leiten Sie alles in die Wege. Und informieren Sie das Dezernat 43 im LKA«, wies er an. Nach Thiemanns fragendem Blick ergänzte Lüder: »Die naturwissenschaftliche Kriminaltechnik. Die sollen einen Experten für Brand- und Explosionsdelikte schicken. Vergessen Sie nicht, die Spurensicherung der Bezirkskriminalinspektion aus Lübeck anzufordern.«

Thiemann nickte eilfertig, während der Einsatzleiter der Feuerwehr und von Sohl dem kurzen Dialog verwirrt gefolgt waren. Geesthacht – Bad Oldesloe – Ratzeburg – Lübeck – Kiel. Das Organisationsschema war für Außenstehende kaum zu durchblicken.

»Falls ich noch Fragen habe«, wandte sich Lüder an den Einsatzleiter, »würde ich mir gern Ihren Namen notieren.«

Der Mann hieß Klaus Möller und wohnte im benachbarten Grünhof-Tesperhude. Im Zivilberuf war er Schornsteinfegermeister und stand seit zwei Jahren der freiwilligen Feuerwehr als Wehrführer vor.

»Wer hat Zugang zum – wie sagten Sie? – Hilfskesselhaus?«, fragte Lüder von Sohl.

»Niemand«, erwiderte der Betriebsleiter spontan.

Lüder schüttelte den Kopf. »Das ist keine Antwort. Natürlich kommen dort Leute herein.«

»Ja sicher«, antwortete von Sohl. »Entschuldigung, aber ich bin ein wenig konfus. Wir kennen die Ursache nicht. Aber damit«, er zeigte mit dem Daumen über die Schulter zum Ort des Geschehens, »sind wir wieder bundesweit in den Schlagzeilen.«

Das hat der Urheber auch bezweckt, dachte Lüder. Er stellte sich vor, dass jemand eine im Prinzip harmlose Rauchbombe installiert hatte. Ob sich der Täter über die weitreichenden Folgen im Klaren war? Oder wollte er mit einer solchen Aktion Aufsehen erregen?

»Können Sie feststellen lassen, wer sich im Hilfskesselhaus aufgehalten hat?« Lüder überlegte. »Sagen wir – in den letzten vierundzwanzig Stunden.«

Von Sohl nahm sein Handy ans Ohr. »Tippke«, sagte er, nachdem sich der Teilnehmer gemeldet hat. »Ich stehe hier vor dem Hilfskesselhaus. Kommen Sie mal rüber. Wir haben ein paar Fragen.«

Kurz darauf erschien ein fülliger Mann mit rundem Gesicht. Er schob sich seinen Schutzhelm in den Nacken und sah von Sohl genervt an. Man merkte ihm an, dass er über die Anweisung seines Chefs nicht erfreut war. Auf ihn warteten wichtigere Aufgaben.

»Carsten Tippke«, stellte von Sohl vor. »Herr Tippke ist für die gesamte Technik außerhalb des Reaktors zuständig.« Von Sohl unterließ es, Lüder vorzustellen. »Wer war zuletzt im Hilfskesselhaus?«

Tippke zog die Stirn kraus. »Keine Ahnung.«

»Dann finden Sie es heraus«, sagte von Sohl barsch.

Der Mann im blauen Overall wollte sich schon abwenden, als ihm etwas einzufallen schien. »Wir hatten Probleme mit einer

Pumpe. Die musste ausgetauscht werden. Bei der Gelegenheit sind auch ein paar Leitungen ausgewechselt worden. Reine Routine. Alles außerhalb der Sicherheitsbereiche«, beeilte er sich anzufügen.

»Wann war das?«, fragte Lüder.

»Na – heute. Die haben drei Tage daran gearbeitet. Heute sind sie fertig geworden.«

»Wer sind ›die‹?«

»Ein Installateur aus Wentorf. Kleiner Laden. Aber zuverlässig. Den haben wir schon oft hier gehabt.«

»Dann hätte ich gern den Namen und die Anschrift. Und die Namen der Mitarbeiter, die hier vor Ort waren«, bat Lüder.

Als Tippke seinen Vorgesetzten fragend ansah, herrschte ihn von Sohl an. »Los. Machen Sie schon.«

Es dauerte eine Viertelstunde, bis Tippke in Begleitung eines Uniformierten zurückkam. »Das ist Herr Gülcan vom Sicherheitsdienst«, stellte er den ernst dreinblickenden Mann vor. »Er hat die beiden Handwerker beaufsichtigt.«

»Sie waren immer an ihrer Seite, oder hat sich einer von den beiden einmal entfernt?«

»Nein, nie«, sagte Gülcan mit unsicherer Stimme und sah dabei auf seine Fußspitzen.

»Herr Gülcan. Es geht nicht darum, Ihnen Vorwürfe zu machen. Für uns ist das von entscheidender Bedeutung«, mahnte ihn Lüder.

»Ich kenne meine Pflichten«, verteidigte sich der Mitarbeiter des Sicherheitsdienstes.

»Die beiden Handwerker haben immer zu zweit gearbeitet. Oder hat sich irgendwann jemand entfernt, um auf die Toilette zu gehen oder Werkzeug zu holen?«, fragte Lüder.

Plötzlich hellte sich Gülcans Gesicht auf. »Ganz zum Schluss. Da ist einer noch mal kurz rein ins Kesselhaus. Sein Kollege hat ihm gesagt, er soll sich beeilen. Der Zweite sollte noch das Werkzeug holen.« Gülcan schlug sich mit der flachen Hand an die Stirn. »Jetzt fällt es mir auf. Warum hat er seine Werkzeugkiste mit reingenommen, wenn er doch Werkzeug rausholen wollte?«

»Wer war es?«, fragte Lüder, der sah, dass Gülcan zwei Karten mit Fotos in der Hand hielt, die standardmäßig von jedem Besucher des Atomkraftwerks angelegt werden.

»Dieser hier«, sagte der Sicherheitsmann und reichte Lüder eine Karte.

»Branko Mirkovic«, las Lüder aus der Kopie des Ausweispapiers, die man am Eingang ebenfalls angelegt hatte. Außerdem war die Adresse verzeichnet.

»Das behalte ich«, sagte Lüder.

»Ja, aber«, protestierte Gülcan und streckte die Hand aus.

»Ist gut«, beruhigte ihn von Sohl und wandte sich an Tippke. »Sie können gehen. Sie auch«, sagte er zum Sicherheitsmann. Als die beiden außer Hörweite waren, fragte der Betriebsleiter: »Haben Sie einen bestimmten Verdacht?«

»Ich lasse Ihnen rechtzeitig Informationen zukommen«, wich Lüder aus. »Sie haben das hier im Griff?«, wandte er sich an Thiemann.

Der Oberkommissar nickte dienstbeflissen. »Jawohl, Herr Dr. Lüders.«

»Gut«, entschied Lüder. »Meine weitere Anwesenheit ist nicht mehr erforderlich.«

Vom Auto aus rief er in der Kieler Bezirkskriminalinspektion an. Lüder war nicht überrascht, dass Hauptkommissar Vollmers noch in der Dienststelle war.

»Ich habe eine Personenanfrage«, sagte Lüder und gab Mirkovics Personalien durch.

»Unbekannt. Gegen den liegt nichts vor«, antwortete Vollmers kurz darauf.

»Ich habe noch eine Bitte an Sie«, sagte Lüder und erklärte dem Hautkommissar die weitere Vorgehensweise.

Eine halbe Stunde später fuhr Lüder langsam durch das Wohngebiet Bergedorf West. Die gesuchte Adresse befand sich in einem vierstöckigen Plattenbau, der einer von vielen in einer langen Reihe war.

Lüder fand einen Parkplatz unweit des Hauses, in dem Mirkovic wohnte. Er schaltete die Zündung aus und wartete. Inzwischen war es stockfinster. Obwohl die Straßenbeleuchtung ausreichend dimensioniert war und die schier endlose Häuserfront überall hell erleuchtete Fenster aufwies, hinter denen das Blau der Fernsehbildschirme flackerte, wirkte alles düster und trostlos. Dabei hat sich kaum einer der Bewohner diesen Standort als Traumquartier gewünscht, dachte Lüder. Es wäre sicher eine Sisyphusarbeit, zu erforschen, auf welchem Weg die Menschen hier gelandet waren.

Lüder hatte noch keine fünf Minuten in seinem BMW gewartet, als sich eine Gruppe von Jugendlichen näherte und das Fahrzeug umringte. Zwei von ihnen näherten sich der Fahrerseite. Lüder ließ das Fenster einen Spalt herab.

»Hast du mal 'ne Lulle?«, fragte der Größte von ihnen. Er trug eine schwarze Lederjacke, hatte die Hände in den Taschen vergraben und kaute lässig auf einem Streichholz. Lüder war sich nicht schlüssig, ob das unrasierte Gesicht der Versuch eines verwegen aussehenden Dreitagebarts war oder der junge Mann schlicht ungepflegt war.

»Nichtraucher«, erwiderte Lüder. Er hatte kein Interesse, sich mit den Jugendlichen zu unterhalten.

»Hast denn mal 'nen Euro?«, fragte der junge Mann. Dabei wanderte das Streichholz zwischen seinen Zähnen unablässig von links nach rechts und zurück. »Wir sind gar nicht so. Wir holen uns die Kippen auch selbst.«

»Nee«, sagte Lüder und wollte das Fenster wieder hochfahren. Ehe die Mechanik ansprang, hatte der Jugendliche ein Metallstück aus seiner Tasche gezogen und zwischen Glas und Türrahmen gesteckt, sodass die Scheibe blockierte. Lüder erkannte auf den ersten Blick einen Totschläger.

»Mach das Ding runter«, zischte der junge Mann und zerrte an seinem Gerät, dass die Scheibe bedenklich knirschte.

»Wenn Sie auch nur eine Schramme am Wagen hinterlassen, wird es Sie teuer zu stehen kommen«, sagte Lüder laut, aber ruhig. Er hatte den Jugendlichen bewusst gesiezt, um nicht zu provozieren.

Dessen Nachbar lachte zynisch auf. »Der will dich verarschen, Alex«, stachelte er den Wortführer an. »Komm, wir holen den Typen aus seiner Scheißkarre.« Dabei versuchte er, die hintere Wagentür zu öffnen. Lüder hatte die Verriegelung, die automatisch ab einer bestimmten Geschwindigkeit die Türen verschloss, nach seinem Eintreffen noch nicht wieder gelöst.

»Glaubst du Wichser, wir kommen da nicht rein?«, fluchte Alex, für den es jetzt galt, Stärke zu demonstrieren. Er versuchte, die Vordertür zu öffnen. Nachdem ihm das nicht gelang, trat er von außen gegen das Blech. Es gab ein hässliches »Ploing«, als das Metall nachgab. In Lüder keimte der Zorn, trotzdem widerstand er der Versuchung, die Tür zu öffnen und auszusteigen. Allein war er der Gruppe kaum gewachsen. Außerdem hätte eine größere Auseinandersetzung Aufsehen erregt, das er gern vermeiden wollte. Er war in einer anderen Mission hier.

»Jetzt reicht's«, sagte Alex und zog ein Butterflymesser aus seiner Lederjacke. Geschickt ließ er es um seine Finger kreisen. Es wirkte artistisch, wie der Jugendliche die gefährliche Waffe in seiner Hand tanzen ließ. Dann zeigte er zwei Reihen gelber Zähne. Sein Gesicht verzerrte sich zu einer hässlichen Fratze. Er spuckte das Streichholz aus und brüllte in Lüders Richtung. »Komm raus. Wir machen dich fertig.«

Alex hielt das Messer fest und zog es über den Lack an der Fahrertür. Das Geräusch jagte Lüder einen Schauder über den Rücken. Das Maß des Erträglichen war überschritten. Die meisten anderen hätten jetzt den Fehler begangen, im Zorn auszusteigen und auf die Jugendlichen loszugehen. Aber wenn Lüder schon seine Chancen als unmöglich einstufte, hätten nicht ausgebildete Laien überhaupt keine Möglichkeiten gehabt.

»Sie haben sich wegen Sachbeschädigung strafbar gemacht. Hinzu kommt noch eine Reihe weiterer Delikte«, sagte Lüder. Er sprach so laut, dass die Mehrheit der Gruppe, Lüder zählte inzwischen sechs Jugendliche, es mitbekommen hatte. Höhnisches Gelächter war die Folge.

Alex spie aus. Sein Auswurf lief an der Seitenscheibe herab. »Wenn du noch in der Lage bist, etwas zu denken, wenn wir mit dir fertig sind, dann hältst du deine gottverdammte Schnauze. Sonst überlebst du das nicht.«

Erneut rüttelte er an der Tür. Noch hielt sie. Dann versuchte er mit seinem Messer, die Scheibe einzuschlagen. Doch auch die hielt den wütenden Attacken stand.

Wenn nicht zwei junge Leute vor dem Auto Aufstellung bezogen hätten, wäre Lüder schon lange weggefahren. So musste er hier stehen bleiben, wollte er niemanden gefährden.

Alex schien für einen Moment ratlos, wie er weiter vorgehen sollte. Auf alle Provokationen sprach Lüder nicht an. Wenn er hier in den Augen seiner Kumpane versagen sollte, würde das Ansehen kosten. Und das, war sich Lüder sicher, war das Einzige, das Alex besaß.

Das einzige Mädchen aus der Gruppe drängte sich nach vorn. In ihre hochgegelten Haare hatte sie einen roten Streifen eingefärbt. Sie hielt Alex eine kleine Dose hin.

»Damit kriegst du ihn aus der Karre«, lachte sie und zeigte Lüder den Stinkefinger.

Alex sah auf das Etikett. Lüder schien, als müsse der junge Mann genau hinsehen, um es lesen zu können.

»Geil«, sagte er und hielt Lüder das Döschen hin. »Das treibt dich raus.« Zur Unterstreichung seiner Vorfreude ließ er wieder einmal sein Butterflymesser kreisen.

Vorsichtig tastete Lüder zu seiner Achselhöhle, in der er seine Dienstwaffe trug. Sie war nicht teilgeladen und konnte auch nicht zufällig losgehen. Im schlimmsten Fall würde er sie aber zur Abschreckung präsentieren müssen.

Alex hielt die Öffnung der Reizgasflasche in Richtung des offenen Fensterspalts, als alle durch drei sich schnell nähernde Fahrzeuge abgelenkt wurden. Es schien, als würden die Autos vorbeifahren. Im letzten Moment stiegen die Fahrer in die Bremsen. Das war so professionell, dass die Limousinen fast gleichzeitig, aber ohne Quietschen der Reifen zum Stehen kamen. Ehe die Jugendlichen reagieren konnten, flogen die Türen auf, und fast gleichzeitig sprangen dunkel gekleidete Männer heraus. Sie trugen schwarze Sturmhauben über den Köpfen, und nur schmale Schlitze für Augen und Mund ließen menschliche Wesen hinter den Masken erahnen.

»Polizei«, rief einer halblaut im Kommandoton. Die Jugendlichen waren im ersten Moment so perplex, dass es zwei Herzschläge dauerte, bis sie zu fliehen versuchten.

Vier wurden sofort ergriffen, den Fünften holten die Beamten im Nachsetzen ein. Nur einem gelang unerkannt die Flucht. Alex und das Mädchen versuchten sich zur Wehr zu setzen, während die anderen drei keinen Widerstand leisteten.

»Der greift mir an die Brust«, kreischte das Mädchen. »Lass mich los, du Wichser.« Dabei versuchte sie, um sich zu schlagen und nach den Beamten zu treten. Auch Alex leistete Widerstand, der aber schnell erlahmte, nachdem die Beamten des SEK ihn überwältigt und mit dem Gesicht nach unten auf der Fahrbahn fixiert hatten.

»Sie sind im rechten Moment gekommen«, bedankte sich Lüder beim Kommandoführer. Dann zeigte er auf Alex. »Den nehmen wir vorübergehend fest. Ich habe eine Reihe von Punkten für die Anzeige.«

»Machen wir, Herr Dr. Lüders.«

»Scheiß Doktor«, fluchte Alex und versuchte vergeblich, sich aus dem Griff zweier Beamter zu befreien, die ihm inzwischen Einmalhandfesseln angelegt hatten. »Dich kriege ich. Wart's ab.«

»Da kommt 'ne Menge auf dich zu«, lachte der Kommandoführer auf. »Man sollte sich nicht mit einem Kriminalrat anlegen.«

»Kriminalrat?« Alex riss die Augen weit auf.

»Du verdammter Arsch«, schrie das Mädchen. »Warum fickst du einen Scheißbullen ins Knie?«

»Halt du die Fresse«, brüllte Alex zurück.

Inzwischen war ein Streifenwagen eingetroffen. Zwei stämmige uniformierte Polizisten entstiegen dem Fahrzeug.

»Ach der schon wieder«, sagte der Größere, als er Alex sah. »Diese verdammten Russkis machen nix als Ärger. Warum seid ihr nicht in der Steppe geblieben?«

Als Lüder dem Beamten einen missbilligenden Blick zuwarf, zuckte der die Schulter. »Sie würden nicht anders reden, wenn Sie sich so wie wir wöchentlich mit diesem Pack prügeln müssten.«

»Trotzdem«, sagte Lüder mit Nachdruck.

Er würde gegen Alex Strafanzeige erstatten und den Schaden am BMW zivilrechtlich verfolgen lassen. Lüder war gegen die Art von Kuschelpädagogik, mit der manche gut meinenden Seelen die Gewaltausbrüche der Jugendlichen zu entschuldigen suchten. Es war zutreffend, dass viele von ihnen nie eine Chance in der Gesellschaft erhalten würden. Das rechtfertigte aber nicht die Gewalt gegen Dritte. Und kaum jemand sprach von den Opfern, die oft nicht nur physisch, sondern auch psychisch unter solchen Übergriffen litten, lange nach der Tat in Behandlung waren und sich im schlimmsten Fall nicht mehr unter Menschen trauten.

Alex versuchte, nach dem Beamten zu treten. Der bog ihm den Arm schmerzhaft in Richtung Schulterblatt, bis Alex aufschrie.

»Sei friedlich, sonst schmerzt es«, sagte der Beamte ruhig.

»Ich weiß, wo du wohnst«, fluchte Alex.

Der Uniformierte lachte bitter auf. »Und ich kenne deine Adresse. Der Jugendknast.«

»Schade«, sagte der Kommandoführer des SEK. »Das sind überflüssige Aktionen. Wir mögen solche Einsätze nicht. Egal wie – es trifft immer den Falschen.«

Lüder stimmte ihm zu. Dann sagte er: »Es geht um die vorläufige Festnahme von Branko Mirkovic. Er steht im dringenden Verdacht, heute im AKW Krümmel einen Brandsatz mit Rauchbombe gezündet zu haben. Wir haben keine Erkenntnisse, ob er über weitere Sprengsätze oder Waffen verfügt. Deshalb habe ich Sie im Wege der Amtshilfe angefordert. Ich habe auch keine Ahnung, wer sich sonst noch in der Wohnung aufhält.«

Der Kommandoführer instruierte seine Männer. Dann schlich die kleine Truppe zum Hauseingang. Lüder folgte ihnen. Die Männer sahen in ihren Schutzanzügen mit der Aufschrift »Polizei« auf dem Rücken furchteinflößend aus. Die dicken Schutzwesten, die Helme mit den heruntergeklappten Visieren, die Schulterpolster und vor allem die Maschinenpistolen mussten jeden erstarren lassen, der diesen Männern gegenüberstand. Der Kommandoführer ließ zwei seiner Leute im Treppenhaus zurück. Er selbst, ein weiterer Beamter und Lüder nahmen den Fahrstuhl, während die anderen die Treppe erklommen.

Lüder war nicht überrascht, dass die Polizisten trotz der schweren Ausrüstung zur gleichen Zeit in der vierten Etage ankamen.

Mit einer Taschenlampe leuchteten die Beamten die Namensschilder ab. An einer der Türen steckte ein handgeschriebener Zettel mit der Aufschrift »Mirkovic«.

Der Kommandoführer raunte seinen Leuten etwas zu, dann bezogen die Beamten, eng an die Wand gepresst, Stellung. Der Einsatzleiter deutete durch eine Handbewegung an, dass Lüder sich hinter ihm platzieren sollte. Ohne jedes Geräusch machte sich einer der Beamten am Türschloss zu schaffen. Es sah aus, als würde er eine knetgummiähnliche Masse anbringen. Er steckte ein Kabelende ein und zog sich mit dem anderen Ende ebenfalls an die Wand zurück. Obwohl keiner der Beamten sprach und Lüder nicht in die durch Visiere verdeckten Gesichter blicken konnte, war die Anspannung zum Greifen nah. Man spürte förmlich die Konzentration jedes Einzelnen.

Der Einsatzleiter nickte. Mit einer kaum wahrnehmbaren Handbewegung drückte der Beamte auf den Knopf eines kleinen Geräts, das Ähnlichkeiten mit dem Remoteempfänger einer Spielekonsole hatte.

Ein Lichtblitz stach für einen Sekundenbruchteil in Lüders Augen, dann knallte es, als wäre direkt zwischen den Männern eine Bombe explodiert. Lüder wusste, dass dies zum Überraschungsmoment gehörte und der Einschüchterung diente. Einer der Beamten sprang gegen die Wohnungstür, die mit einem lauten Krachen gegen die Wand flog. Im selben Moment stürmten die Beamten mit lautem Geschrei, ihre Maschinenpistolen im Anschlag, in die Wohnung.

Lüder folgte als Letzter. Im Flur stand eine verhärmt aussehende Frau mit einem Kochtopf in der Hand, aus dem Dampf aufstieg. Sie hatte den Mund geöffnet und starrte mit schreckgeweiteten Augen auf die Eindringlinge. Ihr kalkweißes Gesicht unterschied sich in nichts von der Wand im Flur. Die Beamten des SEK waren an ihr vorbeigelaufen. Für sie war es auf den ersten Blick klar, dass von der Frau keine Gefahr ausging.

»Ganz ruhig«, rief Lüder der Frau zu und tätschelte ihr automatisch im Vorbeilaufen den Oberarm.

»Frei«, rief in diesem Moment der erste Beamte, der an der offenen Küchentür einen Blick in den leeren Raum geworfen hatte.

»Frei«, meldete schon der nächste Polizist, der in das Badezimmer geblickt hatte.

Aus einem Raum fielen Licht und das Flackern eines Fernsehschirms auf den Flur. Lüder vermutete das Wohnzimmer, aus dem jetzt energische Befehle drangen.

»Hände hoch. Keine Bewegung. Polizei!«, schrien zwei Stimmen gleichzeitig.

Zwei Beamte waren in das Schlafzimmer gelaufen und warfen kurze Blicke hinter die Tür, unters Bett und in den Kleiderschrank. »Frei«, meldete schließlich einer, und sein Kollege gab es an den Kommandoführer weiter, der mit seiner Maschinenpistole im Anschlag im Flur stand und von dort in drei Zimmer gleichzeitig sehen konnte.

»Ganz ruhig«, klang eine Polizistenstimme jetzt aus einem weiteren Zimmer. »Ganz ruhig. Polizei. Wir tun dir nichts.« Dann wurde die Stimme lauter. »Hier ist nur ein Mädchen.«

Es hatte nur einen kurzen Moment gedauert, und die Beamten des SEK hatten die Wohnung durchsucht und die Situation unter Kontrolle.

In der Wohnung hielten sich vier Menschen auf, stellte Lüder fest. Die am ganzen Leib zitternde Ehefrau und Mutter, ein etwa zwölfjähriges Mädchen sowie ein Mann und ein Jugendlicher im Wohnzimmer. Das Erstürmen war so schnell abgelaufen, dass keiner der Wohnungsinsassen die Möglichkeit zu reagieren hatte. Als Lüder ins Wohnzimmer trat, war einer der Beamten damit beschäftigt, den apathisch dastehenden Jugendlichen abzuklopfen.

»Sauber«, sagte der Beamte, und ein Kollege griff den jungen Mann am Oberarm und zog ihn widerstandslos aus dem Zimmer. Zwei weitere Beamte hatten Mirkovic gepackt und ihn auf den Fußboden vor dem Couchtisch gelegt. Während ein dritter Beamter seine Maschinenpistole in Anschlag hielt, schob ein Beamter Mirkovics Füße auseinander. Sein Kollege kniete auf dem Rücken des Mannes und fesselte dessen Hände.

»Seien Sie ganz ruhig«, sagte er dabei. »Das ist das Beste für Sie.«

Dann wurde auch Mirkovic sachkundig abgetastet. »Sauber«

sagte der Beamte, und als der Kommandoführer nickte, griffen zwei Polizisten Mirkovic am Oberarm und stellten ihn auf die Beine.

»Sind Sie Branko Mirkovic?«, fragte der Einsatzführer.

Der Mann nickte, und erst im zweiten Anlauf gelang es ihm, ein kaum verständliches »Ja« zu hauchen. Der Angstschweiß stand ihm auf der Stirn.

»Mir ist schlecht«, murmelte er, und wenn ihn die beiden Beamten nicht gestützt hätten, wäre er in sich zusammengesackt.

»Setzen Sie ihn hin«, bat Lüder, und die beiden Polizisten geleiteten Mirkovic zu einem der mit buntem Blümchenmuster bezogenen Sessel. Schwer atmend ließ sich Mirkovic fallen. Instinktiv versuchte er, sich mit der Hand den Schweiß abzuwischen, aber die auf dem Rücken gefesselten Hände hinderten ihn daran.

»Haben Sie Waffen im Haus?«, fragte der Kommandoführer. Und als Mirkovic verständnislos den Kopf schüttelte, hakte er nach: »Sprengstoff, Reizgas, Bombenmaterial?«

Ein kurzes Aufflackern in Mirkovics Augen signalisierte den Polizisten, dass der Mann jetzt erst verstand, warum die Polizei bei ihm eingedrungen war.

»Das war nur wegen der Klassenreise«, flüsterte er.

Lüder und die SEK-Beamten sahen ihn ratlos an. »Wegen meinem Sohn«, ergänzte Mirkovic und berichtete von den dreihundert Euro. »Ich hab das nur versteckt, weil mein Sohn sonst nicht hätte mitfahren können. Dafür, dass ich den kleinen Spaß angebracht habe, habe ich die dreihundert Euro bekommen. Mein Sohn hat sie.«

Einer der Beamten holte den Jugendlichen ins Zimmer, der beschämt stehen blieb und die Augen starr auf den Teppich heftete.

»Stimmt das?«, fragte Lüder.

»Ja«, hauchte der junge Mann kaum wahrnehmbar. Er wagte nicht aufzusehen, als sein Vater unaufgefordert die Geschichte von der Klassenreise und dem für andere Dinge zweckentfremdeten Geld erzählte.

Die Ehefrau war ebenfalls ins Zimmer gekommen. Niemand wandte etwas dagegen ein, als sie sich auf ihren Mann stürzte, ihn umarmte und fortwährend etwas in einer fremden Sprache von sich gab.

Für Lüder hatte die Situation jede Gefährlichkeit verloren. Selbst als einer der Beamten mit zwei Dosen Tränengas und einem fest stehenden Messer erschien.

»Das haben wir im Zimmer des Jungen gefunden«, erklärte er.

Und als Mirkovic seinen Sohn mit einem fast traurigen Blick ansah, gestand der junge Mann kleinlaut: »Sonst kommt man hier nicht durch.«

Im Stillen verstand Lüder ihn, nachdem er kurz zuvor Alex und seinen Kumpanen begegnet war. In diesem Ghetto herrschten die Gesetze der Straße. Lüder und die Polizisten vertraten aber das Recht. Deshalb würde der Fund auch für den jungen Mann ein Nachspiel haben.

»Wie oft haben Sie schon solche Dinge ausgeführt?«, fragte Lüder.

Mirkovic sackte in sich zusammen. Mit einer Mischung aus Scham und Angst blickte er reihum, versuchte in den Mienen der Polizisten zu lesen und die Reaktion seiner Familie zu ergründen.

»Noch nie«, sagte er mit kläglicher Stimme. »Wirklich. Ich habe noch nie etwas Unrechtes getan. Ich schäme mich so.« Dann schluckte er und senkte seinen Kopf auf die Brust. Lüder sah dem Mann an, dass er gern sein Gesicht in den Händen verborgen hätte. Mirkovic war nicht der Typ des Terroristen, des eiskalten Bombenlegers. Man hatte ihn für dieses Vorhaben missbraucht. Das war offenkundig. Zu gern hätte Lüder dem Mann die Handfesseln abgenommen. Aber das war gegen die Regeln.

Für lausige dreihundert Euro hatte der arme Wicht nicht nur seine Seele, sondern auch seinen Leumund verkauft.

»Wer hat Sie beauftragt, den Gegenstand im Hilfskesselhaus zu platzieren?«, fragte Lüder.

Mirkovic sah auf. Lüder glaubte, einen feuchten Schimmer in seinen Augen zu erkennen.

»Ich weiß es nicht«, antwortete der Mann. Es klang überzeugend. »Ein Fremder.«

»Wie ist er auf Sie gekommen?« Die Aussage »ein Fremder« klang immer unglaubwürdig.

»Er hat mich in Bergedorf angesprochen und gefragt, ob ich in Krümmel arbeiten würde.«

»Wie kommt ein Unbekannter darauf, Sie in Bergedorf anzusprechen? Irgendwie muss er Sie kennen.«

»Vielleicht hat er mich vor dem Atomkraftwerk beobachtet«, mutmaßte Mirkovic. »Ich habe keine Ahnung. Wirklich.«

»Und da hat er Ihnen das Geld gegeben und gesagt, Sie sollen die Bombe im Kesselhaus zünden?«

»Bombe?« Mirkovic fuhr kerzengerade in die Höhe. »Das war doch keine Bombe!«

»Doch!«, sagte Lüder. »Aber das klären wir später.«

Mirkovic verfiel in ein Jammern in seiner Muttersprache, bis schließlich seine Frau mit tränenerstickter Stimme einfiel.

»Nun ist gut«, unterbrach sie der Einsatzleiter nach einer Weile.

»Er hat mich gefragt, ob ich mir für einen kleinen Spaß ein Taschengeld verdienen möchte. Er hätte Ärger mit einem Kollegen gehabt, und dem wollte er eins auswischen.«

»Und Sie haben sich nicht gewundert?«, fragte Lüder.

»Nein«, erwiderte Mirkovic ebenso überrascht wie naiv. »Wir haben uns ein zweites Mal verabredet. In Bergedorf. Auf der Brücke der Alten Holstenstraße über die Bille. Da hat mir der Mann das Gerät gegeben, erklärt, was ich machen soll, und die dreihundert Euro.«

»Wie sah der Mann aus? Wie war er gekleidet? Wie hat er gesprochen? War es ein Deutscher?«

Im Stillen hoffte Lüder, dass ihm Mirkovic vielleicht eine Beschreibung liefern könnte.

»Ich habe ein bisschen Zweifel gehabt«, erklärte Mirkovic plötzlich und merkte nicht, wie er durch diese Bemerkung seine eigene Position verschlechterte. »Deshalb habe ich meinen Sohn mitgenommen. Der hat den Mann heimlich fotografiert.«

»Der hat was?«, fragte Lüder erstaunt. So einen glücklichen Umstand hatte er nicht erwartet.

»Das stimmt«, mischte sich der Junior ein. In Begleitung eines

Beamten ging er in sein Zimmer und kam kurz darauf mit einer Digitalkamera zurück. Er hantierte an dem Apparat und reichte Lüder das Gerät. »Hier.«

Lüder besah sich das Bild. Es zeigte in Richtung des historischen Krans auf dem Serrahn und war von der anderen zum Schloss zeigenden Straßenseite aufgenommen. Über die Brücke hasteten Passanten von der Fußgängerzone Sachsentor kommend, beladen mit Kindern, Einkaufstüten und anderen Dingen. Deutlich war zu erkennen, wie der Fremde Mirkovic eine Plastiktüte aushändigte.

Lüder musste das Bild nicht vergrößern. Er hatte den »Fremden« erkannt.

»Ich nehme den Speicherchip mit«, erklärte Lüder und zeigte auf Mirkovic. »Ihn und den Sohn nehmen Sie bitte mit«, sagte Lüder zum Kommandoführer. »Vom Junior benötigen wir eine Aussage über die Aktion auf der Brücke. Der Senior wird erkennungsdienstlich behandelt, die Aussage zu Protokoll genommen, und dann nehmen wir ihn vorübergehend in Gewahrsam.«

»Geht in Ordnung«, nickte der Kommandoführer. »Kommen Sie«, sagte er zu Mirkovic. Widerstandslos ließ sich der Mann mit der leichenblassen Gesichtsfarbe abführen.

»Verständigen Sie am besten den Hausmeister«, sagte Lüder und wies auf die demolierte Wohnungstür. Es tat ihm leid, dass die Familie in diese Lage geraten war. Für Mirkovic und seinen Sohn war es ein einziges Spießrutenlaufen, als die beiden durch das Spalier der neugierigen und tuschelnden Nachbarn abgeführt wurden.

»Der soll einen ermordet haben«, hörte Lüder jemanden aus der zweiten Reihe wispern. Dann machte er sich auf den Heimweg nach Kiel.

Auf der Rückfahrt fiel Lüder ein, dass er wegen der aktuellen Ereignisse Dov Eisenberg vergessen hatte, mit dem er sich in Tesperhude im Café verabredet hatte.

FÜNF

Dass Kinder unmerklich größer werden, erkannte Lüder daran, dass Nesthäkchen Sinje überlegte, ob sie Lüder zum Bäcker begleiten sollte. Früher war es keine Frage gewesen. Da hatte sich die Kleine danach gedrängt, auf Lüders Arm frische Brötchen zu besorgen. Jetzt bedurfte es schon einer Nachfrage. Heute hatte sich die junge Dame dazu bequemt, ihren Vater zu begleiten. Prompt hatte sie die Schäden am BMW registriert und wusste diese Neuigkeit sogleich ihrer Mutter zu berichten.

»Wo hast du das her?«, fragte Margit.

»Leider hinterlassen solche Leute auch bei einem Polizisten keine Visitenkarte«, versuchte Lüder sich herauszureden. Doch Margit blieb skeptisch.

»Ist das ein Racheakt?«, fragte sie.

»Ich beschäftige mich weder mit Kleinkriminellen noch mit Dealern. Und Jugendkriminalität ist auch nicht mein Fachgebiet. Wenn mir jemand Rache androht, dann sperrt er unsere Konten«, erinnerte Lüder sie an ein Vorkommnis aus dem vergangenen Jahr.

»Und wer kommt für den Schaden auf?«

Lüder nahm Margit in den Arm und küsste sie sanft auf die Stirn. »Ich kann dir versichern, dass sich das ganze Landeskriminalamt der Suche nach diesem Schwerverbrecher annehmen wird.«

Sie knuffte ihn in die Seite. »Warum lass ich mich stets von dir umgarnen?«, fragte sie versöhnlich.

»Weil du mich liebst?« Lüder kleidete die Antwort in Frageform und war froh, sich auf das Helfen beim Eindecken des Frühstückstisches konzentrieren zu können. »Kommen die Großen auch?«, fragte er.

»Natürlich decken wir für alle«, betonte Margit, obwohl auch sie sich nicht sicher war, ob Thorolf, Viveka und Jonas dazu zu bewegen waren, an einem schulfreien Tag das Bett vor dem Mittag zu verlassen.

Wie erwartet blieben sie zu dritt, und Sinje hatte nach kurzer Zeit auch bekundet, dass sie andere Dinge für wichtiger hielt, als mit ihren Eltern am Frühstückstisch zu sitzen. Dafür war sie die Erste am Telefon, als sich dieses bemerkbar machte.

»Sinje Dreesen«, meldete sich die Kleine mit dem Familiennamen ihrer Mutter. Dann lauschte sie, sagte mehrfach: »Ja«, und hielt schließlich Lüder den Hörer hin. »Der will dich sprechen.«

»Wer ist denn das?«, fragte Lüder.

»Ein Jäger«, sagte Sinje und sprach leise, wie Kinder es zu tun pflegen, wenn sie schüchtern oder unsicher sind.

»Moin«, grüßte Lüder, als er den Apparat übernommen hatte. »Wie ist das Wetter an der Westküste?«

»Mal so, mal so«, erwiderte Oberkommissar Große Jäger von der Husumer Kriminalpolizei. »Aber Sie wollen nicht den nordfriesischen Wetterbericht hören.«

»Der hört sich aus deinem Mund sicher spannend an.« Große Jäger vermied es standhaft, Lüder zu duzen, obwohl er es dem Husumer mehrfach angetragen hatte. Das hinderte Lüder aber nicht, seinerseits das »Du« zu verwenden. »Hast du Dienst am Wochenende?«

»Wir haben immer Dienst«, erwiderte Große Jäger. »Jedenfalls hat man mich informiert, dass wir gestern Abend einen Neuzugang in unserem Kellerhotel hatten. Das war eine Empfehlung von Ihnen, Herr Dr. Lüders.«

»Schön«, sagte Lüder und meinte damit, dass die Zusammenarbeit mit den Nordfriesen wieder einmal hervorragend geklappt hatte. »Ich komme zu euch.« Er sah auf die Uhr. »In einer Stunde bin ich da.«

Margit hatte Lüders Gespräch argwöhnisch verfolgt. Sie schüttelte stumm den Kopf. Ihrem Gesichtsausdruck war die ganze Enttäuschung darüber anzusehen, dass wieder einmal ein gemeinsames Wochenende für dienstliche Belange geopfert werden sollte.

»Ich kann mir das nicht aussuchen«, sagte Lüder entschuldigend und versuchte, sie in den Arm zu nehmen. Doch Margit wich aus. »Das ist mein Beruf.«

»Wenn ich das vorher gewusst hätte, hätte ich über manches

intensiver nachgedacht«, sagte sie vieldeutig. »Es gibt auch andere Beamte. Da kann sich die Familie darauf einstellen, dass der Vater am Wochenende zu Hause ist.«

»Ja, aber die Kinder ...« Lüder zeigte mit dem Finger zur Treppe, die ins Obergeschoss führte.

»Das ist doch etwas anderes. Ob die bis mittags schlafen oder mein Mann sich im Lande herumtreibt.«

»Ich treibe mich nicht herum.«

»Ach. Nenn es doch, wie du willst.« Zornig warf Margit das Geschirrhandtuch, das sie in Händen gehalten hatte, in die Spüle und verließ die geräumige Wohnküche.

Achselzuckend suchte Lüder seine Utensilien zusammen und fuhr an die Westküste. Es war auch kein Trost, dass Hauptkommissar Vollmers und seine Mitarbeiter ebenfalls am Wochenende auf der Dienststelle waren.

»Hallo, Seibert«, meldete sich Hauptkommissar Vollmers' Mitarbeiterin, als Lüder vom Auto aus in der »Blume« anrief. »Es gibt Neuigkeiten von Andrea Filipi. Das ist der Name, unter dem der mutmaßliche Mörder Havensteins am Tattag ab Hamburg nach Rom geflogen ist. Wir haben mit Hilfe der Frankfurter Bundespolizei feststellen können, dass Filipi – wenn wir ihn einmal so nennen wollen – den zweiten Teil seines Fluges nicht angetreten hat. Die Videoauswertungen ergaben, dass der Mann am Dienstag nicht nach Italien, sondern mit der Lufthansa um einundzwanzig Uhr fünf von Frankfurt nach Larnaka auf Zypern geflogen ist. Unter welchem Namen er gebucht hat, ermitteln die Frankfurter Kollegen noch.«

»Zypern«, sagte Lüder laut. »Dort spricht man Griechisch. Und der Mitarbeiter des Sicherheitsdienstes in Fuhlsbüttel ...«

»Wolfgang Beckert«, warf Frau Seibert ein.«

»... Beckert, der glaubte doch herausgehört zu haben, dass der angebliche Italiener Andrea Filipi mit griechischem Akzent gesprochen hat. Viele Grüße an Herrn Vollmers. Wir sollten über das Bundeskriminalamt ein Fahndungsersuchen nach Zypern leiten.«

Frau Seibert versprach, sich der Sache anzunehmen.

Lüder war überrascht, welch lebhafter Verkehr an einem Sonnabend in Husum herrschte. Die ganze Westküste schien sich im Gewerbegebiet, das eine Vielzahl von Verbrauchermärkten beherbergte, versammelt zu haben. Dafür fand er gähnende Leere auf dem Parkplatz hinter der Polizeidirektion in der Poggenburgstraße vor. Nur vereinzelt stand dort eine Handvoll privater Fahrzeuge von Mitarbeitern, die am Wochenende Dienst hatten.

Er musste einen Moment vor der Tür warten, bis er vor den Augen der Kamera Gnade gefunden hatte. Die Tür summte und gewährte ihm Einlass. Der Empfangstresen hinter der Eingangstür war nicht besetzt, sodass er am Schalter der Wache von uniformierten Beamten nach seinem Wunsch gefragt wurde.

Nachdem Lüder seinen Namen genannt hatte, stieg er die Treppe zur ersten Etage empor und fand dort Oberkommissar Große Jäger, der an seinem Schreibtisch saß, die Füße in einer herausgezogenen Schreibtischschublade geparkt hatte und genüsslich an einer Zigarette zog. Die schien ihm im Bewusstsein, auf diese Weise das im Gebäude herrschende Rauchverbot zu umgehen, besonders zu munden.

»Moin, Wilderich«, grüßte Lüder.

Große Jäger hob zur Begrüßung kurz die Hand. »Kaffee?«, fragte er, und als Lüder nickte, setzte er den Schnellkocher in Betrieb, schüttete Instantkaffee in einen Becher und brühte diesen auf. »Am Wochenende gibt es den nur schwarz«, erklärte er.

Lüder berichtete von dem Anschlag vom Vortag, von der Verhaftung des mutmaßlichen Attentäters und davon, dass man eventuell auch den Auftraggeber kennen würde.

»Das ging ja fix«, sagte Große Jäger anerkennend, stand auf und knurrte: »Dann werde ich den Delinquenten aus der Pension ›Husums Unterwelt‹ hochholen.«

Ein paar Minuten später kehrte er zurück.

»Nehmen Sie Platz«, sagte er und zeigte auf den zweiten Besucherstuhl vor seinem Schreibtisch.

Albert Völlering sah übernächtigt aus. Dunkle Ringe lagen unter seinen Augen. Die Wangen wirkten eingefallen. Eine ungesunde Blässe beherrschte den Teint. Die Haare waren unfrisiert.

Völlering musste die Nacht in seiner Kleidung liegend verbracht haben. Jedenfalls war sie völlig zerknautscht.

»Sie wissen, weshalb wir Sie vorübergehend festgenommen haben?«, begann Lüder das Verhör.

Völlering sah ihn aus müden Augen an. Er schwieg.

»Uns liegt ein Geständnis von Branko Mirkovic vor, der den Sprengsatz im Atomkraftwerk Krümmel installiert hat. Mirkovic bezichtigt Sie der Anstiftung. Von Ihnen hat er zudem den Sprengsatz erhalten.«

Der selbst ernannte Umweltschützer schüttelte den Kopf. »Ich war das nicht.«

Es klang nicht überzeugend. Außerdem hatte sich der Mann allein durch seine Formulierung verraten. Ein Unschuldiger hätte gefragt, um welche Tat es sich handeln würde, da Völlering noch nichts durch die Medien hatte erfahren können. Nach Lüders Informationen war der Mann am Vorabend gegen zweiundzwanzig Uhr in Niebüll von zwei Zivilfahndern festgenommen worden.

Lüder legte Völlering das Bild vor, das Mirkovics Sohn bei der Übergabe des Sprengsatzes in Bergedorf heimlich aufgenommen hatte. »Wir haben nicht nur Zeugen, sondern auch handfeste Beweise.«

Völlering starrte auf das Bild. Dann fuhr er sich mit der Hand über die Augen, als könne er nicht glauben, was er sah.

»Woher haben Sie das?«, fragte er resigniert.

»Wir sind die Polizei«, antwortete Große Jäger. »Hat es sich noch nicht bis Niebüll herumgesprochen, dass die Polizei im Lande herumläuft, todsichere Beweise sammelt und bösen Buben den Garaus macht?« Der Oberkommissar fasste sich mit Daumen und Zeigefinger an die Nasenspitze. »Wir riechen so etwas.«

Lüder schenkte Große Jäger einen Seitenblick. Der Oberkommissar hatte am Morgen nicht geduscht. Und am Vortag wahrscheinlich auch nicht, überlegte Lüder. Jedenfalls roch Große Jäger nach »Mann«, nach abgestandenem Rauch und Kneipe. In dieser Aufmachung würde er keinem Parfümeur als Vorbild dienen.

»Ich …«, stammelte Völlering. Er sah verschämt auf seine Fußspitzen und knetete dabei nervös seine Finger, dass es in den Gelenken knackte. »Es war nicht so gemeint.«

»Wie, *so*?«, hakte Große Jäger nach.

»Es war doch kein Sprengsatz, sondern nur eine harmlose Rauchbombe.«

»Harmlos?«, fragte Lüder. »Haben Sie eine Vorstellung davon, was Sie ausgelöst haben? Neben der strafrechtlichen Würdigung erwarten Sie erhebliche Kosten für den Einsatz der Rettungskräfte, abgesehen von Regressansprüchen der Kraftwerksbetreiber.«

»Das sollte doch nur eine Mahnung sein. Ein stilles Aufrütteln.«

Lüder schüttelte den Kopf. »Ihre Aktion war alles andere als still. In gewissen Medien wird von einem erneuten schwerwiegenden Zwischenfall in Krümmel zu lesen sein. Wir kennen die Schlagzeilen: Pannenmeiler. Haben Sie daran gedacht, dass die Richtigstellung des Sachverhalts in der Skandalpresse nur mit so kleinen Buchstaben erfolgt?« Um seine Worte anschaulich zu machen, hielt Lüder Völlering Daumen und Zeigefinger hin, zwischen denen er einen minimalen Spalt frei gelassen hatte.

»In wessen Auftrag haben Sie gehandelt?«

»In wessen Auftrag!« Völlering schien trotzig reagieren zu wollen.

»Sie haben die Rauchbombe nicht selbst gebastelt. Irgendwer hat sich um die Technik gekümmert. Wer ist der Urheber dieser Aktion? Ist das eine Gemeinschaftsaktion eines Kreises von Aktivisten innerhalb der Bürgerinitiative?«

»Gott bewahre«, entfuhr es Völlering. »Die hat nichts damit zu tun. Die Aktion gegen die CO_2-Einlagerung ist überparteilich und ohne jeden Gedanken an Gewaltanwendungen.«

»Sie geben zu, dass Sie Gewalt angewandt haben?«

»Das war doch keine Gewalt. Ich wollte nur ein Zeichen setzen.«

»Mit fatalen Konsequenzen«, stellte Lüder fest.

Große Jäger hatte seinen zerfledderten Taschenkalender aus der Gesäßtasche seiner schmuddeligen Jeans gezogen. Das Buch stammte aus einem Jahr Ende des vorherigen Jahrhunderts. Wichtige Einträge hatte er noch nie vorgenommen, aber festgestellt, dass allein die Tatsache, dass in einem solchen Buch etwas »amtlich festgehalten« wird, Eindruck machte.

»Ich nehme jetzt Ihre Personalien auf«, begann Große Jäger.

»Das habe ich doch gestern schon alles angegeben«, protestierte Völlering.

»Mag sein«, blieb der Oberkommissar hartnäckig. »Das war bei der Schutzpolizei. Hier sind Sie bei der Kripo. Außerdem ist der Staatsschutz anwesend.«

»Staatsschutz?«, fragte Völlering mit großen Augen. Ihm schien plötzlich bewusst zu werden, dass seine Tat kein Dumme-Jungen-Streich war.

Große Jäger nickte bedeutungsvoll in Lüders Richtung. »Herr Kriminalrat Dr. Lüders ist vom Polizeilichen Staatsschutz.«

Die Kombination von »Kriminalrat«, »Doktor« und »Polizeilicher Staatsschutz« brachte Völlering aus der Fassung.

»Also«, nutzte der Oberkommissar die Verwirrtheit seines Gegenübers aus. »Name?«

Völlering nannte seinen vollen Vor- und Zunamen, beantwortete die Fragen nach Wohn- und Geburtsort, Namen der Eltern, Beruf, Familienangehörigen und zu den Zielen der Bürgerinitiative sowie seiner Haltung gegenüber Atomkraftwerken.

Lüder und Große Jäger verwickelten ihn in eine rege Diskussion, in der sich Völlering immer mehr ereiferte.

»Welche energiepolitische Alternative schlagen Sie vor?«, fragte Große Jäger scheinbar arglos.

»Erneuerbare Energien«, sprudelte es aus Völlering heraus. »Da kenne ich mich aus. Ich werde groß einsteigen in die Finanzierung von Windanlagen.«

»Mit Ihren russischen Geldgebern«, ließ Lüder fast beiläufig einfließen.

»Richtig. Da steckt viel Kapital dahinter.« Völlering zwinkerte vor Begeisterung mit dem Auge und rieb Daumen und Zeigefinger gegeneinander, als würde er Geld zählen.

»Die investieren doch nicht nur in die Windenergie«, warf Lüder ein.

»Das macht ein Schwesterunternehmen. Ich meine, das Gasgeschäft. Was glauben Sie, wenn es richtig losgeht mit dem Russengas. Dann brauchen wir keinen Atomstrom mehr.«

»Dafür bereiten Sie das Feld vor?«, fragte Lüder.

Völlering war in seinem Element. »Ich habe als einer der Ersten den Fuß in der Tür. Nicht auf dem Level, auf dem unser Exkanzler Schröder eingestiegen ist.« Langsam bekam der Mann glänzende Augen. Er schien vergessen zu haben, dass er auf einer Polizeidirektion saß.

»Man hört, dass die Russen schwierige Geschäftspartner sind. Sehr verschlossen und unbeweglich.«

»Das trifft nicht zu«, protestierte Völlering. »Wenn man denen etwas vorschlägt, dann prüfen die es und sind dann zuverlässige Partner.«

Große Jäger kritzelte etwas in sein Notizbuch. »Die lassen Sie nicht allein?«, fragte er leise. Es wirkte fast uninteressiert.

»Nein. Bestimmt nicht.«

»Die haben Ihnen bei der Sache in Krümmel geholfen, zum Beispiel bei der Technik. Von denen haben Sie auch die Rauchbombe.«

»Genau«, stimmte Völlering begeistert zu.

Die beiden Polizeibeamten tauschten einen schnellen Blick aus. Dann herrschte betretenes Schweigen im Raum. Völlering sah zunächst ratlos Große Jäger, dann Lüder an. Plötzlich schlug er sich mit der flachen Hand an die Stirn.

»Verflucht«, schimpfte er.

Große Jäger ließ seinen Kugelschreiber demonstrativ aus Schulterhöhe auf die Schreibtischplatte fallen.

»Kaffee?«, fragte er in die Runde. Nachdem Lüder und Völlering genickt hatten, brühte er erneut einen Instantkaffee auf. Dann notierte er sich Name und Anschrift eines russischen Exportunternehmens aus Hamburg.

»So einfach ist es, dort etwas hochgehen zu lassen. Trotz schwerster Bewachung. Ich wollte das beweisen«, versuchte Völlering sein Handeln zu erklären. »Was könnten erst Terroristen anrichten? Man wird mir noch einmal dankbar sein, dass ich diese Schwachstelle aufgezeigt habe. Jawohl! Dankbar sein«, fügte er wie in Trance an.

»Ich vermute, Sie haben für Geld die Ideale der Bürgerbewegung verkauft«, warf ihm Lüder vor. »Den Konkurrenten der Atomkraftwerke kann es nur recht sein, wenn diese weiterhin in einem schlechten Licht stehen. Das ist gut für das eigene Geschäft.«

»So ein Blödsinn«, schimpfte Völlering. »Ich bin doch nicht käuflich.«

»Ihre sogenannten Geschäftspartner haben das so geschickt eingefädelt, dass Sie es nicht einmal gemerkt haben«, erklärte ihm Große Jäger.

Völlering sah den Oberkommissar aus großen Augen an. Er wirkte wie ein Kind, dem eine unverhoffte Weihnachtsüberraschung präsentiert wird.

Die Ermittlungen zu diesem Vorfall waren damit abgeschlossen. Woher, fragte sich Lüder, als er an die Ostküste zurückfuhr, haben sowohl der Betriebsleiter des Atomkraftwerks wie auch der Kinderarzt Dr. Feldkamp von Völlerings Kontakten zur russischen Gasmafia gewusst?

Vom Auto aus wählte Lüder einen Anschluss an, den er sich erst aus dem Organizer seines Handys heraussuchen musste.

»Ja, hallo, was'n los?«, meldete sich eine verschlafene Stimme, der deutlich der exzessive Alkoholkonsum der vergangenen Nacht anzuhören war.

»Hallo, Dittert. Hier ist Dr. Lüders vom LKA.«

»Mensch, Lüders, was soll der Scheiß? Mitten in der Nacht.«

»Dittert! Wann begreift Ihr vernebeltes Gehirn es endlich, dass es ›Herr Dr. Lüders‹ heißt, wenn Sie mit mir sprechen?«

»Wenn Sie mich zudröhnen wollen, dann ein anderes Mal.«

»Ich habe eine Story für Sie.«

»Ach, hören Sie doch auf. Von Ihnen habe ich noch nie etwas gehört. Nicht einmal einen Furz.«

»Das ist Ihr Metier, Dittert, die Welt mit einer übel riechenden braunen Masse zu überziehen.«

»Haben Sie mich geweckt, um mich vollzulabern?« Dittert gähnte laut und vernehmlich.

»Die russische Gasmafia hat den Anschlag auf das Atomkraftwerk in Krümmel verübt.«

»Sie ticken doch nicht richtig. Soll ich das schreiben? Sie als Quelle nennen?«

»Wenn Sie das machen, können Sie nach Timbuktu auswandern, weil Sie hier erledigt sind, Dittert.«

»Wollen Sie mich auch noch erpressen?«

»Das war das letzte Mal, dass ich Ihnen einen Tipp gegeben habe«, sagte Lüder.

»Sie mich auch«, erwiderte Dittert und legte auf.

Anschließend rief Lüder den Wehrführer der Freiwilligen Feuerwehr Grünhof-Tespehude an.

»Möller«, meldete sich eine forsch klingende Frauenstimme.

»Lüders. Ich hätte gern Ihren Mann gesprochen.«

»Augenblick, bitte.« Dann gellte ein lang gezogenes »Klaauus« aus dem Lautsprecher der Freisprecheinrichtung.

»Was ist?«, fragte eine Männerstimme aus dem Hintergrund.

Frau Möller erklärte, dass ein gewisser »Lüders oder so« am Apparat sei.

Der Wehrführer meldete sich, und Lüder wiederholte seinen Namen.

»Ich erinnere mich«, sagte Möller. »Der Doktor von der Kripo aus Geesthacht.«

Lüder ließ es so im Raum stehen. »Ich würde gern noch einmal Ihren fachmännischen Rat einholen.«

»Ich kann mir nicht vorstellen, wo ich Experte sein sollte«, wiegelte Möller ab. Aber seiner Stimme war anzuhören, dass er sich geschmeichelt fühlte.

Lüder vereinbarte, dass er Klaus Möller in dessen Haus besuchen würde.

Der Schornsteinfegermeister wohnte am Strandweg im Geesthachter Stadtteil Grünhof-Tesperhude. Das ältere Einfamilienhaus in der für Norddeutschland typischen Rotklinkerbauweise lag idyllisch an der Elbe. So schön die Lage auch sein mochte, dachte Lüder, so würde es doch kritisch werden, wenn die Elbe wieder einmal Hochwasser führte. In solchen Situationen hing es vom Geschick der Bewohner, aber auch vom Glück ab, ob das Untergeschoss volllief.

Das Gebäude mochte aus der gleichen Zeit wie Lüders Haus stammen. Aber bereits an der Haustür war ersichtlich, wodurch sich die Einkommen eines Bezirksschornsteinfegers und eines Polizeibeamten unterschieden. Die Eingangstür kam nicht aus der Fabrik, sondern war maßgefertigt. Sicher trafen die bunten Scheiben in Mosaikform nicht jeden Geschmack. Immerhin waren sie in Blei gefasst.

Das Erlesene setzte sich im Inneren fort, konnte Lüder feststellen, nachdem ihm eine blonde Frau mit im Nacken durch einen Kamm gehaltenen Haaren geöffnet hatte.

»Sie wollen zu meinem Mann?«, fragte sie und hielt die Tür auf. »Kommen Sie bitte rein.« Dann erschallte wieder das lang gezogene »Klaauus« durchs Haus, das Lüder vom Telefon kannte.

Wie ein Echo drang ein ebenso lang gezogenes »Maammaa« aus den Tiefen des Hauses.

»Ich kann jetzt nicht«, erwiderte Frau Möller in der gleichen Lautstärke. Offenbar war es in diesem Haus üblich, sich durch laute Rufe zu verständigen.

Klaus Möller beteiligte sich nicht an diesem Brauch. »Hallo«, sagte er, als er in den Flur kam und Lüder erkannte. »Kommen Sie mit durch in mein Büro? Dort können wir ungestört reden.« Er zuckte zusammen, als aus einer anderen Ecke eine durchdringende Kinderstimme schrie: »Manno. Lass das, du Blödi. Ich hau dir gleich eine.«

Möller lächelte entschuldigend. »Wir haben drei von der Sorte.«

»Das sind vertraute Töne«, erwiderte Lüder. »Ich habe vier.«

Die beiden Männer lachten, und Lüder folgte dem Wehrführer in dessen Büro. Während im Flur noch an Antiquitäten erinnernde Möbel standen, herrschte hier die Zweckmäßigkeit vor. Ein Winkelschreibtisch, der mit Post- und Aktenstapeln übersät war, der Computer, ein Notebook, Telefon und all die weiteren Utensilien, die man in einem Büro erwartete.

»Bitte«, sagte Möller und bot Lüder den Schreibtischstuhl an, während er verschwand und kurz darauf mit einem Esszimmerstuhl auftauchte.

»Sind Sie weitergekommen?«, fragte Möller und spielte auf den Einsatz im Atomkraftwerk an.

Lüder nickte. »Wir haben den mutmaßlichen Täter und die Drahtzieher ermitteln können.«

Der Wehrführer rückte ein wenig dichter an Lüder heran. »Potz Blitz. Das ging aber fix. Wer war das?«

»Sie haben sicher Verständnis dafür, dass ich zu einem laufenden Ermittlungsverfahren keine Aussagen treffen kann.«

»Ich verstehe«, sagte Möller. »Womit kann ich Ihnen helfen?«

»Es geht um einen Vorfall im Atomkraftwerk.«

»Da sind wir öfter«, erwiderte Möller lässig.

»Der soll schon eine Weile zurückliegen. Genau genommen war das 1986.«

Der Wehrführer sah Lüder eine Weile nachdenklich an. »Da habe ich von gehört. Das war aber vor meiner Zeit. Ich bin erst 1987 in die Jugendfeuerwehr eingetreten.«

»Gibt es noch Kameraden bei Ihnen, die damals dabei waren?«

Möller machte eine Schnute. »Das ist über zwei Jahrzehnte her.« Dann kratzte er sich nachdenklich am Kopf. »Wer könnte das gewesen sein? Herbert?« Er streckte dabei den Daumen in die Luft. »Hinrich? Der alte Kruse? Vielleicht noch zwei, drei andere.« Während er die Namen aufzählte, streckte er jeweils einen weiteren Finger in die Luft, bis er eine gespreizte Hand vor sich hielt. »Höchstens«, schob er hinterher.

»Wer war Ihr Vorgänger?«

»Paule Quernstedt. Aber der wohnte damals noch nicht hier. Paule hat das ziemlich lange gemacht. Und davor war Peter Hertz.« Möller nickte zur Bestätigung. »Der könnte 1986 Wehrführer gewesen sein.«

»Können Sie mir dessen Adresse geben?«

»Ja. Der liegt auf dem Friedhof. Wir haben Peter vor zwei Jahren beerdigt. Ich weiß das so genau, weil das eine meiner ersten Amtshandlungen als Wehrführer war. Böse Sache, damals.«

»Was meinen Sie damit?«

»Peter Hertz ist elendig zugrunde gegangen. Der hat schlimm leiden müssen.«

In Lüder keimte ein Verdacht auf. »Krebs?«
Möller nickte stumm.
»Was für ein Krebs?«
»Da fragen Sie mich zu viel. Die Familie hat sich stets in Schweigen gehüllt.«
»Wo wohnt die?«
»Keine Ahnung. Die Kinder sind flügge, und Hedda ist danach weggezogen. Ich weiß nicht, wohin. Es gibt ein paar Gerüchte.«
»Die würden mich interessieren.«
»Ich weiß nicht, was dran ist«, sagte Möller und druckste ein wenig herum. »Ich mach das nicht gern, ich mein, solche Storys zu erzählen. Aber nicht ganz ein Jahr nach dem angeblichen Zwischenfall 1986 hat Hertz neu gebaut. Keiner konnte sich das erklären. Sie wissen, dass die Leute in einem Dorf auf so etwas gucken. Man hat aber wohl gestaunt.«
»Zu der Zeit haben viele gebaut«, erwiderte Lüder.
»Schon«, stimmte Möller zu. »Aber das soll wohl etwas anderes gewesen sein.«
»Was hat sich 1986 zugetragen?«
»Ich weiß es nur vom Hörensagen«, schränkte Möller im Vorhinein ein.
Lüder ermunterte ihn, trotzdem zu berichten.
»Im Herbst 1986, ich meine, das muss September gewesen sein, da wurde rund um Krümmel eine alarmierend hohe Strahlenbelastung registriert, und zwar gleichzeitig an mehreren Messpunkten.«
»Was heißt das?«
»Da muss Radioaktivität ausgetreten sein. Das vermute ich zumindest«, sagte Möller und zeigte dabei mit beiden Daumen auf seine Brust. »Das Atomkraftwerk hat immer wieder kategorisch bestritten, dass sich dort ein Zwischenfall ereignet hat. Außerdem soll es Augenzeugen geben, die angeblich – ich betone: angeblich! – eine Feuersäule ohne Rauch auf dem Gelände des direkt benachbarten GKSS-Forschungszentrums gesehen haben wollen.«
»Was für eine Feuersäule?«, hakte Lüder nach.

Möller zog die Schultern in die Höhe. »Keine Ahnung. Von Berufs wegen verstehe ich etwas von diesen Dingen. Und als Feuerwehrhäuptling«, dabei lächelte er, »sollte mir das auch vertraut sein. Aber mit der ziemlich dünnen Aussage ›gelb-bläuliche Feuersäule‹ weiß ich nichts anzufangen.«

»Ihren detaillierten Ausführungen entnehme ich, dass Sie sich mit dem Thema auseinandergesetzt haben«, sagte Lüder. »Haben Sie in den Protokollen nachgelesen, was sich damals ereignet hat? Oder war Ihre Wehr nicht involviert?«

»Doch, schon«, sagte Möller. »Das ist aber nicht die einzige Merkwürdigkeit. Natürlich gibt es Protokolle über die Einsätze. Die Sache hat aber einen Haken.«

»Und? Der wäre?«

»Die Protokolle sind bei einem Brand in der Feuerwehr vernichtet worden. Ausgerechnet das Archiv wurde zerstört.«

»Bitte?«, fragte Lüder erstaunt. »Es hat bei der *Feuerwehr* gebrannt?«

»So soll es gewesen sein«, gestand Möller ein. »Und bevor Sie nachrechnen: Der Brand hat sich kurze Zeit nach dem Einzug vom damaligen Wehrführer Peter Hertz in sein neues Haus ereignet.«

»Da muss es doch Ermittlungen gegeben haben? Die Zusammenhänge müssten doch aufgefallen sein.«

»Sollte man meinen«, stimmte Peter Möller zu. »Das Ganze ist ausgesprochen mysteriös. Hinweise auf die beiden Brände im Forschungszentrum und bei der Feuerwehr findet man angeblich nur im Bericht der schleswig-holsteinischen Leukämiekommission, deren Befund offizielle Stellen aber stets verworfen haben. Merkwürdig ist auch, dass bis heute keine unparteiischen Sachverständigen zur Klärung aller mit diesen Vorfällen im Zusammenhang stehenden Fragen beauftragt wurden. Stattdessen gab es immer wieder Beschwichtigungen der damaligen Landesregierung. Da sollte etwas unter den Tisch gekehrt werden.«

»Gibt es weitere Indikationen für die vermeintlichen Vorfälle?«, fragte Lüder.

»Vermeintlich?« Möller war kurzfristig verärgert. »Man hat

damals eine hohe Strahlenbelastung festgestellt. Von offizieller Seite wurde behauptet, dass es sich um das Edelgas Radon handeln würde, das aus dem Erdboden austreten kann. Das wäre eine natürliche Erklärung. Das Dumme ist nur: Diese Gegend gilt als ausgesprochen radonarm. Und wenn alles so brisant ist, frage ich Sie, warum hat man nie – nie! – geologische Bodenuntersuchungen beauftragt? Dann wäre etwas ans Tageslicht gekommen, das vertuscht werden soll.«

»Sie überraschen mich mit Ihrem Detailwissen.«

Möller nahm eine Büroklammer in die Hand und bog sie auf. Dann versuchte er, aus dem Draht einen Kreis zu bilden. »Mich haben ein paar Dinge überrascht, als ich das Amt übernommen hatte. Finden Sie nicht auch, dass ein paar Sachen nicht zueinanderpassen?«

Lüder vermied es, zu antworten. Der Wehrführer mochte in manchen Punkten recht haben. Lüder war es gewohnt, ausschließlich nach Tatsachen zu urteilen, während vieles von dem, was Klaus Möller vorgebracht hatte, auf Hörensagen beruhte. Andererseits gab es viele Merkwürdigkeiten. Warum hatte man naheliegende Untersuchungen nicht vorgenommen?

»Irgendwer muss den Brand, sofern es einer war, gelöscht haben. Sie können kaum eine ganze Feuerwehr kollektiv zum Schweigen verurteilen, abgesehen von den eigenen Mitarbeitern.«

»Das macht mich auch stutzig«, gestand Möller ein. »Ich habe immer nur gehört: Zeugen wollen etwas gesehen haben. Dort sollen nach dem Vorfall Arbeiter in Schutzanzügen herumgelaufen sein. Wer waren diese Zeugen? Die Arbeiter? Es ist kaum anzunehmen, dass die alle geschwiegen haben.«

Das konnte Lüder auch nicht erklären. Man müsste versuchen, einen Beteiligten ausfindig zu machen.

»Ist es nicht auch ein merkwürdiger Zufall, dass seitdem eine erhöhte Quote an Leukämieerkrankungen in dieser Gegend aufgetreten ist? Warum hat man damals eine Messstation verlegt? Mir ist nicht bekannt, dass deren Daten jemals veröffentlicht wurden. In diesem Zusammenhang muss es auch Erdarbeiten gegeben haben. Fragen über Fragen.«

»Das alles hat sich aber nicht im Atomkraftwerk ereignet«, warf Lüder ein.

»Nein«, erwiderte Möller. »Es soll auf dem Gelände des Forschungszentrums passiert sein. Die grenzen ja fast aneinander.«

»Zum Abschluss habe ich noch eine Frage. Hat sich bei Ihnen ein Journalist gemeldet?«

»Ja, gestern.«

Lüder war überrascht. »Das muss früher gewesen sein. Entweder ein Mann. Robert Havenstein. Oder seine Kollegin.«

Möller schüttelte den Kopf. »Nein. Bestimmt nicht. Gestern Nachmittag hat einer angerufen. Bibbert oder so ähnlich.«

»Dittert?«, fragte Lüder nach.

»Genau. Der wollte einen Termin und hat angedeutet, dass es um eine dicke Sache ging. Er wollte sich heute Morgen wieder melden.« Möller sah auf die Uhr. »Bisher hat er aber noch nicht angerufen.«

Lüder unterließ es, den Wehrführer aufzuklären, dass Leif Stefan Dittert seinen Rausch ausschlief.

»Es wäre wichtig, wenn Sie dem Herrn keine Auskünfte geben würden«, bat Lüder. »Es wäre nicht das erste Mal, dass gerade Herr Dittert etwas missversteht und jemanden falsch zitiert.« Lüder sah sich um. »Das könnte Ihrem untadeligen Ruf abträglich sein.«

Möller wirkte erschrocken. »Gut, dass Sie das sagen. Ich hätte dem sonst geholfen.« Dann räusperte er sich. »Wir hier, in Krümmel, Tesperhude oder Geesthacht, aber auch drüben auf der anderen Elbseite ... Wir haben nichts gegen das Atomkraftwerk. Ich persönlich kann damit leben und vertraue der Technik. Andererseits bin ich aber auch Vater und trage Verantwortung für meine Kinder und deren Zukunft.«

Wie auf Kommando schrie irgendwo im Haus eine Kinderstimme und verwünschte jemanden als das dümmste Wesen, das auf dieser Erde herumliefe.

Da kenne ich aber Schlimmere, dachte Lüder für sich und verabschiedete sich.

Auf dem Weg zum Auto schaltete Lüder sein Handy wieder ein. Kurz darauf meldete sich seine Mobilbox.

»Hallo, hier ist Dov Eisenberg. Das war unfreundlich von Ihnen, mich gestern in dem Café sitzen zu lassen«, beschwerte sich der Israeli. »Wenn Sie wirklich Polizist sind, können Sie mir Auskünfte über den Aufenthaltsort meiner Frau geben. Das Beste wird sein, Sie rufen mich zurück.«

Lüder war versucht, den Anruf sofort zu tätigen. Dann nahm er aber doch davon Abstand. Er wollte Dov Eisenberg am Telefon nicht belügen, wenn der nach seiner Frau fragen würde. Er hätte dem Mann die Nachricht von der Ermordung seiner Frau gern persönlich überbracht. Doch zunächst galt es, die soeben vom Wehrführer erhaltenen Informationen zu vertiefen. Es würde schwierig sein.

Lüder rief in der Kieler Bezirkskriminalinspektion an. Vollmers war gleich am Apparat.

»Ich benötige die Anschrift von Dr. Hans-Wilhelm Bringschulte. Der muss irgendwo im Umkreis um Geesthacht herum wohnen. Das kann auch drüben in Niedersachsen sein.«

Der Hauptkommissar brauchte keine fünf Minuten. »Ich habe nur einen gefunden. Der wohnt in Aumühle am Tannenweg.«

Der Sachsenwald ist das größte geschlossene Waldgebiet Schleswig-Holsteins. Er war ursprünglich ein Geschenk Kaiser Wilhelms I. an Otto von Bismarck. Viele Leute behaupten, die kleine Gemeinde Aumühle im Herzen des Waldes sei der reizvollste Ort. Sicher hatte dazu auch Bismarck beigetragen, der sich im Ortsteil Friedrichsruh niedergelassen hatte und dort auch seine letzte Ruhestätte fand. Das galt auch für den Großadmiral Karl Dönitz, den legendären Befehlshaber der deutschen U-Boot-Flotte im Zweiten Weltkrieg, der als Nachfolger Hitlers der letzte Reichskanzler war und in Flensburg mit der Kapitulation ein unseliges Kapitel deutscher Geschichte abgeschlossen hat.

Wer in Aumühle wohnte, »hatte es geschafft«, wie der Volksmund es nannte. Das Ortsbild wurde überwiegend von repräsentativen Einfamilienhäusern auf großzügig bemessenen Waldgrundstücken bestimmt.

Der Tannenweg war eine Sackgasse unweit des Bahnhofs, an

dem die S-Bahn nach Hamburg Aumühles Bürgern eine zügige Verbindung in die Weltstadt bot. Dabei passierte die Bahn auch Bergedorf West, wo Lüder die unliebsame Begegnung mit den Jugendlichen auszustehen hatte und Branko Mirkovic wohnte. Härter konnten die Kontraste nicht aufeinanderprallen.

Lüder parkte vor dem Architektenhaus und wunderte sich über die Größe des Anwesens. Dr. Bringschulte musste zu den sehr gut verdienenden Wissenschaftlern gehören, wenn er sich ein solches Heim leisten konnte. Lüder durchschritt den gepflegten Vorgarten und klingelte. Dabei beobachtete er die Kamera neben der Haustür, die Besucher in Augenschein nahm. Doch das Objektiv bewegte sich ebenso wenig, wie sich etwas im Haus rührte. Lüder versuchte es ein weiteres Mal. Aber es blieb ruhig. Stattdessen erschien ein Mann am Gartenzaun. Er trug eine karierte Hose, wie man sie oft bei Golfern antrifft, und hatte einen Gent-Pullover lässig über die Schulter gelegt. An der kurzen Leine hielt er eine deutsche Dogge, deren Halten ihm Kraft abforderte.

»Wo wollen Sie hin?«, fragte er. »Kann ich Ihnen helfen?«

»Ich möchte zu Dr. Bringschulte.«

»Sie sehen doch. Da ist keiner.« Es klang ausgesprochen unfreundlich.

Lüder unterließ es, darauf einzugehen. Es war sicher positiv, wenn aufmerksame Nachbarn untereinander auf die Häuser achteten.

»Wann darf ich ihn zurückerwarten?«

Auch hier reagierte der Mann richtig, indem er keine Auskunft gab. »Sie sollten es mit Dr. Bringschulte selbst abmachen«, erklärte er ausweichend.

Lüder überwand die natürliche Scheu vor dem großen Hund und trat von der Innenseite an den Gartenzaun. Er zeigte dem Mann seinen Dienstausweis.

»Polizei?«, fragte der erstaunt. Als Lüder darauf nicht einging, bequemte sich der Nachbar doch zu einer Auskunft.

»Bringschultes sind sicher zum Golfen gefahren.«

Lüder amüsierte sich. Der Mann hatte es wie »Gölfen« ausgesprochen. Es klang eine Spur affektiert.

»Meistens bleiben sie übers Wochenende«, ergänzte der Nachbar.

So lange wollte Lüder nicht warten. Er rief noch einmal in Kiel an. »Können Sie mir die Adressen von Lee Sung Hyesan und Dr. Medhi Ahwaz-Asmari beschaffen?«

»Wir sind doch kein Telefondienst«, knurrte Vollmers ungehalten und fragte noch einmal nach der Schreibweise. Diesmal dauerte es etwas länger. »Lee Sung Hyesan habe ich keinen gefunden. Der andere wohnt in Lüneburg.« Er nannte Lüder die genaue Adresse.

Das GPS-System leitete Lüder an Geesthacht vorbei zur A 250, die bei Lüneburg in eine Schnellstraße überging. Am Kreisverkehr hinter der Ausfahrt bog Lüder ab.

Wer glaubte, ganz Norddeutschland wäre flach wie der Busen eines Supermodells, irrte. Die Straße führte einen sich endlos hinziehenden Berg in die Stadt hinab. Auf halbem Weg erstreckte sich zur Rechten eine große Kasernenanlage. Das GPS forderte Lüder auf, links in die »Zielstraße« abzubiegen. Dem stand das Einbahnstraßenschild entgegen.

Lüder umrundete den Block und bog von der anderen Seite in die Georg-Böhm-Straße ein. Auf dem großen Areal des Kindergartens an der Ecke herrschte heute Ruhe. An Wochentagen mochten sich dort Heerscharen unbekümmert spielender Kinder tummeln. Was würden Eltern, deren Nachwuchs an Leukämie erkrankt waren, bei einem solchen Anblick denken?, durchfuhr es Lüder. Er ließ den BMW langsam die Straße entlangrollen und suchte eine Parklücke auf der linken Seite, da rechts Halteverbot bestand.

Unweit des Hauses, in dem Dr. Ahwaz-Asmari wohnte, fand er einen freien Platz. Das Straßenbild wurde von älteren rot geklinkerten Mehrfamilienhäusern bestimmt. In einem fand er den Namen des Physikers am Klingelbrett. Trotz mehrmaligen Drückens rührte sich nichts. Lüder versuchte es beim Nachbarn, hatte aber auch dort keinen Erfolg. Er hatte damit gerechnet, an einem Sonnabendvormittag nicht unbedingt jemanden anzutreffen. Doch sein Kommen hatte er nicht im Vorhinein telefonisch ankündigen wollen.

Langsam schlenderte er zum Auto zurück und überlegte, ob es sinnvoll wäre, ins Stadtzentrum zu fahren, eine Kleinigkeit zu essen, um anschließend noch einmal bei Dr. Ahwaz-Asmari vorbeizufahren. Lüder ließ seinen Blick über die Fassade des Häuserblocks gleiten. Dabei bemerkte er im Erdgeschoss des Nachbarhauses, wie sich eine Gardine bewegte, hinter der sich jemand verborgen hielt.

Lüder vermutete, dass der Name »Blasewitz« zu der Wohnung gehörte, aus der er beobachtet worden war. Sein Klingeln blieb unerhört. Erst als Lüder erneut den Daumen auf den Knopf setzte und ihn gedrückt hielt, ertönte der Türsummer.

»Ja, ja, was soll denn das«, vernahm er die Stimme eines älteren Mannes. »Unverschämtheit!« Die Wohnungstür war einen Spalt geöffnet, hinter dem ein halbes Männergesicht zu sehen war.

»Guten Tag. Polizei.« Lüder hielt seinen Dienstausweis vor den Türspalt. »Ich habe eine Routinefrage.«

»Wir haben nichts mit der Polizei zu tun. Oder ist das nur ein Trick?«, erwiderte der Mann mit scharfer Stimme.

»Es geht um eine reine Routineangelegenheit.«

»Das sagen die im Fernsehen auch immer«, sagte der Mann.

»Würden Sie die Tür bitte öffnen«, bat Lüder mit Nachdruck.

Der Mann schloss die Tür. Lüder hörte, wie die Sperrkette abgenommen wurde, dann wurde wieder geöffnet. Vor ihm stand ein älterer Mann mit straff nach hinten gekämmten Haaren und deutlichen Aussparungen an den Geheimratsecken. Das runde Gesicht war ein wenig aufgeschwemmt, am Doppelkinn sprossen ein paar Barthaare, die auf eine oberflächliche Rasur hindeuteten. Der Mann hatte die beiden Daumen hinter seinen Hosenträgern verhakt. Dadurch wurde der Hosenbund, der sich über den Bauch wölbte, ein wenig entlastet und gab einen Blick auf die wollene Unterhose frei.

»Sie sind Herr Blasewitz?«

»Woher wissen Sie das?«, fragte der Mann erstaunt.

»Steht an der Klingel«, erklärte Lüder.

»Kommen Sie man rein«, forderte ihn der ältere Mann auf und führte ihn ins Wohnzimmer, das mit dunklen Holzmöbeln vollgestellt war. Nicht nur die Einrichtung stammte aus einer vergangenen Epoche, auch der Fernseher war antiquiert. »Grundig«, las Lüder den Markennamen an der Frontseite.

»Setzen Sie sich«, forderte Blasewitz Lüder auf und griff sich die Brille, die auf der aufgeschlagenen Fernsehzeitung lag. »Worum geht's denn?«

»Im Nebenhaus wohnt Dr. Ahwaz-Asmari. Kennen Sie den Mann?«

»Sie meinen den Araber? Was wollen Sie denn von dem?« Der Mann hatte Dr. Ahwaz-Asmari als Araber bezeichnet. Lüder unterließ es, ihn zu korrigieren.

»Ich habe das dumpfe Gefühl, dass mich meine Frau mit ihm betrügt«, sagte Lüder schnell und fühlte sich ein wenig unbehaglich, weil er in Dov Eisenbergs Rolle geschlüpft war.

»Ich denke, Sie sind von der Polizei.« Blasewitz schien ein wenig enttäuscht zu sein. Er hatte sich offensichtlich Spektakuläreres vorgestellt. »Dürfen die Araber denn so was? Ich mein – fremdgehen.«

»Ich bin mir nicht sicher«, versuchte Lüder zu relativieren. »Es kann auch ganz harmlos sein. Möglicherweise hängt es auch mit dem Beruf meiner Frau zusammen.«

»Was macht die denn?«

Lüder ließ die Frage unbeantwortet.

Blasewitz schüttelte den Kopf. »Ich trau den Brüdern nicht. Was wollen die hier? Nur Hartz IV schmarotzen.« Er zeigte mit dem Finger in Richtung Fenster. »Die sollen da bleiben, wo sie herkommen.«

Lüder holte eine Fotografie von Hannah Eisenberg hervor und legte sie Blasewitz vor. Der Mann schob seine Brille auf der Nase auf und ab, bis er die richtige Position gefunden hatte. Dann tatschte er mit seinem Zeigefinger auf das Bild.

»Ist sie das?«

Nachdem Lüder genickt hatte, betrachtete er lange das Bild. Dann musterte er Lüder. »Hübsche Frau haben Sie.«

»Haben Sie die schon einmal gesehen?«, fragte Lüder.

Erneut betrachtete Blasewitz das Bild. »Und das Kind?«, wollte er schließlich wissen.

»Ist unseres.«

Der Mann schüttelte den Kopf. »Frechheit. Was will man von diesen Arabern anderes erwarten? Mischen sich einfach in eine intakte Ehe ein. Eine *deutsche*«, betonte Blasewitz.

»Ich glaube, da liegt ein Irrtum vor«, bemühte sich Lüder um eine Richtigstellung, nachdem er bemerkte, was seine Notlüge anzurichten schien. »Meine Frau ist ja nie allein hier gewesen, sondern immer in Begleitung ihres Chefs.«

Blasewitz nickte zustimmend. »Den habe ich auch gesehen.« Er beschrieb Robert Havenstein. Zumindest war eine Ähnlichkeit erkennbar. »Der war aber nur einmal hier. Höchstens zweimal.«

»Und die Frau?« Lüder vermied es, von »seiner Frau« zu sprechen.

»Die war auch allein hier. Aber nicht oft.«

»Woher wissen Sie das so genau?«

»Hören Sie mal. Die konnte nicht Auto fahren. Beim Einparken hatte die gewaltige Probleme. Immer wieder vor und zurück.« Blasewitz bewegte seine Hände vor dem Oberköper hin und her. »Aber das können Frauen ja nicht. Nee, ist schon gut, dass meine Frau keinen Führerschein hat.«

»Wenn Sie alles im Blick haben, wissen Sie vermutlich auch, ob Dr. Ahwaz-Asmari noch mehr Besuch empfangen hat?«

»Hören Sie mal«, entrüstete sich Blasewitz mit seinem offensichtlichen Lieblingsspruch. »Sie glauben doch nicht, dass ich ständig hinter der Gardine lauer und die Nachbarn beobachte?«

Genau das vermutete Lüder. Er unterdrückte aber eine entsprechende Bemerkung. »Gab es weitere Besucher?«

»Davon habe ich nichts mitgekriegt.« Dann beugte sich Blasewitz wieder über das Foto. »Sieht gut aus – Ihre Frau.« Dabei leckte er sich mit der Zungenspitze über die Lippen.

Als Lüder wieder im Auto saß, beschloss er, ins Stadtzentrum zu fahren. Der kurze Bummel durch die historische Altstadt und der Besuch in einem Café nahe dem Marktplatz taten ihm gut. Während er ein Kännchen Kaffee und ein Stück Torte zu sich nahm, dachte er an die beiden Mordopfer. Havenstein und Hannah Eisenberg hatten folglich auch mit dem iranischen Forscher gesprochen. Bis hierher war es Lüder gelungen, den Weg der beiden Journalisten nachzuvollziehen. Und die Israelin war allein zu Dr. Ahwaz-Asmari gefahren. Das hieß, Hannah Eisenberg war nicht nur die Geliebte Havensteins, sondern auch seine berufliche Partnerin gewesen. Die beiden Journalisten waren einem Geheimnis auf der Spur gewesen. Einem tödlichen Geheimnis.

SECHS

Steffen Groß hatte ein schönes Wochenende verbracht. Er hatte den Sonntag zu einem Fahrradausflug durch die abwechslungsreiche Landschaft Ostholsteins genutzt, nebenbei noch einen Teil der Buchhaltung erledigt und Warenbestände kontrolliert. Es war das Los von Selbstständigen, dass es keinen geordneten Achtstundentag gab. Das störte Steffen Groß aber nicht. Er war mit ganzem Herzen Kaufmann. So beschlich ihn auch nicht das Gefühl des »verdammten Montags«, mit dem sich manch frustrierter Arbeitnehmer nach dem Wochenende wieder zur Arbeit quälte.

Heute hatte es geregnet. So war Groß entgegen seinen üblichen Gewohnheiten nicht mit dem Rad zum seinem Geschäft gefahren, sondern hatte das Auto benutzt.

Er hatte es auf dem Parkplatz vor der Bibliothek geparkt, hatte die Abkürzung durch das »Kuhtor-Center« genommen und auf dem liebevoll mit Blumen bepflanzten Platz in der Mitte der kleinen Passage mit einem anderen Geschäftsinhaber ein paar Worte gewechselt.

Steffen Groß gehörte stets zu den Ersten, die ihren Laden öffneten. Es war ihm mittlerweile eine lieb gewordene Gewohnheit, selbst wenn die anderen Geschäfte in der Fußgängerzone Oldenburgs später ihre Türen aufschlossen. Die Bäckerei und die Fleischerei, die am ehesten frühe Kunden anlockten, lagen weiter oben in der Straße, näher zum Markplatz hin.

Hier gab es eine bunte Auswahl an Geschäften, die auch zum Bummeln einluden oder den nicht täglichen Bedarf deckten. In der gegenüberliegenden Woolworth-Filiale regte sich noch nichts. Beim Nachbarn zur Linken mochte so früh am Morgen auch noch niemand Eis oder Crêpes genießen. Und das Café auf der anderen Seite würde auch erst später die ersten Gäste anlocken.

Schon von Weitem sah Groß die Gestalt, die direkt vor der

doppelflügeligen Eingangstür seines Geschäftes saß und den Kopf gegen eines der Schaufenster gelehnt hatte, die wie Erker vorgebaut waren und zum Bummeln einluden.

Groß spürte Zorn in sich aufkeimen. Oldenburg war eine überschaubare Kleinstadt mit einer weitgehend intakten und homogenen Bevölkerungsstruktur. Hier gab es selten Probleme mit Herumlungernden. Und die örtliche Polizei war mit dem Präventionspreis für die Bemühungen im Kampf gegen die Jugendkriminalität ausgezeichnet worden. Das hinderte aber einen Streuner nicht, sich ausgerechnet vor Groß' Laden niederzulassen und seinen Rausch auszuschlafen.

Beim Näherkommen sah Groß, dass der Mann keine Habseligkeiten mit sich führte. Es war folglich kein Obdachloser, der einen Schlafplatz für die Nacht gesucht hatte. Dafür war der Standort auch ungeeignet.

Es hatte in der Nacht zu regnen begonnen, und wenn das Vordach auch einen dürftigen Schutz bot, so war der Platz nicht windgeschützt. Außerdem sah der Mann nicht ungepflegt aus. Er war mit einer Stoffhose und einem Sakko bekleidet, unter dem er einen Rollkragenpullover trug. Auf dessen Kragen hatte sich ein hässlicher dunkler Fleck gebildet. Doch das schreckte Groß weniger. Er hatte sich hinabgebeugt, um den Mann wach zu rütteln und von diesem Platz zu verscheuchen.

Mitten in der Bewegung hielt Groß inne und starrte gebannt in die offenen Augen, die durch ihn hindurchzusehen schienen. Sie waren in die Ferne gerichtet, in eine unendliche Ferne. Starr und leblos zogen diese Augen Groß' Blick magisch an. Dann wanderte sein Blick weiter, als würde er das Gesicht des Fremden abscannen und sich jedes Detail für immer einprägen wollen. Es war die Magie des Schreckens, die Groß bewegungslos machte.

Über der Nasenwurzel hatte sich ein dünner Blutfaden den Weg abwärts gesucht, hatte sich an der Augeninnenseite geteilt und einen Teil seiner Last an das Auge abgegeben. Der Rest war an der Nase weitergewandert, wie ein unregelmäßig gezogener Strich, hatte einen Bogen um den Nasenflügel gemacht, war über die Lippen gelaufen und dann auf den Kragen getropft.

Ausgangspunkt dieses Blutfadens war ein dunkles, fast schwarzes Loch, das direkt über der Nasenwurzel das Zentrum der Stirn des Mannes bildete.

Die dunklen Haare und der ebenfalls für nordeuropäische Breitengrade zu dunkle Teint ließen auf einen südländischen Typ schließen.

Ein eiskalter Schauder lief über Groß' Rücken. Der Mann, der den Eingang zur Buchhandlung blockierte, war brutal erschossen worden.

Mit zittrigen Fingern wühlte Groß das Handy aus seiner Tasche und wählte die Notrufnummer.

»Polizei.«

»Groß, Oldenburg. Hier, vor meiner Buchhandlung in der Kuhtorstraße, da liegt ein Toter.«

***

Lüder hatte Edith Beyer lange angesehen, als er am Montagmorgen in das Geschäftszimmer der Abteilung gekommen war und sich seinen obligatorischen Becher Kaffee abgeholt hatte.

»Hatten Sie ein schönes Wochenende?«, hatte er unverfänglich gefragt, nachdem die junge Frau seinen Gruß kaum erwidert hatte.

Für einen kurzen Moment war er versucht, nach Gründen zu suchen, die in seiner Person liegen könnten. Als er aber feststellte, dass auch der Kaffee anders schmeckte als gewohnt, vermutete er, dass Edith Beyer persönliche Probleme mit sich herumtrug. Er fragte nicht nach, sondern zog sich diskret in sein Büro zurück.

Mit spitzen Fingern schlug er die Boulevardzeitung auf, die in großen Buchstaben von einem erneuten Zwischenfall im »Skandalreaktor Krümmel« berichtete. Lüder las, dass sich dort erneut eine »Explosion« aus unbekanntem Grund ereignet hätte. Der Autor des Berichts ließ keine Vermutung aus. Nach seiner Meinung war es der »unfähigen Polizei« noch nicht gelungen, herauszufinden, ob der Anschlag eine wiederholte technische Panne gewesen sei oder militante Atomkraftgegner ein Attentat auf das Kraftwerk verübt hätten. Jedenfalls forderte der Verfasser am

Ende des Artikels sofortige politische Konsequenzen aus diesem Fall. Da die Zeitung nur bedingt politisch war, konnte nicht einmal der Oppositionsführer in dem von ihm gewohnten Gebell seine Forderung nach dem Rücktritt des Ministerpräsidenten verkünden.

Leif Stefan Dittert war mit seiner Schlagzeile durch dieses Ereignis in den Innenteil verbannt. Dafür troff aber das Blut aus dem Artikel. LSD berichtete über den Mord an Hannah Eisenberg. Niemand wusste bisher, ob die Frau nicht nur Israelin, sondern auch Jüdin war. Dittert schien das einfach zu unterstellen. Er fragte, ob der faschistische Mob in Deutschland wieder ungestraft sein Unwesen treiben durfte und die Menschenjagd auf Juden eröffnet sei. Geschickt suggerierte Dittert, dass es bei diesem Mord einen antisemitischen Hintergrund gäbe.

Das war natürlich völlig aus der Luft gegriffen. Die Ermordung stand in Zusammenhang mit dem Tod Robert Havensteins. Die Frau musste etwas gewusst haben. Oder der Täter hatte es zumindest geglaubt. Hier war keine Menschenjagd eröffnet worden, sondern es gab eine Verfolgung von Journalisten, die etwas entdeckt hatten. Richtige Journalisten, dachte Lüder voller Bitternis, die für ihre Arbeit hatten sterben müssen.

Obwohl Lüder die Zeitung und ihren mageren Inhalt aufmerksam studierte, fand er nirgendwo einen Hinweis auf den Tipp, den er Dittert gegeben hatte. LSD hatte mit keiner Zeile Lüders Andeutung, die russische Gasmafia würde hinter dem Attentat auf das Atomkraftwerk stecken, aufgegriffen.

***

Der erste Streifenwagen der Polizeizentralstation Oldenburg war schnell am Tatort gewesen. Hauptkommissar Hans-Jürgen Steinkamp, der Leiter der Kriminalpolizeiaußenstelle, hatte nur wenig mehr Zeit benötigt. Nachdem die Beamten einen Sichtschutz errichtet hatten und ein herbeigerufener Arzt den Tod als gesichert festgestellt hatte, warteten die Beamten auf das Eintreffen des zuständigen K1 der Lübecker Bezirkskriminalinspektion. Steinkamp und seine Mitarbeiter nutzten die Zeit zur ersten Befragung. Steffen Groß gab seine Eindrücke von der Entdeckung des Toten vor seiner Buchhandlung zu Protokoll. Die Beamten schwärmten aus, um Zeugen zu finden, untersuchten die Umgebung des Tatorts nach Spuren, sahen in die Seitengassen und in die benachbarte Einkaufspassage.

Als die Spurensicherung und das K1 aus Lübeck eintrafen, konnten die Oldenburger Polizisten noch keine weiterführenden Hinweise geben.

»Haben Sie Geschosshülsen gefunden?«, fragte Hauptkommissar Dirk Lohmeyer, der Leiter des K1.

Steinkamp schüttelte den Kopf. »Wir haben alles akribisch abgesucht. Leider vergeblich. Wir haben auch nur eine Zeugin ermitteln können. Bisher. Die Frau arbeitet bei einem Bäcker, etwas weiter die Straße hinauf. Sie ist vor zwei Stunden hier vorbeigekommen und hat die Gestalt dort sitzen sehen. Die Frau hat gedacht, es würde sich um einen Betrunkenen handeln, der dort seinen Rausch ausschläft. Sie war ängstlich und deshalb froh, als sie an dieser Stelle vorbei war.«

»Da müssen doch noch mehr Leute vorbeigekommen sein«, knurrte Lohmeyer und fuhr sich über seinen Bart.

»Vielleicht haben die Ähnliches wie die Bäckereiverkäuferin gedacht«, gab Steinkamp zu bedenken. »Das war auch der erste Eindruck des Buchhändlers. Ich meine, dass hier jemand seinen Rausch ausgeschlafen hat.«

»Um so etwas kümmert sich der Bürger nicht«, stimmte Lohmeyer zu. »Die Leute neigen dazu, einen großen Bogen darum zu machen. Bloß keinen Ärger einfangen.« Dann wandte er sich an einen Kollegen von der Spurensicherung, der die Taschen des Opfers untersucht hatte. »Und?«

Der junge Beamte im weißen Schutzanzug schüttelte den Kopf. »Nix. Alles leer. Kein Ausweis, kein Portemonnaie, keine Zigarettenschachtel, kein Feuerzeug. Es sieht fast so aus, als wäre das Opfer ausgeplündert worden. Dagegen spricht allerdings dies hier.« Er schob die Ärmel des Toten ein wenig hoch und zeigte auf eine Armbanduhr. »Wenn das kein Plagiat ist, dann hat der Täter es entweder übersehen oder …« Er brach mitten im Satz ab.

»Was für ein Fabrikat?«, fragte Lohmeyer nach.

»Tag Heuer«, sagte der Spurensicherer. »Die gehören zu den teuren Exemplaren.«

Hauptkommissar Lohmeyer betrachtete den Toten. Der Mann war salopp, aber ausgewählt mit Markengarderobe bekleidet. Mit Sicherheit war er kein Obdachloser. Auch sein Äußeres machte einen gepflegten Eindruck – die Haare, das Gesicht, die Fingernägel.

Ein weiterer Beamter überspielte ein paar Fotos, die er vom Opfer gemacht hatte, auf Lohmeyers Organizer.

»Wer mag das sein?«, brummte der Hauptkommissar. »Es sieht so aus, als wären Fund- und Tatort nicht identisch. Wer unterzieht sich der Mühe, das Opfer hierherzutransportieren und so zu drapieren? Selbst wenn die Stadt nachts schläft, bleibt ein Restrisiko des Entdecktwerdens. Eigentlich ist es naheliegend, dass ein Täter bemüht ist, das Opfer verschwinden zu lassen. In diesem Fall wurde der Tote nahezu inszeniert hinterlegt. Und warum ausgerechnet hier, vor der Buchhandlung?«

Hauptkommissar Steinkamp konnte diese Fragen selbst nicht beantworten.

***

»Moin, Herr Lüders«, drang eine fröhliche Stimme aus dem Lautsprecher. »Haben Sie schon gefrühstückt?«

»Moin, Herr Diether«, begrüßte Lüder den Oberarzt am Institut für Rechtsmedizin der Christian-Albrechts-Universität. »Wenn Sie mich so fragen, haben Sie ein Obduktionsergebnis für mich.«

»Stimmt. Wollen Sie es vorweg von mir hören? Oder soll ich Ihnen die Einzelteile der Obduktion zur persönlichen Begutachtung durch einen Fahrradkurier zustellen lassen?«

Lüder kannte den schwarzen Humor, der den Pathologen auszeichnete. »Wenn Sie einen Boten finden, der garantiert Vegetarier ist, nehme ich auch die einzelnen ›Beweisstücke‹. Es wäre sonst von Übel, wenn auf dem Weg von Ihnen zu mir etwas unwiderruflich verschwinden würde.«

»Schön. Dafür dürfen Sie mir aber auch einmal einen Dienst erweisen. Ständig nehmen Sie meine Leistungen als Leichenfledderer in Anspruch. Nun möchte ich Sie als Kriminalisten fordern.«

»Bitte«, sagte Lüder gedehnt, weil er sich nicht vorstellen konnte, in welchem Punkt er dem Rechtsmediziner helfen könnte.

»Es geht um das altbekannte Phänomen, dass in der Waschmaschine ständig eine von zwei passenden Socken verschwindet. Gibt es dafür eine kriminalistische Erklärung?«

»Sie haben Glück«, lachte Lüder. »Wir haben gestern den kleinen grünen Sockenbeißer verhaftet, der sich in Waschmaschinen eingenistet hat. Nun dürfen Sie mir auch die Geheimnisse verraten, die Sie Robert Havenstein und Hannah Eisenberg entlockt haben.«

Der Rechtsmediziner trug Lüder in kompakter Form die Obduktionsergebnisse vor. Er bestätigte, dass beide Opfer mit der gleichen Munition und somit vermutlich auch mit derselben Waffe getötet wurden. Dr. Diether schilderte im Detail die Schwere der Verletzungen, die die angefeilten Geschosse verursacht hatten, und wie diese zum Tod führten. Lüder hörte nur widerwillig zu, da der Arzt alles sehr gründlich und präzise beschrieb.

»Es waren regelrechte Hinrichtungen«, schloss Dr. Diether seinen Bericht. »Der Mörder wusste, wie man einen Menschen gezielt tötet. Gäbe es nicht den Eid des Hippokrates, könnte man vermuten, der Täter hätte Medizin studiert.«

»In Ihrer Branche gibt es sicher auch Massenmörder. Die firmieren nur anders«, warf Lüder ein.

Dr. Diether lachte bitter auf. »Nennen Sie mir einen Fall, wo sich ein Patient über einen Behandlungsfehler von mir beschwert hat.«

»Da stimme ich Ihnen zu. Wer beklagt sich schon über den Pathologen, von dem er seziert wurde?«

»Ich habe aber noch zwei interessante Dinge«, fuhr der Rechtsmediziner fort. »Hannah Eisenberg hat schon einmal entbunden.«

Lüder erinnerte sich an das Bild aus der Ferienwohnung, das

die Journalistin mit einem etwa zehnjährigen Jungen gezeigt hatte. »Wann war das etwa?«

»Das gibt es nur im Fernsehkrimi«, erwiderte Dr. Diether. »Da erklärt der allwissende Pathologe, dass das Opfer schon einmal niedergekommen ist. Gleichzeitig weiß er auch, wann und wo das geschehen ist, ob es ein Junge oder ein Mädchen war und ob das Kind heute lieber Pommes oder Spaghetti isst.«

»Mir würde reichen, wenn Sie mir die Haarfarbe des Kindes nennen könnten«, stichelte Lüder.

»Kann ich«, antwortete der Arzt. Und als Lüder schwieg, ergänzte er: »Bringen Sie mir den Vater. Den würde ich dann fragen.«

»Ich bin enttäuscht von Ihnen«, setzte Lüder das Lästern fort.

Dr. Diether lachte herzlich auf. »Wenn Sie mir so kommen, verrate ich Ihnen auch nicht, dass Hannah Eisenberg wieder schwanger war. Im vierten Monat.«

»Und den Zeitpunkt können Sie so exakt bestimmen, weil Sie bei der Empfängnis dabei waren und die Lampe gehalten haben?«

»Nicht unbedingt. Aber ich habe während *meines* Studiums aufgepasst, als es um die menschlichen Entwicklungsstufen ging. Das kann man von Ihnen offenbar nicht behaupten. Außerdem munkelt man, dass Juristen ohnehin nicht an der Universität, sondern beim Repetitor lernen.«

»Dafür verklage ich Sie«, lachte Lüder. »Mich würde aber noch etwas anderes interess…«

»Habe ich mir gedacht«, unterbrach ihn Dr. Diether. »Ihre neugierige rote Nase leuchtet sogar durch meinen Telefonhörer. Darum habe ich auch eine Antwort für Sie. Die DNA hat eindeutig ergeben, dass Robert Havenstein der Vater des Kindes gewesen wäre.«

Lüder schluckte kurz. Da waren nicht nur zwei mutige Journalisten ermordet, sondern auch eine Liebe ausgelöscht worden – und ein noch ungeborenes Leben. Havenstein und Hannah Eisenberg waren nicht nur ein berufliches Team gewesen. Wenn das auch Dov Eisenberg, dem eifersüchtigen Ehemann, bekannt geworden war, dann könnte sich die These von den politisch motivierten Morden als falsch erweisen. Lüder musste den Mann unbedingt ausfindig machen. Halb geistesabwesend bedankte er sich bei Dr. Diether für die Informationen.

Anschließend rief er in der Konsularabteilung der Botschaft in Berlin an, stellte sich vor, berichtete von der Ermordung einer israelischen Staatsangehörigen und fragte, ob man ihm bei der Suche nach Angehörigen behilflich sein könne.

Lüder war überrascht, als sich sein Gesprächspartner sehr distanziert gab und mit einem auffällig geschäftsmäßigen Gehabe zusagte, »man würde sich darum kümmern«.

Das nächste Telefonat führte Lüder mit Hauptkommissar Vollmers.

»Wir sollten die Suche nach Dov Eisenberg einleiten«, sagte Lüder. »Flughäfen, Autoverleiher, Hotels, Telefonprovider und Kreditkartenherausgeber.«

»Typisch Landeskriminalamt«, brummte Vollmers. »Glauben Sie, auf den Dienststellen im Lande würden nur Blöde arbeiten? Auf die Idee mit dem Handy und der Kreditkarte sind wir auch schon gekommen. Zum Provider haben wir keinen Kontakt herstellen können. Und die Überwachung über die deutschen Netzbetreiber erweist sich als schwierig, da sich Eisenbergs Handy offenbar immer wieder in andere Netze einwählt. Die Kreditkarte ... negativ! Der israelische Herausgeber will keine Informationen veröffentlichen. Nicht an die deutsche Polizei. Das war eine klare Ansage. Dafür haben wir eine erste, erstaunlich schnelle Antwort aus Zypern vorliegen. Wie erwartet: Dort kennt man keinen Andrea Filipi.«

»Wir müssen Dov Eisenberg finden«, sagte Lüder und ließ unerwähnt, dass er durch sein eigenes Versäumnis das Gespräch mit dem Mann verpasst hatte.

»Ich werde unsere Hundestaffel zum Schnuppern rausschicken«, schloss Vollmers brummig das Gespräch.

**

Die Beamten der Lübecker Mordkommission waren zu ihrer Dienststelle zurückgekehrt und saßen im Besprechungsraum. Sie stimmten die bisherigen mageren Ermittlungsergebnisse ab.

Noch war die Identität des Opfers nicht gelüftet. Es wurde kein Mann, auf den die Beschreibung des Toten zutraf, vermisst.

»Der Schuss war aufgesetzt«, erklärte ein Kriminaltechniker. »Noch liegt das Geschoss nicht vor. Es ist direkt über der Stirn eingetreten und steckt noch im Kopf. Rund um die Einschussstelle sind deutlich Schmauchspuren zu erkennen. Es war eine eindeutige Hinrichtung.«

»Gibt es Anzeichen für einen Kampf?«, fragte Lohmeyer.

Der Beamte schüttelte den Kopf. »Endgültiges bleibt der Obduktion vorbehalten. Wir haben nichts feststellen können.«

»Was hat die Daktyloskopie ergeben?« Der Hauptkommissar sah in die Runde. Niemand fühlte sich für die Antwort zuständig. »Herr Kessler?«, sprach er einen jüngeren Beamten an.

Der hüstelte verlegen. »Da haben wir noch keine Ergebnisse.«

»Weshalb nicht?«

»Es gab vorhin Probleme mit dem Server.«

»Dann sehen Sie noch einmal nach«, wies Lohmeyer ihn an und besprach mit den anderen Mitarbeitern die magere Ausbeute der Zeugenbefragung.

Nach wenigen Minuten erschien Kommissar Kessler wieder und wedelte mit einem Blatt Papier. »Volltreffer«, sagte er und zog damit die Aufmerksamkeit der ganzen Runde auf sich. Er wusste aber, was er der Hierarchie schuldig war, und verkündete das Ergebnis nicht selbst, sondern überließ es seinem Leiter.

Hauptkommissar Lohmeyer las das Dokument zweimal. »Der Tote ist identifiziert«, sagte er bedeutungsschwer. »Er wurde wegen zahlreicher Straftaten gegen das Leben in ganz Europa gesucht. Die Kieler Kollegen und das Landeskriminalamt verdächtigen ihn des Mordes an den beiden Journalisten in der vergangenen Woche. Seine wahre Identität ist noch unbekannt, er reiste aber unter dem falschen italienischen Namen Andrea Filipi.«

Lohmeyer stand auf. »Wir lösen die Versammlung auf. Jeder weiß, was er zu tun hat. Ich werde Kontakt mit Kiel aufnehmen.«

**

Lüder hatte die Verhörprotokolle ausgedruckt und auf seinem Schreibtisch ausgebreitet. Er hatte sich Stellen mit verschiedenfarbigen Markern notiert, Notizen an den Rand geschrieben, Fragezeichen in den Text hineingemalt und an diverse Stellen kleine gelbe Post-it-Zettel geklebt. Man hätte mit dem, was er bisher herausgefunden hatte, zufrieden sein können. Es fehlten ihm aber immer noch wichtige Bausteine. Was hatte sich 1986 im GKSS-Forschungszentrum abgespielt, und warum versuchte die Politik etwas zu verbergen? Wer war der Auftraggeber des Profikillers, der die beiden Journalisten ermordet hatte? Hing es mit den Geheimnissen des Jahres 1986 zusammen?

Lüder lehnte sich zurück, verschränkte die Hände hinter dem Nacken und reckte sich. Außerdem gab es noch eine ganze Reihe von Nebenkriegsschauplätzen. Wer war der – angeblich – bestochene Beamte? War es Zufall, dass der damalige Wehrführer kurz nach dem Brand des Archivs, in dem die Protokolle über den Einsatz beim GKSS-Forschungszentrum vernichtet wurden, ein neues Haus gebaut hatte? Nein! Lüder war nicht zufrieden. In Europa war ein Auftragsmörder unterwegs. Wie sicher war er selbst? Welchem Risiko setzte er sich aus, wenn die Gegenseite vermutete, dass Lüder auf den Spuren der Journalisten ermittelte und Gefahr bestand, dass er dieselben Geheimnisse lüften könnte?

Lüders Telefon meldete sich. Auf dem Display sah er, dass Vollmers ihn zu erreichen versuchte.

»Mich hat mein Kollege aus Lübeck angerufen«, sagte der Hauptkommissar. »Es gibt einen weiteren Toten. Ein Mordopfer, bei dem es erneut eine klassische Hinrichtung war. Wie in unseren beiden ersten Fällen.«

»Wo?«, fragte Lüder.

»In Oldenburg. Und auch in diesem Fall spielt eine Buchhandlung eine Hauptrolle. Der Tote wurde vor dem Eingang des Geschäfts gefunden. Erschossen. Ein einziger aufgesetzter Schuss mitten in die Stirn.«

»Wer ist das Opfer?«

»Das wissen wir noch nicht. Die Lübecker haben keine Identität feststellen können. Lediglich einen Schlüssel, der zu einem Hotel passen könnte.«

»Welches?«

»Wenn das so einfach wäre, bräuchte man uns nicht. Heutzutage verzichten die Herbergen aus Sicherheitsgründen auf die Anbringung eines Logos. Bei Verlust könnte sich sonst der Finder unbemerkt ins Hotel einschleichen.«

»Gibt es keine weiteren Spuren oder Hinweise?« Lüders Stimme war die Ungeduld anzumerken.

»Doch. Es gibt eine daktyloskopische Spur.«

»Und?«

»Leider gibt es nur die Spur, aber keine richtige Identität.« Lüder hörte, wie bei seinem Gesprächspartner im Hintergrund ein Piepton erschallte. »Aha«, sagte Vollmers. Dann war es einen Augenblick still. »Eben ist ein Bild des Toten eingetroffen«, erklärte der Hauptkommissar. »Ich leite es an Sie weiter.«

Kurz darauf piepte Lüders Rechner. Er öffnete die Mail und die Anlage.

»Donnerwetter«, entfuhr es ihm, als er das Bild des neuen Mordopfers sah. Der Mann war ihm bekannt. Es war der lang gesuchte Auftragsmörder.

Lüder lehnte sich in seinem Schreibtischsessel zurück. Das war eine Überraschung. Irgendjemand hatte die Methode des Berufsmörders kopiert und den Mann mit seinen eigenen Waffen geschlagen – ihn hingerichtet und anschließend die Leiche öffentlich präsentiert. Da Robert Havenstein in der Eckernförder Buchhandlung ermordet wurde, sah es aus, als wollte der Mörder mit der Platzierung der Leiche ebenfalls vor einer Buchhandlung ein Zeichen setzen.

Lüder setzte sich mit der Lübecker Bezirkskriminalinspektion in Verbindung. Es dauerte eine Weile, bis er Hauptkommissar Lohmeyer am Apparat hatte.

»Lüders, LKA. Ich bitte Sie, mir alle Informationen zu dem Mord in Oldenburg zukommen zu lassen.«

»Warum das denn?« Der Leiter des Lübecker K1 war hörbar genervt. »Was hat das LKA damit zu tun?«

»Es bestehen offensichtlich Verbindungen zu zwei weiteren Morden, die sich in jüngster Zeit ereignet haben.« Lüder führte kurz die bisherigen Erkenntnisse auf.

»Glauben Sie, dass ein Serienmörder unterwegs ist?«

»Der ist nicht mehr unterwegs, sondern liegt in der Lübecker Rechtsmedizin. Es besteht der Verdacht, dass Sie einen in ganz Europa gesuchten Profikiller eingefangen haben, der sein letztes Opfer nicht einmal um vierundzwanzig Stunden überlebt hat.«

»Und das bei uns im betulichen Ostholstein«, sagte Lohmeyer mehr zu sich selbst. »Dinge gibt's …« Dann sicherte er zu, Lüder die Informationen zukommen zu lassen und mit seinem Kieler Kollegen Vollmers Kontakt aufzunehmen, um die weitere Vorgehensweise abzustimmen.

Das musste umgehend erfolgt sein, denn eine halbe Stunde später meldete sich der Leiter des Kieler K1 bei Lüder.

»Wir sind ein Stück weiter«, erklärte Hauptkommissar Vollmers. »Es ist uns gelungen, die Handynummer des angeblichen Andrea Filipi zu lokalisieren.«

»Haben Sie sein Mobiltelefon gefunden?«, fragte Lüder.

»Nein. Wir haben die Buchungsunterlagen der Lufthansa durchwühlt. Filipi – ich nenne ihn so, solange wir nicht wissen, wie er richtig heißt – hat seine Flüge nach Rom telefonisch bestellt. Wir haben das auch mit dem hessischen Landeskriminalamt abgestimmt. Auch in Frankfurt, wo er seine Anschlussflüge angetreten hat, hat er das Handy benutzt. Es ist doch merkwürdig. Selbst die gerissensten Verbrecher scheitern häufig an winzigen Fehlern.«

»Es sind weniger die Fehler als die Fähigkeiten außergewöhnlich kluger Kriminalbeamter, die in Kiel ihren Dienstsitz haben«, lobte Lüder.

Vollmers brummte nur. Trotzdem spürte Lüder, wie sich der Hauptkommissar über die Anerkennung freute.

»Wir haben ein wenig weiter gebohrt und über die Telekom herausgefunden, von welcher Funkzelle sich Filipi oft ins deutsche Netz gewählt hat.«

Vollmers wartete einen Moment, ob Lüder diesen Teilerfolg kommentieren wollte. Doch Lüder schwieg. Ein Lob, beschloss er, musste reichen.

»Demnach muss sich Filipi oft in der Nähe Schleswigs aufgehalten haben, und zwar am südlichen Ufer in Höhe Busdorf/Fahrdorf.«

Die hohe Aufklärungsquote bei Tötungsdelikten ist oft das Ergebnis harter und zäher Ermittlungen, bei denen die Polizei auch der kleinsten und unbedeutend erscheinenden Spur nachging und findige Kriminalisten mehr als zwei plus zwei zusammenzählten, dachte Lüder, nachdem er sich von Vollmers verabschiedet hatte.

Die Polizei hatte immer noch nicht herausgefunden, wo sich Hannah Eisenberg in der Zeit zwischen der Ermordung Robert Havensteins und ihrem eigenen Tod aufgehalten hatte. Es hatten sich weder Zeugen gemeldet, noch gab es Hinweise aus dem Bewegungsprofil. Dieses zu erstellen war nicht gelungen. Die Frau schien wie vom Erdboden verschluckt gewesen zu sein. Lüder konnte sich nicht vorstellen, dass ihr Ehemann sie gefunden hatte. Unter diesen Umständen hätte Dov Eisenberg Lüder nicht weiterverfolgt. Außerdem hatte Lüder in seinem Verhalten keine Anzeichen dafür feststellen können, dass der Mann vom Tod seiner Frau wusste. Merkwürdig war aber, dass der Mörder Hannah Eisenberg gefunden hatte. Wenn der Fundort ihrer Leiche im Oldenburger Wallmuseum auch nicht der Tatort war, so ging Lüder davon aus, dass Filipi – unterstellt, er war der Mörder – keine weiten Strecken mit der Toten zurückgelegt hatte. Folglich musste sich die Frau in einem überschaubaren Radius um Oldenburg aufgehalten haben. In diesem Zusammenhang stellte sich Lüder eine weitere Frage. Warum diese Kleinstadt in Ostholstein?

Lüder notierte die weiteren Fragen auf gelben Post-it-Zetteln, die er »Beppis« nannte. Dann startete er auf seinem Rechner die Suche nach Hotelunterkünften in der Region südlich Schleswigs. Nach einer halben Stunde hatte er eine Handvoll zusammengestellt und bis auf ein Hotel herausgefunden, dass dort niemand abgestiegen war, auf den die Beschreibung des letzten Mordopfers zutreffen könnte. Er malte einen Kringel um den Namen des Hotels und beschloss, die Herberge selbst aufzusuchen, sobald er im Besitz des Schlüssels war. Den forderte er in Lübeck an und bat um Überstellung per Kurier.

Für einen Moment überlegte Lüder, ob er nach Oldenburg fahren sollte. Doch das würde keinen Sinn ergeben. Am Fundort gab es nichts zu entdecken, was den Kriminaltechnikern nicht schon aufgefallen wäre. Die Zeugen waren vernommen und konnten Lüder nichts Neues berichten. Und auf Verdacht nach dem Unterschlupf von Hannah Eisenberg während ihrer Abwesenheit zu suchen wäre sicher nicht zielführend. Lüder befand sich in der leidigen Situation, dass er nicht viel mehr als warten konnte. Er versuchte die Zeit zu überbrücken und rief in Geesthacht an. Eine Mitarbeiterin von Dr. Bringschulte teilte ihm in unfreundlichem Ton mit, dass der Forschungsmanager nicht erreichbar sei. Sie hätte keine Möglichkeit, ihm eine Nachricht zukommen zu lassen.

»Ist Dr. Bringschulte überhaupt im Haus?«, fragte Lüder.

»Sicher. Das hatte ich schon gesagt«, keifte die Frau.

Lüder ging nicht darauf ein. Er wollte mit ihr nicht darüber diskutieren, dass Dr. Bringschulte auch einen auswärtigen Termin hätte wahrnehmen können. »Dann verbinden Sie mich mit Dr. Ahwaz-Asmari oder Herrn Hyesan.« Lüder verzichtete auf das »bitte« in seiner Frage.

»Ich bin nicht die Telefonzentrale«, entgegnete die unfreundliche Frau.

»Und ich kein Bittsteller«, sagte Lüder ebenso unfreundlich. »Ich gebe Ihnen fünf Minuten Zeit, dann erwarte ich Ihren Rückruf. Dr. Lüders ist mein Name. Kriminalrat im Landeskriminalamt Kiel.«

Das veranlasste die Frau nicht, freundlicher zu sein. Immerhin knurrte sie: »Ich will's versuchen.«

Lüder hatte das Gefühl, Dr. Bringschultes Mitarbeiterin ließ ihn absichtlich über Gebühr lange in der Warteschleife der elektronisch erzeugten Musik lauschen, die durch ein *»Please hold the line«* unterbrochen wurde.

»Hören Sie«, bellte die Frau schließlich in den Hörer, »Herr Hyesan ist mit Dr. Bringschulte im Meeting, und Herr Ahwaz ist nicht im Hause.«

»Hat er Urlaub? Ist der angemeldet? Oder ist Dr. Ahwaz-Asmari krankgemeldet?«

»Das weiß ich wirklich nicht. Das ist auch nicht meine Aufgabe, es zu wissen.«

»Mir ist schon klar geworden, dass Sie wenig wissen«, setzte

Lüder eine Spitze. »Verbinden Sie mich mit jemandem, der besser informiert ist. Und wenn Sie es schnell tun, behindern Sie nicht die polizeilichen Ermittlungsarbeiten.«

Statt einer Antwort knackte es im Hörer, die Musik erschallte erneut, und dann meldete sich eine andere Frauenstimme, die wesentlich freundlicher klang. Sie hörte sich Lüders Bitte an und sagte kurz darauf: »Ich bedaure, aber Dr. Ahwaz-Asmari ist heute Morgen nicht erschienen. Er hat sich auch nicht abgemeldet.«

Lüder atmete tief durch. War das eine weitere ungelöste Frage, die sich ihm stellte? Es war schon eine merkwürdige Konstellation: eine israelische Journalistin und ihr eifersüchtiger Ehemann und ein iranischer Wissenschaftler, der an einem Atomprogramm mitarbeitete. Auch politisch weniger interessierte Menschen wussten um die langjährigen Auseinandersetzungen zwischen Israel und dem Iran um den Bau von Atomwaffen. Angeblich sollte Israel darüber verfügen, wollte aber um jeden Preis verhindern, dass die Iraner auch in den Besitz solcher Waffen gelangten. Die wiederum sträubten sich vehement gegen die Kontrolle ihrer Atomanlagen und nahmen für sich das Recht der friedlichen Nutzung der Kernenergie in Anspruch.

Deutschland hatte traditionell gute Kontakte zum arabischen Raum. Andererseits gab es eine historische Verpflichtung der Rücksichtnahme gegenüber Israel. Die Kanzlerin hatte in ihrer Rede vor dem amerikanischen Kongress und dem Senat unmissverständlich bekundet, dass Deutschland fest an der Seite Israels stehe. Dafür hatte sie viel Applaus erhalten, was für deutsche Politiker im Ausland nicht die Regel war.

Und wenn auch nicht gern darüber gesprochen wurde, so hatte doch die israelische Marine U-Boote aus Deutschland bezogen, die von der Bundesrepublik finanziert worden waren. Hannah Eisenberg hatte ein auffallendes Interesse an den U-Booten in Eckernförde bekundet. Lag da ein Schlüssel für diesen Fall? Deutschland hatte Israel auch Abwehrraketen überlassen. Auch über deren Kaufpreis hüllte man sich in Schweigen. Sicher gab es auf dem diplomatischen Feld viele Dinge, die besser nicht an die Öffentlichkeit drangen. Auch Staaten hatten ein Anrecht darauf, dass Geheimnisse gewahrt wurden. Tödliche Geheimnisse?

Lüder nahm seinen Kaffeebecher und ging ins Geschäftszimmer. Edith Beyer sah kaum auf, als er eintrat.

»Irgendwas bedrückt Sie«, stellte Lüder fest und legte seine Hand auf die Schulter der sonst so fröhlichen Frau.

»Manchmal gibt es auch privaten Kummer«, antwortete Edith Beyer.

Lüder nickte in Richtung des Büros des Kriminaldirektors. »War er das? Soll ich meine Dienstwaffe holen und ihn erschießen?«

Sie lächelte gequält. »Das wäre manchmal angebracht. Aber heute ist er unschuldig. Trotzdem – danke. Außerdem glaube ich nicht, dass Sie auf Menschen zielen würden.«

»Ich bin froh, dass ich noch nie in einer solchen Situation war«, gestand Lüder. »Ich möchte Sie um einen Gefallen bitten.«

Edith Beyer sah ihn an. »Gern.«

»Könnten Sie mir eine Verbindung zum Polizeipräfekten, Präsidium oder wie auch immer das heißen mag, in Nikosia herstellen?«

»Nikosia? Das ist Zypern.«

»Richtig. Ich brauche eine Auskunft über jemanden.«

Geschäftsmäßig hatte Edith Beyer einen Schreibblock herangezogen. »Wie heißt der?«

Lüder kratzte sich das Ohr. »Tja. Wenn ich das wüsste ... Das möchte ich gerade herausfinden.«

Immerhin zauberte das ein Lächeln auf das Gesicht der Frau. »Sie sind mir schon ein komischer Typ. Möchte mit Zypern telefonieren und einen Namen herausfinden. Einfach so.« Sie schnippte dabei mit den Fingern.

Lüder zog eine Flunsch und ging in die Hocke. »Da ich noch sooo klein bin, brauche ich Ihre Hilfe.«

Jetzt lachte Edith Beyer herzhaft. »*I'll do my very best*«, sagte sie.

»Jawohl, James. Oder wie heißt die weibliche Form davon?« Lüder füllte sich Kaffee in seinen Becher und kehrte in sein Büro zurück.

Nach zwanzig Minuten stellte Edith Beyer einen Gesprächspartner auf Lüders Apparat durch. »Wenn ich ihn richtig verstanden habe«, sagte sie, »heißt er Konstantinopoulos.«

»Wenigstens kein Papa-sonst-was«, stellte Lüder fest und übernahm das Gespräch.

Konstantinopoulos sprach leidlich ein guttural klingendes Englisch, was die Kommunikation erschwerte. Dafür schien er sehr beflissen zu sein, der »großen deutschen Polizei« helfen zu können. »Uns ist nichts unmöglich«, versicherte er.

»Bei uns hat es ein Mordopfer gegeben«, erklärte Lüder, »dessen Identität wir nicht kennen. Wir haben aber vage Hinweise, dass es sich um einen zyprischen Staatsbürger handeln könnte. Leider gibt es keine Anhaltspunkte, keine Papiere, nichts, was der Identifikation dienlich sein könnte.«

Der Zyprer begann eine ganze Liste standardmäßiger Fragen zu starten, so als würde er einen Vortrag vor Polizeischülern halten.

Lüder hörte es sich geduldig an und sagte: »Das haben wir auch alles untersucht, Herr Kollege.« Über die Telefonleitung vernahm Lüder, wie stolz der Zyprer auf diese Formulierung war.

»Senden Sie uns nur die Fingerabdrücke. Und ein Bild. Dann ist es für uns überhaupt kein Problem, Ihnen zu sagen, ob der Mann einer von uns war«, versicherte Konstantinopoulos und versprach, sich umgehend wieder zu melden.

Lüder versuchte ein weiteres Mal, Dr. Bringschulte vom GKSS-Forschungszentrum zu erreichen. Doch auch dieser Versuch war vergeblich.

Danach probierte es er beim Atomkraftwerk Krümmel.

»Ich bin Ihnen zu großem Dank verpflichtet«, begrüßte ihn der Betriebsleiter Herwig von Sohl. »Dank Ihres raschen Fahndungserfolgs lassen sich neuerliche Gerüchte um die Sicherheit von Kernkraftwerken, insbesondere hier bei uns in Krümmel, in Grenzen halten.«

»Ich sehe mich nicht in der Position, zu solchen Dingen Bewertungen abzugeben«, wich Lüder aus. »Meine Aufgabe ist die Verfolgung von Straftaten.«

»Wir sind immer wieder Ziel solcher Attacken«, klagte von Sohl. »Da ist es ein gutes Gefühl, dass wenigstens die Polizei auf unserer Seite ist.«

»Ich bin auf der Seite von Recht und Gesetz«, sagte Lüder und war sich bewusst, dass eine solche Aussage gut zu einem Sheriff in einem Wildwestfilm gepasst hätte. »Können Sie mir sagen, ob Israel Atomkraftwerke betreibt?«

Von Sohl schien über diese Frage überrascht zu sein. »Warum wollen Sie das wissen?«, fragte er. Als Lüder nicht antwortete, erklärte er: »Der Betrieb von Kernkraftwerken ist Israel nicht gestattet. Die Israelis lassen die Überwachung ihrer Nuklearanlagen durch die IAEA nicht zu.«

»Sie meinen, durch die Internationale Atomenergieorganisation.«

»Ja. Man erzählt sich aber, dass Israel den Bau eines großen Meilers in der Negev-Wüste planen würde.«

»Wie weit ist das gediehen?«

»Da bin ich überfragt«, sagte von Sohl. »Warum interessiert Sie das?«

»Ich möchte wissen, ob es Kooperationen zwischen der deutschen Atomwirtschaft und Israel gibt.«

»Sie haben den falschen Gesprächspartner. Ich bin nur der Leiter des hiesigen Kraftwerks. Politische Fragen gehören nicht zu meinen Aufgaben.«

»Sie sind der Mann der Praxis?«, fragte Lüder.

»Ja.«

»Gut. Dann sagen Sie mir, ob Sie – ganz praktisch – mit israelischen Partnern zusammenarbeiten oder denen Know-how liefern.«

»Ich glaube«, sagte von Sohl, »dass Sie dieses Gespräch besser mit dem Vorstand unserer Muttergesellschaft fortsetzen sollten. Ich bin hier nur für die Technik zuständig.«

»Sie können mir aber sagen, woher Sie von dem Gerücht wussten, dass Albert Völlering aus Niebüll mit russischen Gaslieferanten zusammenarbeitete.«

»Konspiriert«, korrigierte ihn von Sohl.

»Lassen Sie das unbewertet bleiben. Aus welcher Quelle nährt sich das Gerücht?«

»Wie Sie schon sagten – es ist ein Gerücht.«

»Wir sprechen hier von Straftaten, deren Bedeutung der Einschätzung von Staatsanwaltschaft und Gericht unterliegt. Ich könnte in die Ermittlungen einfließen lassen, dass Sie Kontakt zu atomkritischen Kreisen pflegen und über Insiderinformationen verfügen.«

»Dem ist nicht so«, verteidigte sich von Sohl. »Gerüchte fliegen durch die Luft. Es handelt sich ja nicht um bestätigte Tatsachen.«

»Woher?«, blieb Lüder hartnäckig. »Ich komme an die Informationen. Wenn nicht auf diesem Weg, dann werde ich Sie zum Verhör nach Kiel vorladen. Das wird dann offiziell.«

Von Sohl holte tief Luft. »Ich habe das in einem sehr vertraulichen Gespräch gehört.«

»Und wer war Ihr Gesprächspartner?«

»Der Ministerpräsident persönlich.« Von Sohl hatte so leise gesprochen, dass Lüder es kaum verstanden hatte.

Hmh!, dachte Lüder. Das ist interessant. Der Regierungschef teilt nicht nur die Vorliebe für denselben Maler. Beide hatten einen Stümer in ihren Arbeitsräumen hängen. Als Lüder den Ministerpräsidenten auf das Bild angesprochen hatte, hatte dieser erklärt, es würde sich um ein Geschenk handeln. Es hätte Lüder interessiert, ob er in diesem Augenblick mit dem Geber telefonierte. Aber diese Frage verkniff er sich. Tatsache war, dass man sich auf dieser Ebene kannte, ob als Gesprächspartner für Energiefragen oder als Kunstfreund.

Inzwischen war auf Lüders Rechner ein Vorabbericht der Kriminaltechnik eingegangen. Der mutmaßliche Mörder der beiden Journalisten war mit einem Geschoss vom Kaliber 7,65 ermordet worden. Man hatte es im Kopf des Unglücklichen gefunden. Es war nicht nur ein anderes Kaliber als bei seinen beiden Opfern, es fehlten auch die Hinweise auf eine vorsätzlich angebrachte Deformation, die zu den besonders schweren Verletzungen bei den Opfern geführt hatte.

Lüder sah auf die Uhr. Es war Zeit, zu Tisch zu gehen. Er war sich nicht sicher, ob ihm das Essen schmecken würde. Aber die Vernunft gebot es.

»Darf ich Sie zum Dinner in unsere Kantine entführen?«, fragte er Edith Beyer.

Die junge Frau schenkte ihm ein strahlendes Lächeln. »Ach, Herr Dr. Lüders«, seufzte sie.

Nach dem Essen gönnte sich Lüder noch einen weiteren Kaffee zu jenem, den er mit Edith Beyer in der Kantine genossen hatte. Die Kümmernis der jungen Frau hatte sich als harmlose Auseinandersetzung mit ihrem Freund herausgestellt. Als sie Lüder davon berichten konnte, war der Ärger wie von selbst verraucht, und Lüder beschränkte sich aufs Zuhören. Eigentlich, so hatte Edith Beyer selbst festgestellt, war der Anlass für die Verstimmung zu nichtig, als dass sie daran überhaupt einen Gedanken verschwenden sollte.

Lüder wählte seinen Privatanschluss an und freute sich, als Sinje abnahm und sich mit ihrer dünnen Kinderstimme wie eine Alte meldete: »Lüders.« Diesmal hatte sie sich nicht mit »Sinje Dreesen« gemeldet.

»Hallo, mein Kleines. Hier ist Papi.«

»Hallo, Papi. Ich habe Fischstäbchen mit Spinat gegessen. Und Jonas hat gekleckert. Er hat das gar nicht aufgewischt. Ich möchte auch Cola haben. Heute Nachmittag gehen wir zu Ann-Kathrin. Wir wollen zusammen Playmo spielen. Ich hab jetzt keine Zeit mehr.«

Lüder war nicht zu Wort gekommen. Er hörte, wie der Hörer zur Seite gelegt wurde, dann konnte er nur irgendwelchen Geräuschen aus dem Fernseher lauschen, unterbrochen von Sinjes fröhlichem Gelächter. Sein »Hallo, hallo« blieb eine Weile ungehört, bis er Margits Stimme vernahm, die Sinje fragte: »Warum liegt der Hörer neben dem Telefon?«

»Da hat einer angerufen«, erklärte die Jüngste lapidar.

»Hallo, hier Dreesen«, meldete sich Margit.

»Ich bin der ›eine‹«, beklagte sich Lüder.

Margit lachte. »Gegen Schwammkopf, den Sinje gerade sieht, sind wir machtlos.« Dann berichtete sie von den alltäglichen Dingen, die sich im Hause Lüders ereignet hatten. »Und du? Was machst du?«

»Ich sitze an meinem Schreibtisch, nachdem ich gut und reichlich zu Mittag gegessen habe. Übrigens – mit einer jungen Dame.«

Margit lachte. »Dann grüß Frau Beyer herzlich von mir.«

»Woher weißt du …?«
»Na. Wer geht sonst mit dir essen?«
»Hmh. Mir könnte die Damenwelt Kiels zu Füßen liegen.«
Erneut war Margits jugendliches Lachen zu hören. »Aber nur so lange, bis du die Bilder deines Harems auf dem Tisch ausbreitest: Viveka, Sinje, ich«, zählte sie auf. »Komm nicht zu spät nach Hause. Ich habe etwas Schönes zum Abendbrot besorgt.«
»Was denn?«, fragte Lüder.
»Sei nicht so neugierig, mein Schatz. Ich hab dich lieb.« Mit einem angedeuteten Kuss beendete Margit das Telefonat.
Lüder starrte noch auf den Hörer und hatte den Anflug eines Lächelns auf dem Gesicht, als sich das Telefon meldete. Es war ein Auswärtsgespräch, der Anrufer hatte aber seine Telefonnummer unterdrückt.
»Lüders.«
»Sie haben mich versetzt«, sagte die Stimme mit dem fremdländischen harten Klang. Es klang wie ein Vorwurf.
»Es gab leider aktuelle Ereignisse, die mich daran gehindert haben, unsere Verabredung wahrzunehmen. Ich bitte um Entschuldigung.«
»Ich habe es nicht gern, wenn man mich versetzt. Oder an der der Nase herumführt. Sind Sie noch an einem Gespräch interessiert?«
»Selbstverständlich. Wo kann ich Sie erreichen?«
»Ich bin in Kiel.«
»Dann wäre es das Beste, Sie würden mich auf meiner Dienststelle besuchen. Ich habe wichtige Neuigkeiten für Sie.«
Dov Eisenberg ging nicht auf diese Anspielung ein. Er erwähnte aber auch mit keinem Wort, ob er bereits vom Tod seiner Frau Kenntnis erhalten hatte. »Ich betrete keine deutsche Polizeistation«, erklärte er kategorisch.
Lüder war versucht, ihm passend zu antworten, unterdrückte aber eine entsprechende Replik. Er hatte nicht die Absicht, dieses Gespräch für die Aufarbeitung historischer Themen zu nutzen. »Dann treffen wir uns in einer halben Stunde …« Lüder zögerte zunächst, welchen Ort er wählen sollte, aber Eisenberg kam ihm zuvor.

»Im Einkaufszentrum«, entschied er. »Das im Zentrum«, ergänzte er und beendete das Gespräch, ohne die Antwort abzuwarten.

Lüder hatte ein ungutes Gefühl. Eisenberg konnte nur den Sophienhof gemeint haben. Aber das Center hatte über fünfundsiebzigtausend Quadratmeter Fläche und erstreckte sich über zwei Etagen, zudem gab es noch Seitengänge und Sonderbereiche mit Ansammlungen gastronomischer Betriebe. Lüder fielen auch die beiden großen Buchhandlungen am Ausgang zum Holstentörn, dem Übergang zur Fußgängerzone durch Kiels City, sowie in der sogenannten Querpassage ein, da in diesem Fall bereits zwei Morde in Verbindungen mit Buchhandlungen geschehen waren.

Er seufzte, zog sich seine Jacke über und zögerte dabei, ob er seine Dienstwaffe mitnehmen sollte. Mit einem Achselzucken zog er die Jacke noch einmal aus, schnallte das Achselholster um, schob es so zurecht, dass es nicht zu erkennen war, und schlüpfte erneut in die Jacke. Dann ging er zum Parkhaus, in dem die Mitarbeiter der diversen Dienststellen des Polizeizentrums Eichhof ihre Fahrzeuge abgestellt hatten.

Kiel ist eine lebendige, aber überschaubare Metropole. Das und die Förde, die die Ostsee und die großen Skandinavienfähren bis ins Herz der Stadt brachte, machte den Reiz der Stadt aus. Natürlich murrten die Einheimischen über jede verkehrsbedingte Fahrunterbrechung, aber Staus, wie sie die Autofahrer in anderen Großstädten er- und durchleben mussten, waren in Kiel selten.

Lüder bog in die urbane Holtenauer Straße ab, in der es von zahlreichen bunten Geschäften wimmelte, überquerte den Dreiecksplatz und folgte dem Martensdamm, der den Kleinen Kiel durchschnitt. Hinter dem Kleinen Kiel verbarg sich ein innerstädtischer See. Nach wenigen Minuten parkte er seinen BMW im Parkhaus am ZOB. Er wählte den Fußweg durch den nahen Hauptbahnhof. Vom Bahnhofsvorplatz warf er einen Blick über die Fußgängerbrücke, die die Hörn überspannte, den letzten Zipfel der Förde, und die Innenstadt mit Gaarden verband, dem ehemaligen Werftarbeiterquartier, das heute je nach Betrachtungsweise als multikulti oder Problembezirk eingestuft wurde.

Lüder nahm den Umweg durch das Hauptportal des Kopfbahnhofs mit dem großen verglasten Rundbogen, fuhr mit der Rolltreppe hinauf in die Wandelhalle und schmunzelte, als er zur Linken neben der Reisebankfiliale die Leuchtreklame »Jonas Tabak« sah. Er hoffte, dass sich sein Sohn trotz aller kindlichen Neugierde noch nicht für Nikotin interessierte.

In der Halle mit den drei Bahnsteigen herrschte mäßiger Betrieb. Das Verkehrsaufkommen hielt sich in Grenzen. Das lag sicher an Kiels verkehrstechnischer Randlage. Abgesehen von einer knappen Handvoll Fernzüge verkehrten hier nur Regionalbahnen.

Der Erotikshop im Obergeschoss der Bahnhofsbuchhandlung schien seine Kunden zu finden. Sonst hätte er sich nicht so lange gehalten. Weit intensiver waren die Läden mit dem Angebot an Ess- und Trinkbarem frequentiert. Lüder weigerte sich allerdings, von einem »kulinarischen Angebot« zu sprechen.

Vom Bahnhof führte eine gläserne Brücke über die viel befahrene Straße Sophienblatt. Hier trafen sich auch zahlreiche Stadtbuslinien und machten den Ort zum zentralen Umsteigeplatz.

Lüder war für einen Moment abgelenkt und schrak zusammen, als sich sein Handy in der Hosentasche mit Vibrationsalarm meldete.

»Hallo, Herr Kollege«, meldete sich eine Stimme auf Englisch. Lüder erkannte den zyprischen Polizisten Konstantinopoulos wieder. »Ich sagte doch, wir werden es herausfinden. Es ist überhaupt kein Problem. Der Mann heißt nicht Andrea Filipi, sondern ist ein angesehener Hotelbesitzer aus Larnaka. Er hat dort zwei Hotels, in denen auch viele Deutsche gern Urlaub machen. Was wollte er bei Ihnen?«

»Das versuchen wir noch herauszufinden«, wich Lüder aus. »Wie haben Sie ihn so schnell identifizieren können?«

»Das ist überhaupt kein Problem«, erklärte Konstantinopoulos, ließ aber offen, wie es ihm gelungen war, die Identität des Profikillers so schnell zu ermitteln.

»Wie heißt der Mann?«

»Er ist ein angesehener Bürger. Verheiratet. Hat zwei Kinder und zwei Hotels.«

Das hat er mir schon berichtet, dachte Lüder. Jetzt fehlt nur noch, dass mir Konstantinopoulos erzählt, der fürsorgliche Mörder hätte für jedes seiner Kinder ein Hotel »zusammengeschossen«.

»Was können Sie mir noch über ihn sagen?«

»Das ist überhaupt kein Problem. Er ist beliebt und hat sich nie etwas zuschulden kommen lassen. Man spricht sogar gut von ihm. Er setzt sich für seine Mitbürger ein. Außerdem hat er gute Kontakte zu unseren Nachbarn.«

»Wer sind Ihre Nachbarn?«

»Israel. Man sagt, dass die gern zu einem Kurzurlaub in seine Hotels gekommen sind. Und er ist auch öfter dorthin gereist.«

»Können Sie mir seinen Namen und seine Personalien durchgeben?«

»Das ist überhaupt kein Problem. Er ist siebenunddreißig Jahre alt.« Konstantinopoulos stutzte einen Moment. »Dann ist er genau zehn Jahre jünger als ich«, stellte er überrascht fest.

»Und wie heißt er?«

»Dionysios Proastiakós.« Dann nannte der Zyprer die genaue Anschrift, Namen der beiden Hotels, Telefonnummer und hätte sicher noch mehr erzählt, wenn Lüder ihn nicht gestoppt hätte. »Ich habe Ihnen auch ein Bild von Proastiakós gemailt«, sagte Konstantinopoulos. »Sollen wir die Familie vom Tod des Familienvaters in Kenntnis setzen?«

»Wenn absolut sichergestellt ist, dass es sich um Proastiakós handelt.« Lüder war noch skeptisch.

Doch der zyprische Polizist schien keinen Zweifel zu haben. »Das können die aus Larnaka machen«, erklärte er lapidar. »Informieren Sie unser Konsulat? Schließlich muss Dionysios Proastiakós in die Heimat reisen. Und wenn Sie mal auf Zypern sind, lassen Sie uns einen Wein miteinander trinken.«

»Überhaupt kein Problem«, sagte Lüder und verabschiedete sich.

Er hatte das Einkaufszentrum erreicht und fand sich im Obergeschoss wieder. Die von einem Glasdach bedeckte Passage führte hier auf zwei Stegen links und rechts zum anderen Ende und gab in der Mitte den Blick auf das Erdgeschoss frei. Eine Mischung von Filialen der großen Ketten wechselte sich mit inhabergeführten Geschäften ab, die für Lüder mit der individuellen Gestaltung den Charakter des Sophienhofs wesentlich bestimmten, da das Erscheinungsbild der großen Anbieter beliebig und austauschbar war und man vergessen konnte, in welcher Stadt man sich gerade befand.

Lüder entschied sich für den rechten Gang und warf einen Blick in die Sitzecken der gastronomischen Betriebe. Gleichzeitig beobachtete er die Gegenseite und sah ins Erdgeschoss, soweit er es überblicken konnte.

Er schlenderte durch den ganzen Sophienhof bis zum Übergang, auf dem sich Buden mit Sonderverkaufsangeboten fanden, ignorierte den Eingang zum Warenhaus, das im Gegenzug zur Schwester am anderen Ende der Innenstadt, am Alten Markt, vielleicht eine Chance aufs Überleben haben könnte, und bog in die Querpassage ab. Auch hier gab es ein Café einer Bäckereikette. Aber weder dort noch auf den Sitzmöglichkeiten im Durchgang sah er Dov Eisenberg. Am Übergang der Passage zum großen Buchtempel kehrte er um und sah noch bei »Giovanni« und der dortigen Außengastronomie vorbei. Für den Rückweg nutzte er die Rolltreppe ins Erdgeschoss und schlenderte in Richtung Bahnhof zurück.

Unterwegs begegnete er einer Gruppe junger Leute, die in inszenierter Fröhlichkeit einander knufften und schubsten und sich nicht daran stießen, dass sie dabei auch andere Kunden berührten.

Ungefähr auf der Hälfte der Einkaufspassage öffnete sich diese zu einem runden Platz, der im Zentrum um ein paar Stufen abgesenkt war. In der Mitte stand eine Säule, auf deren Spitze zwei vergoldete Engel saßen, die ihre Blöße schamhaft durch übereinandergeschlagene Beine verdeckten und dem »Café Engelchen« den Namen gaben.

Lüder ließ seinen Blick durch das Rund schweifen und entdeckte den Israeli, der an einem der kleinen Marmortische nahe der Säule Platz genommen hatte.

»Hallo, Herr Eisenberg«, begrüßte er den Mann und ließ sich ihm gegenüber nieder.

»Guten Tag«, erwiderte Eisenberg und musterte Lüder aus zusammengekniffenen Augen. Er ließ den Blick vom Kopf bis zu den Fußspitzen wandern, so als würde er Lüder scannen.

Lüder hatte seinen Stuhl noch gar nicht zurechtgerückt, als schon die Bedienung erschien und nach seinen Wünschen fragte.

An der Säule hingen große Schiefertafeln, auf denen mit Kreide für »unsere Schokoladenseite« geworben wurde und Produkte aus Konditorenhand offeriert wurden.

»Wir haben auch noch andere Torten«, zählte die junge Frau auf und zeigte auf das Buffet, das am Rande des Rondells stand und unter dessen gläserner Haube weitere Leckereien auf den Verzehr warteten.

Lüder wählte einen Cappuccino und verzichtete auf eine Kalorienbombe. Nachdem die Bedienung sich zurückgezogen hatte, eröffnete er das Gespräch offensiv.

»Warum haben Sie sich geweigert, mit den deutschen Behörden zusammenzuarbeiten?«

»Ich traue ihnen nicht.«

»Wollen Sie Ihr Geschichtsbild nicht revidieren? Denken Sie an die vielfältige Hilfe, die die Bundesrepublik Israel hat zukommen lassen.«

Eisenberg zog die Nase hoch. Lüder war unklar, ob es sich um eine verächtliche Geste handelte oder einfach nur um ungehöriges Benehmen.

»Glauben Sie, mit Geld alles kaufen zu können? Nehmen Sie Ihren Großvater. Der war bei der Waffen-SS.«

»Wie viele Männer seiner Generation hat mein Opa sich dem Dienst an der Waffe nicht entziehen können. Die Männer seiner Generation sind nicht gefragt worden, ob sie in den Krieg ziehen wollten. Im Übrigen hat mein Großvater nicht in der SS, sondern in der Wehrmacht gedient.«

»Das ist unzutreffend.« Eisenberg fuhr aufgeregt mit der Hand durch die Luft. »Und deshalb glaube ich weder Ihnen noch der deutschen Polizei.«

»Haben Sie anderslautende Beweise?«, fragte Lüder, der den Eindruck hatte, Eisenberg wollte ihn provozieren.

»Beweise – Beweise. Hören Sie mit solchen Sprüchen auf. Aus dieser Ecke kommen die Holocaust-Leugner.«

»Es geht hier nicht um den Holocaust, sondern um handfeste aktuelle politische Interessen, um hochbrisante gemeinsame Projekte unserer beiden Staaten.«

»Davon weiß ich nichts. Ich bin ein schlichter Straßenbauingenieur«, erklärte Eisenberg, lehnte sich zurück und verschränkte die Arme vor der Brust.

Lüder lächelte den Mann an. Dann schüttelte er sanft den Kopf. Es war eine Geste, die an Überheblichkeit grenzte und dem Gegenüber signalisierte, dass Lüder ihn für unterlegen hielt.

Eisenberg sprang prompt darauf an. »Ihre Arroganz widert mich an«, schimpfte er und wurde dabei so laut, dass er kurzfristig die Aufmerksamkeit der Gäste des Nachbartisches auf sich zog.

Lüder tippte sich auf die Brust. »Ich bin der bedeutendste deutsche Astronaut der Gegenwart. Und bei meinen Erdumkreisungen habe ich mein besonderes Augenmerk auf die Straßenbauprojekte Israels gerichtet und mit Erstaunen verfolgt, wie man dort unter widrigsten Bedingungen das raue Land verkehrstechnisch erschlossen hat. Dabei ist mir eines aufgefallen. Wissen Sie, was?«

Eisenberg hatte die Augen zu einem schmalen Spalt zusammengekniffen. »Nein«, sagte er knapp.

Lüder lächelte ihn an, stützte seine beiden Ellenbogen auf der Tischplatte ab und legte sein Kinn in die Handflächen. Dann musterte er Eisenberg lange und gründlich.

»Ich habe Sie nie auf einer Baustelle gesehen. Auf keiner einzigen.« Lüder nahm den Kopf hoch, legte die Unterarme auf die Tischkante, faltete die Hände zusammen und zischte Eisenberg wie eine Schlange an, die auf ihre Beute zustieß. »Also! Reden wir Klartext miteinander. Sie lügen. Sie sind kein Straßenbauingenieur.« Zum ersten Mal bemerkte Lüder, wie Eisenbergs Augenlid nervös zuckte. »Wo ist Ihre Tochter? Die gemeinsame Tochter von Ihnen und Hannah.«

Schlagartig entspannten sich Eisenbergs Gesichtszüge. »Wir haben keine Tochter«, sagte Eisenberg.

Das hatte Lüder bezweckt. »Und warum haben Sie nie nach dem Verbleib Ihrer Kinder gefragt, sondern sich immer nur nach Ihrer Frau erkundigt?«

»Die sind in Israel gut aufgehoben und werden hervorragend versorgt«, erwiderte Dov Eisenberg.

»Alle beide?«, fragte Lüder beiläufig.

»Ja – das heißt …« Eisenberg zögerte einen Moment. »Sie bringen mich durcheinander. Es ist nur ein Sohn.«

»Und der dient zur Zeit in der Armee. Wie viele Kinder werden Hannah Eisenberg das letzte Geleit geben?«, fragte Lüder fast im Plauderton und lehnte sich dabei entspannt zurück. Dann griff er zu seiner Tasse und trank den Rest Cappuccino aus. Anschließend wischte er sich mit dem Handrücken den Schaum vom Mund. Mit dieser Frage hatte er Eisenberg aus dem Konzept gebracht. Es zuckte um dessen Mundwinkel. Nur ein wenig. Aber das war Lüder nicht entgangen.

»Was soll das heißen?«

»Ihr Deutsch ist so gut, dass Sie mich verstanden haben«, erwiderte Lüder in aller Gelassenheit.

Eisenberg schlug die Hände vors Gesicht. »O Gott«, jammerte er. »Bedeutet es, dass Hannah tot ist?«

Der Mann war ein hervorragender Schauspieler. Dank der schützenden Hände vor dem Antlitz konnte Lüder die Reaktion nicht wahrnehmen. Das war ein kluger Schachzug. Lüder ließ dem Mann Zeit. Er wollte ihm den nächsten Schritt überlassen, wollte wissen, welche Finesse Eisenberg jetzt anbrachte. Es gelang dem Mann, seinen Adamsapfel vor Aufregung hüpfen zu lassen.

»Nein«, sagte Eisenberg schließlich. »Hannah lebt.«

»Hören Sie auf, hier den schluchzenden Hinterbliebenen zu spielen. Ihr Interesse an Hannah Eisenberg ist nicht das des Ehemannes. Wer sind Sie wirklich?«

Eisenberg nippte an seiner Kaffeetasse. Er wollte Zeit gewinnen, winkte die Bedienung herbei und bestellte einen weiteren Kaffee. Nachdem die junge Frau Lüder fragend ansah, nickte er und zeigte auf die leere Tasse.

Eisenberg vermied es, Lüder anzusehen. Stattdessen schweifte sein Blick zum gläsernen Fahrstuhl ab, der die beiden Etagen des Einkaufszentrums miteinander verband. Es arbeitete in ihm, stellte Lüder fest. Der Mann überlegte, was er Lüder erzählen konnte.

»Ich habe Ihnen meinen Pass gezeigt. Ich bin Dov Eisenberg«, sagte er schließlich.

»Woher will ein selbst ernannter kleiner Straßenbauingenieur gewusst haben, dass mein Großvater bei der SS war?«

»Das war so dahergesagt.«

Lüder spürte, wie Eisenberg sich in die Enge getrieben fühlte. »Sie stolpern über Kleinigkeiten. Oder wissen Sie nicht, dass Hannah Eisenbergs Sohn noch zu jung für die Armee ist?«

»Ich habe nicht behauptet, dass der Sohn – *unser* Sohn – beim Militär dient«, behauptete Eisenberg. Der Mann merkte selbst, wie schwach seine Argumentation klang.

»Es sind die winzigen Dinge«, dabei deutete Lüder mit Daumen und Zeigefinger einen kleinen Spalt an, »die große Sachen zum Scheitern bringen. Sie haben mich verfolgt, weil Sie ahnten, dass ich Sie auf die richtige Spur bringen würde. Sie waren daran interessiert zu erfahren, woran Hannah Eisenberg und Robert Havenstein gearbeitet haben.«

Eisenberg wandte sich ab. »Quatsch«, sagte er. »Ich habe Sie für den Liebhaber meiner Frau gehalten.«

»Beenden Sie die Komödie. Ein noch so pfiffiger Ingenieur findet seine angebliche Frau nicht so schnell, wenn diese in einer Ferienwohnung Unterschlupf gefunden hat. Havenstein und Hannah waren kluge Menschen. Und vorsichtig. Ich vermute, die beiden sind davon ausgegangen, dass man sie verfolgt. Deshalb ist Hannah auch nicht zu Havenstein nach Eckernförde gezogen, sondern in eine Gegend, die nichts mit dem Fall zu tun hatte, obwohl die beiden ein Paar waren. Haben Sie gewusst, dass Hannah schwanger war?«

»Das kann nicht wahr sein«, jammerte Eisenberg und schlug erneut die Hände vors Gesicht. »Meine Hannah.«

Lüder schlug mit der flachen Hand auf die Tischplatte, dass die Tassen klirrten. »Schluss mit dem Theater! Wir könnten außerdem durch die DNA nachweisen, dass Sie nicht der Vater des ersten Kindes sind.«

Nachdem Eisenberg schwieg, wechselte Lüder das Thema. »Ist es nicht merkwürdig, dass der treu sorgende Ehemann und Vater die Herausgabe des Notebooks seiner Frau verlangt, aber nicht nach dem Foto seiner Familie fragt, als Sie mich vor dem Appartement in Oldenburg überrascht haben? Sie haben geahnt, dass ich es Ihnen nicht aushändigen würde. Richtig. Aber trotzdem hätte jeder normale Mensch es verlangt. Stattdessen rempeln Sie mich an, und zwar so, dass das Notebook herunterfällt, und lassen es wie einen Zufall aussehen, dass Sie darüber stolpern. Und zwar gleich mehrfach und gründlich.«

»Haben Sie noch etwas vom Speicher rekonstruieren können?« In Eisenbergs Stimme war ein lauernder Unterton zu vernehmen.

»Ich werde Sie nicht über Ermittlungsergebnisse in Kenntnis setzen. Warum haben Sie mich damals nicht gefragt, wo Hannah steckt? Das wäre die natürlichste Reaktion gewesen.«

Sie wurden durch die Bedienung unterbrochen, die die Getränke brachte. Eisenberg nutzte die Gelegenheit, um sich erneut umzusehen, und betrachtete die Passanten, die teils gemächlich durch den Sophienhof schlenderten, teils im Eiltempo ihrem Ziel entgegenhasteten.

»Für einen Straßenbauer haben Sie erstaunlich schnell herausgefunden, wo Sie in Deutschland nach Hannah Eisenberg suchen mussten. Ich habe mich gefragt, wie Sie so schnell nach Oldenburg, in eine kleine Provinzstadt, gekommen sind. Ich weiß es.«

»Und?«, fragte Eisenberg.

»Sie haben tüchtige Helfer, einen Stab, der Ihnen zuarbeitet.«

»Das wird immer dümmer«, schimpfte Eisenberg.

»Ja«, pflichtete Lüder ihm bei. »Für Sie. Sie waren stets gut informiert. Nur vom Tod Ihrer angeblichen Frau wollen Sie nichts gewusst haben.« Lüder stützte die Ellenbogen auf die Tischkante und legte das Kinn in die Handflächen. »Das passte nicht. Sie befanden sich in einer Zwickmühle. Hätten Sie zugegeben, von Hannah Eisenbergs Ermordung gewusst zu haben, hätte ich Ihnen kritische Fragen gestellt.« Lüder lächelte, als ihm spontan einfiel, wie Oberkommissar Große Jäger es formuliert hätte: Ich hätte Sie einem peinlichen Verhör unterzogen, wären seine Worte gewesen.

Eisenberg war durch Lüders Lächeln irritiert.

»So mussten Sie weiterhin den unwissenden und eifersüchtigen Ehemann spielen. Dabei haben Sie …«

»Das ist alles unwahr, was Sie behaupten.«

»Och«, sagte Lüder und lehnte sich entspannt zurück. »So würden Sie das gerne haben. Sie kennen die Weisheit ›*Nobody is perfect*‹?« Lüder schwieg einen Moment, um seine Worte wirken zu lassen. »Erstens: Jeder macht Fehler. Zweitens: Manchmal ist es auch *der* Fehler, dass man *keine* Fehler macht. Sie sind mit einer perfekten Tarnung von Israel nach Deutschland geflogen. Sie wussten, dass wir das verifizieren werden. Aber …!« Lüder lächelte. »Ihre Staatsfluglinie El Al ist die sicherste der Welt. Dort kommen Sie nicht einmal mit angespitztem Fingernagel an Bord. Sie aber«, dabei zeigte er auf Eisenberg, »haben sogar eine Schusswaffe geschmuggelt. Können Sie das erklären?«

»Wie kommen Sie darauf?« Eisenberg sah Lüder überrascht an.

»Ich bin sooo lange verheiratet. Da hat man seine kleinen Geheimnisse. Und die bewahre ich mir auch im Dienst«, log er, da er weder verheiratet war noch wusste, dass Eisenberg eine Waffe aus Israel mitgebracht hatte. »Und mit dieser Waffe haben Sie einen Mord begangen.«

Eisenberg schüttelte heftig den Kopf.

»Nun lobe ich Sie«, sagte Lüder leichthin, »und Sie freuen sich nicht einmal darüber. Schließlich waren wir derselben Sache auf der Spur. Sie waren schneller. Kompliment. Sie haben Dionysios Proastiakós vor mir gefunden. Und vor allen europäischen Polizeibehörden, die den Berufsmörder gejagt haben.«

»Mir wird es jetzt zu bunt«, sagte Eisenberg, und es schien, als würde er aufstehen wollen.

»Sie bleiben sitzen«, sagte Lüder barsch und zeigte auf den Stuhl. »Sie haben den Zyprer erschossen. Wo war das?«

»Ich habe niemanden erschossen.«

»Doch. Weil Proastiakós Havenstein und Ihre Landsmännin

hingerichtet hat.« Und ich würde gern wissen, warum, ergänzte Lüder für sich selbst. »Wissen Sie, was mich dabei erstaunt hat? Dass der Killer sich bei seiner Hinrichtung nicht gewehrt hat. Ein Profi weiß, wann er verloren hat. Er kannte sein Risiko und hat es akzeptiert.«

Dov Eisenberg betrachtete Lüder aus zusammengekniffenen Augen. Immer wieder fiel Lüder diese Verhaltensweise auf.

»Ich habe aber noch mehr Punkte, die gegen Sie zählen«, fuhr Lüder fort. »Sie waren über meine Schritte gut informiert. Das wundert mich nicht. Ihnen steht ein professionelles Team zur Seite.«

»Ist das nicht in jedem Beruf der Fall? Sie sind schließlich auch kein Einzelgänger.«

Leider doch, dachte Lüder, unterließ es aber, sein Gegenüber aufzuklären. Laut sagte er: »Sie wussten auch, mit welch brisantem Thema sich die beiden Journalisten beschäftigten. Damit das geheim blieb, mussten Sie die Platte von Hannahs Notebook zerstören, weil Sie nicht wussten, ob dort noch etwas gespeichert war. Über Mailadressen oder Cookies hätten wir möglicherweise etwas zurückverfolgen können. Das durften Sie nicht riskieren. Immerhin«, Lüder bewegte dabei den Zeigefinger hin und her, »war Frau Eisenberg eine anerkannte Journalistin bei der Ha'eretz. Und das ist nicht irgendein Käseblatt.« Lüders Gedankens schweiften dabei zu Leif Stefan Dittert und seinem Boulevardblatt ab. »Welche Gefahr hätte bestanden, wenn deren Artikel je publiziert worden wäre. Deshalb mussten alle Mitwisser sterben. Erst Havenstein und Hannah Eisenberg, dann deren Mörder Proastiakós. Und wie geht es weiter? Sind Sie der Nächste? Oder ich?«

»Das ist alles absurd«, sagte Eisenberg mit Entschiedenheit.

Lüder sah demonstrativ auf die Uhr. »Wir haben ganz viel Zeit, um herauszufinden, wie weit die Absurdität reicht. Das werden wir in den nächsten Tagen und – wenn es sein muss – Wochen klären.«

In Dov Eisenberg schien eine Veränderung vorzugehen. Er straffte sich. »Ich glaube, wir haben Sie unterschätzt, Herr Dr. Lüders.«

Lüder trank seinen zweiten Cappuccino leer und löffelte die aufgeschlagene Milch mit dem Löffel aus. Schließlich sprach Eisenberg weiter.

»Sie wissen, dass dies hier unser letztes Gespräch ist, nachdem Sie so weit gekommen sind. Hier endet unsere, nennen wir es einmal ›Zusammenarbeit‹.«

»Irrtum. Ich betrachte es nicht als Zusammenarbeit. Sie werden sich für Ihre Taten zu verantworten haben.«

Eisenberg lachte leise. »Es gibt eine höhere Gerechtigkeit. Sowohl Ihr wie mein Land haben ein übergeordnetes Interesse. Deshalb ist der … ähm … Fall hiermit abgeschlossen.«

»Es gibt kein höheres Gut als Recht und Gesetz«, stellte Lüder fest. »Die weitere Vorgehensweise werden wir der deutschen Justiz überlassen. Sie werden sich vor Ihrem irdischen Richter zu verantworten haben.« Lüder griff in die Tasche und bemerkte, wie Eisenberg zusammenzuckte.

»Was soll das bedeuten?«, fragte er, als Lüder sein Handy hervorholte.

»Ich informiere die uniformierten Kollegen, damit man Sie abführt. Sie sind vorläufig festgenommen.«

Eisenberg lachte gekünstelt auf. »Das ist nicht Ihr Ernst?«

»Doch.«

Der Israeli schüttelte heftig den Kopf. Er hatte einen fassungslosen Gesichtsausdruck angenommen, als Lüder die Eins-Eins-Null wählte. »Sie werden von mir nichts erfahren«, fuhr Eisenberg dazwischen. »Haben Sie das verstanden? Nichts! Niemals! Mich bekommen Sie nicht.«

Plötzlich sprang der Mann auf, warf einen Blick auf die gläserne Kuppel, die das Rondell überdeckte, packte den Bistrotisch mit beiden Händen und kippte ihn in Lüders Richtung. Das war so schnell geschehen, dass Lüder nicht reagieren konnte und sich die beiden Tassen und der Zuckerbehälter über seinen Schoß ergossen. Ehe Lüder sich davon befreien konnte, war Eisenberg aufgesprungen und hastete auf die Stufen neben dem Buffet zu. Mit weiten Sätzen flüchtete er durch das Einkaufszentrum Richtung Bahnhof.

Lüder hatte sich vom Geschirr befreit und lief Eisenberg hinterher. Geschickt wich der Israeli den Leuten aus, die irritiert den beiden Männern nachsahen.

»Schneller«, rief ein Rentner mit in den Nacken geschobenem Hut, der auf der Sitzbank eines marmornen Pflanzkübels hockte und eine prall gefüllte Plastiktüte zwischen seinen Beinen bewachte.

»Eh, bis du doof?«, rief ein Mann mittleren Alters Lüder hinterher, als er ihn bei der Verfolgungsjagd anrempelte.

Drei untergehakte Frauen kamen Eisenberg entgegen und bildeten ein unüberwindbares Hindernis. Deshalb schlug er einen Haken und wechselte auf die rechte Gangseite. Lüder folgte ihm und ruderte auf Höhe der großen schweren Kugel, die sich in einer Wasserfontäne träge drehte, mit den Armen, als er ebenfalls die Seite wechselte. Ein paar Meter weiter führte eine Treppe ins Obergeschoss. Aber Eisenberg ignorierte diese Fluchtmöglichkeit. Lüders Abstand betrug etwa fünf Meter. Diesen Zwischenraum nutzte ein jüngerer Mann, der an einer Telefonstele am Aufgang stand, um sich Lüder in den Weg zu stellen. »Halt«, rief er.

»Polizei«, rief Lüder, gab dem Mann beim Ausweichen einen leichten Stoß und geriet durch den Zusammenstoß ins Schlingern. Es gelang ihm, sich wieder zu fangen.

Eisenberg war gut trainiert. Er war nicht viel langsamer als Lüder, und hatte durch Lüders Begegnung mit dem Passanten zwei Meter gewonnen, zumal Lüder durch das Straucheln auch noch mit einer Frau zusammenprallte, die mit zwei beladenen Taschen den Lebensmittelsupermarkt verließ, der an dieser Stelle seine Waren feilbot.

Eisenbergs Absätze waren deutlich auf den glatten Fliesen des Einkaufszentrums zu hören. Immer mehr Menschen waren auf die Verfolgungsjagd aufmerksam geworden und wichen den beiden Entgegenkommenden aus. So bildete sich fast eine Gasse.

Eisenberg nutzte für die Flucht nicht die beiden Abzweigungen, die sich ihm geboten hätten. Er lief an dem rechten Gang vorbei, in dem zahlreiche Fingerfood-Anbieter angesiedelt waren und deren in Gruppen herumstehende Gäste den Weg für die Flüchtenden versperrten. Links öffnete sich die Passage zu »Sophie's Markthalle«, in der zahlreiche Stände ein vielfältiges Angebot unterbreiteten und wo es so herrlich nach frischen Laugenbrezeln duftete. Von dort führte eine Drehtür ins Freie, deren langsame Bewegung für Eisenberg aber das Ende seiner Flucht bedeutet hätte. Der Israeli, stellte Lüder fest, musste sich im Vorhinein über die Örtlichkeiten informiert haben. Das sprach für seine Professionalität.

Eisenberg hastete an »Sophie's Kultuhr« vorbei – Lüder schmunzelte jedes Mal, wenn er vorbeikam, über das Wortspiel –, ein Werk des Künstlers Charles Morgan, eine phantasievolle Komposition von Rädern, Antriebsriemen und tausenderlei anderen bunten Teilen, und stürzte in Richtung der aufwärtsführenden Rolltreppe. Dabei stieß er rücksichtslos die Leute zur Seite, die in das Obergeschoss fahren wollten.

»Stehen bleiben!«, rief Lüder. Er war sich bewusst, dass sich Eisenberg dadurch nicht beeindrucken ließ. Das Rufen warnte aber die Menschen in der Fluchtrichtung.

Inzwischen hatten fast alle Besucher des Sophienhofs die wilde Jagd der beiden Männer bemerkt. Nur eine Gruppe von drei älteren Damen nicht, die sich von der Rolltreppe nach oben schaufeln ließen. Sie blieben am Ende der Rolltreppe stehen, um sich zu orientieren und zu beratschlagen, in welche Richtung sie ihren Bummel fortsetzen sollten.

Lüder hasste solche Situationen. Die Fahrtreppe baggerte unablässig andere Leute nach, die keine Chance hatten, der unfreiwilligen Begegnung mit den Verharrenden zu entgehen. In diesem Fall traf es eine Mutter, die sich bemühte, mit einer Hand den Buggy in der Waagerechten zu halten, während sie an der zweiten Hand ein etwa dreijähriges Kind festhielt. Sie fuhr einer der resoluten Seniorinnen in die Hacken, was diese zu einer ungeahnten Beweglichkeit veranlasste. Die alte Dame drehte sich um und schnauzte die junge Mutter an, die, getrieben von der Rolltreppe, weiter auf ihre Kontrahentin eindrang. Es entstand ein Knäuel sich gegeneinanderstemmender Menschen, denn die alte Dame wollte sich nicht verdrängen lassen und versuchte, den Weg zu blockieren.

In dieses Gewimmel stürzte Dov Eisenberg, der auf der Treppe Lüders hastende Schritte hinter sich hörte. Der Israeli ruderte mit den Armen, versuchte die beiden anderen Seniorinnen zur Seite zu drücken, aber es gelang ihm nicht.

Lüder musste für den Bruchteil einer Sekunde an Udo Jürgens und seinen Erfolgstitel »Aber bitte mit Sahne« denken. Der Barde musste dabei an dieses Trio gedacht haben, das jedem »Gegner« erfolgreich seine Massen entgegenstellte.

Eisenberg strauchelte und verfing sich dabei in dem Knäuel. Blitzschnell griff er das Kind, entriss es der Mutter, presste es an seine Brust und drehte sich auf dem Absatz um. Er befreite sich aus dem Menschenauflauf und drückte sich mit dem Rücken gegen die Glasfront eines Papierwarengeschäfts. Gleichzeitig griff er unter seine Jacke und zog vom Hosenbund eine Pistole hervor, die er dem Kind an die Schläfe drückte. Das alles spielte sich in Bruchteilen von Sekunden ab.

Lüder erstarrte inmitten der Bewegung, nachdem auch er das Ende der Rolltreppe erreicht hatte. Die drei Frauen waren zurückgewichen, und die Mutter, den Griff des Buggys umklammernd, stieß einen verzweifelten Schrei aus.

Eisenberg warf Lüder einen hastigen Blick zu. Seine Augen flackerten. Das war ein Zeichen höchster Anspannung, eine extreme Stresssituation. Dann sah sich der Israeli nach allen Seiten um.

Lüder hob beide Arme. »Bleiben Sie ruhig«, sagte er in beschwichtigender Tonlage. »Ganz ruhig.« Es kam darauf an, deeskalierend zu wirken.

»Gehen Sie!«, forderte Eisenberg Lüder auf und wedelte dabei mit der Pistole. Dann schrie er das Kind auf seinem Arm an, das mit den Füßen strampelte, die Arme ausstreckte und zu seiner Mutter wollte. Die konnte Lüder nur mit Mühe zurückhalten.

»Mich bekommen Sie nicht«, rief Eisenberg und bewegte sich langsam in Richtung des Seitengangs, der zur Brücke über die Hauptverkehrsstraße Richtung Bahnhof führte.

»Lassen Sie das Kind frei!«, forderte Lüder den Mann auf. »Nehmen Sie mich als Geisel.«

»Nix da.« Erneut wedelte Eisenberg mit seiner Waffe, dann zielte er auf Lüder.

Entsetzensschreie gellten durch die Passage. Der Ring von Zuschauern, der sich herangedrängt hatte, wollte zurückweichen, wurde aber durch die nachdrängenden Neugierigen daran gehindert.

Lüder warf einen Blick über die Schulter. »Ziehen Sie sich zurück«, raunte er den drei alten Damen zu, die schreckensstarr stehen geblieben waren. »Nicht dahin«, forderte er eine der Frauen auf, die sich ausgerechnet in Eisenbergs Richtung davonschleichen wollte. Zumindest hinderte der Mann die Frauen nicht, aus dem Schussfeld zu gelangen. »Bringen Sie sich und Ihr Kind in Sicherheit«, sagte er dann der Mutter, die immer noch neben ihm stand.

Die Frau stand kreidebleich da und hielt sich die Hand vor den Mund. Es sah aus, als würden ihr gleich die Beine wegsacken. Aus dem Kreis der Gaffer löste sich ein Mann in einem blauen Monteuranzug, unter dem sich ein mächtiger Bauch wölbte. Er legte seine ölverschmierten großen Pranken um die Schulter der Frau und führte sie mit leichtem Druck zur Seite.

»Kommen Sie«, sagte er mit sanfter Stimme.

Lüder stand jetzt allein am Ende der Rolltreppe. Er bewegte seine Hand hinter seinem Rücken und forderte die Leute auf, sich zurückzuziehen. Der Helfer im Monteuranzug erwies sich auch hier als hilfreich. So sanft er auf die Mutter eingewirkt hatte, so kräftig blaffte er die Uneinsichtigen an, die sich mit deutlich vernehmbarem Murren zurückdrängen ließen.

Endlich hatte Lüder den Rücken frei. Er war sich nicht sicher, wie Eisenberg reagieren würde. Der Israeli war kein blindwütiger Mörder, der wild um sich schießen und ein Blutbad unter Unbeteiligten in Kauf nehmen würde. Andererseits war er in die Enge getrieben und suchte verzweifelt nach einem Ausweg. Nach dem, was Lüder über den Mann durch das Gespräch hatte in Erfahrung bringen können, durfte Eisenberg nicht aufgeben und schon gar nicht in die Hände der Polizei fallen.

»Lassen Sie das Kind frei«, sagte Lüder und machte einen vorsichtigen Schritt auf Eisenberg zu.

Statt einer Antwort zielte der auf Lüder und drückte ab. Lüder meinte, den Luftzug des Geschosses zu spüren, das knapp an ihm vorbeiflog und klirrend in eine Schaufensterscheibe in seinem Rücken fuhr. Die Aktion hatte den positiven Effekt, dass die Neugierigen endlich den Ernst der Lage begriffen und mit Geschrei auseinanderstoben.

Lüder atmete für einen Moment erleichtert durch. Damit hatte sich die Gefahr für Unbeteiligte minimiert.

Eisenberg sah sich erneut gehetzt um, während Lüder überlegte, ob er seine Waffe aus dem Schulterhalfter ziehen sollte. Er entschied sich dagegen. Der Israeli hätte das als Bedrohung missverstehen können und vielleicht sofort geschossen. Das Risiko wollte Lüder nicht eingehen. Noch hielt der Mann das Kind als Geisel fest an sich gepresst. Und auch das eigene Leben wollte Lüder nicht riskieren.

»Eisenberg«, rief er dem Mann zu. »Sie kommen hier nicht heraus. Weder aus dem Einkaufszentrum noch aus Deutschland. Was soll's? Alles, was Sie glauben, lohnt nicht für das, was Sie aufs Spiel setzen. Es gibt in Deutschland eine faire Justiz. Die wird alle Umstände, die für Sie sprechen, berücksichtigen.«

Erneut zielte Eisenberg auf Lüder, drückte aber nicht ab.

»Schweigen Sie«, schrie er zurück. »Mich kriegen Sie nicht.« Dann machte er plötzlich ein paar Ausfallschritte in Richtung des Ausgangs.

Lüder glaubte, die Absicht des Mannes zu durchschauen. Eisenberg wollte über die Brücke Richtung Bahnhof fliehen. Er hoffte, im Gewusel des Bahngebäudes entkommen zu können. Dabei übersah er aber, dass Kiel keine Weltmetropole war und der Bahnhof gemessen an anderen Städten ein eher bescheidenes Verkehrsaufkommen aufwies. Entsprechend überschaubar war die Menschenmenge. Die Anlage würde Eisenberg keine Deckung bieten.

»Was ist da los?«, rief eine aufgeregte Männerstimme vom Fuß der Rolltreppe herauf. »Ich bin vom Sicherheitsdienst des Centers. Ich komme jetzt rauf.«

»Sie bleiben, wo Sie sind«, schrie Lüder zurück. »Ich bin von der Polizei. Sorgen Sie dafür, dass sich die Leute zurückziehen.«

»Warum?«, fragte der Angestellte zurück.

»Tun Sie's einfach«, erwiderte Lüder.

Von außen waren jetzt die auf- und abschwellenden Töne der Martinshörner von sich nähernden Streifenwagen zu hören. Auch Eisenberg hatte es wahrgenommen. Er wusste, dass ihm keine Zeit zur Flucht mehr blieb. Noch einmal sah er sich um. Lüder ahnte, wie es in dem Mann arbeitete und welche Alternativen er für sich sah. Lüder bemerkte, wie der Israeli seine Muskeln anspannte. Er stand wie die straff gezogene Sehne eines Bogens. Dann krümmte sich Eisenberg unmerklich zusammen, als würde er im Startblock eines Hundertmeterlaufs hocken und wissen, dass alles auf die Spannkraft beim Herausschnellen ankam. In diesen Bruchteilen von Sekunden entschied sich Sieg oder Niederlage. Plötzlich ließ Eisenberg das Kind fallen. Er setzte es nicht ab, sondern öffnete einfach den Arm, sodass es auf die Fliesen fiel. Dann sprintete er in Richtung Ausgang. Doch nach zwei Schritten schien er in der Luft zu erstarren. Im Ausgang standen zwei uniformierte Bundespolizisten mit gezückter Waffe.

»Halt!«, rief der ältere der beiden Beamten, ein Hauptkommissar mit grauem Bart. Sein Kollege bewegte sich in Zeitlupe zur Seite, sodass die beiden Polizisten ein unüberwindbares Hindernis darstellten.

Eisenberg wirbelte herum und richtete seine Pistole auf den Kopf des Beamten.

»Waffe weg«, schrie er.

Lüder bewunderte den uniformierten Kollegen, der mit keinem Wimpernschlag seine Erregung zeigte, sondern unverwandt seinerseits die Waffe auf Eisenberg gerichtet hielt.

»Ich bin auch von der Polizei«, rief Lüder den beiden Beamten zu und war dankbar, dass man es ihm ohne Nachweis der Legitimation abnahm.

»Okay«, antwortete der zweite Beamte, der sich jetzt ein Stück von seinem Streifenkollegen entfernt hatte, während der ältere sich durch nichts in seiner auf Eisenberg gerichteten Konzentration ablenken ließ.

»Waffe weg und Weg frei«, schrie Eisenberg.

Das Kind lag jetzt drei Schritte von Eisenberg entfernt auf dem Boden. Offenbar hatte es sich beim Sturz auf die Fliesen nicht verletzt, stellte Lüder mit Erleichterung fest. Die von Eisenberg ausgehende Gefahr war für die Geisel nicht mehr so groß, da der Israeli die Waffe auf den Polizeibeamten gerichtet hatte.

Lüder konnte es riskieren und zückte seine Pistole.

»Hände hoch«, rief er. »Geben Sie auf, Eisenberg. Hier kommen Sie nicht heraus. Denken Sie an Ihre Auftraggeber. Die sind sicher nicht daran interessiert, dass Sie hier ein Blutbad anrichten.«

»Mich kriegt ihr nicht, ihr Schweine«, schrie Eisenberg hysterisch. An der Wortwahl erkannte Lüder, unter welchem Druck der Mann stand.

Plötzlich riss Eisenberg seine Pistole hoch, steckte sie in den Mund und drückte ab. Mit einem lauten Krachen fuhr das Geschoss, nachdem es auf der Rückseite des Kopfes wieder ausgetreten war, in das Sicherheitsglas, schlug ein Loch hinein, ohne die Scheibe zu durchdringen, und sirrte dann davon.

Eisenbergs Körper schien sich für den Bruchteil eines Herzschlags in die Höhe zu heben, dann krachte er gegen das Glas, als hätte ihn jemand mit Anlauf dagegengestoßen. Die Scheibe vibrierte, hielt aber stand. In Zeitlupe rutschte der Körper abwärts, bis er fast zum Sitzen kam. Dann kippte Eisenberg zur Seite und blieb in einer unnatürlichen Haltung liegen.

Lüder sprang auf das Kind zu, das immer noch am Boden hockte, nahm es auf den Arm und drehte sich vom Toten weg. Auch das Kleine war ein Opfer dieser internationalen Verflechtung geworden, die schon eine Reihe von Menschenleben gefordert hatte. Ob irgendjemand der Verantwortlichen an dieses Kind und die Folgen des heute Erlebten denken würde, die dieses Wesen möglicherweise sein ganzes Leben verfolgen würden?

Lüder vermied es, noch einmal auf Eisenberg zu sehen. Was hatte er ihm vor wenigen Minuten gesagt, als er von der Hinrichtung des Auftragsmörders Dionysios Proastiakós sprach? Profis in diesem Geschäft wissen, wann ihre Lage auswegslos ist, und akzeptieren das Ende.

»Wann haben Sie eigentlich Urlaub?«, hatte Hauptkommissar Vollmers Lüder gefragt.

»Warum?«

»Dann können wir endlich auch einmal ein wenig verschnaufen. Wo Sie in den letzten Tagen aufkreuzen, pflastern Leichen Ihren Weg.« Dann hatte sich der Leiter der Kieler Mordkommission mit seinen Mitarbeitern an die Routinearbeiten im Sophienhof begeben. Lüder hatte noch ein paar Worte mit den beiden Bundespolizisten gewechselt und war anschließend ins Landeskriminalamt zurückgekehrt. Die aufwendigen Arbeiten am Tatort würden die Fachleute vornehmen. Seine Anwesenheit war nicht erforderlich.

In seinem Büro fand er den Hotelschlüssel vor, den man bei Dionysios Proastiakós gefunden und den ein Bote von Lübeck nach Kiel gebracht hatte.

Lüder kramte die Liste mit möglichen Hotels hervor, die er aufgestellt hatte, nachdem sich der Auftragsmörder zuletzt aus dem Raum Schleswig telefonisch gemeldet hatte. Er entschloss sich, die einzelnen Stationen abzufahren und zu prüfen, ob der Zyprer möglicherweise in einem der Häuser logiert hatte. Er fuhr über die Holtenauer Hochbrücke nach Eckernförde, wo alles mit dem Mord an Robert Havenstein begonnen hatte, und passierte die Kasernenanlagen, kam an der Abzweigung zum bekannten Internat Louisenlund vorbei und verließ die Bundesstraße beim ersten Hinweis auf »Fahrdorf«.

Der kleine Ort kuschelte sich zwischen der Bundesstraße und dem Südufer der Schlei, gegenüber der historischen Fischersiedlung Holm, in die Landschaft. Auf Lüder wirkte es so, als würde Fahrdorf nur aus einer einzigen Straße bestehen, die sich in Windungen scheinbar endlos dahinzog, dabei auch mit kleinen Steigungen überraschte. Seine erste Adresse lag auf der linken Seite. Der schmucklose Neubau lag quer zur Straße.

Statt einer Rezeption fand Lüder einen Zettel mit einer auswärtigen Telefonnummer vor. Anreisende Gäste wurden gebeten, sich dort zu melden. Lüder erachtete es als nicht sehr kundenfreundlich, dass unterstellt wurde, dass grundsätzlich jeder mit einem Mobiltelefon unterwegs war. Neben dem Eingang war eine Art Safe mit nummerierten kleinen Fächern, darüber ein Pad zur Eingabe von Codenummern. Vermutlich erhielt der

Neuankömmling telefonisch einen Code genannt, mit dem er das Fach öffnen und seinen Hotelschlüssel dem Safe entnehmen konnte.

Diese Verfahrensweise bot aber auch unredlichen Leuten die Möglichkeit, sich eine Übernachtung zu erschleichen, indem sie am Telefon falsche Angaben zu ihrer Person machten. Das war das Risiko des Hoteliers, dachte Lüder, der durch dieses »Automatenhotel« zulasten des persönlichen Services seine Kosten minimieren wollte. Hier galten die Begriffe »Gast« und »Gastgeber« nicht mehr.

Lüder probierte den Schlüssel, den die Lübecker bei dem Auftragsmörder gefunden hatten. Er hatte Glück. Die Tür ließ sich öffnen. Links fand er den verwaisten Tresen der Rezeption, ein paar Schritte weiter die Zimmertür, zu der laut Aufdruck der Schlüssel passen sollte. Auch hier war ihm das Glück hold.

Das Zimmer war aufgeräumt und ebenso sauber wie Eingangsbereich und Flur. Das Doppelbett war gemacht, das kleine Bad gereinigt. Über dem Stuhl lag eine sorgfältig gefaltete Hose, darüber ein Pullover.

Nachdem Lüder beim ersten Blick ins Bad nur die Dinge entdecken konnte, die ein allein reisender Mann bei sich zu führen pflegt, galt seine Aufmerksamkeit zunächst den Schränken. Die Schubladen waren leer. Im Kleiderschrank fand Lüder zwei unbenutzte Oberhemden, ein Sakko und eine weitere dunkelgraue Stoffhose. Er untersuchte den Inhalt der Taschen. Sie waren bis auf ein benutztes Papiertaschentuch leer.

Dann widmete er sich der Reisetasche, die auf der Kofferbank stand. In einem Wäschebeutel fand Lüder zwei Garnituren schmutziger Unterwäsche sowie zwei Paar gebrauchte Socken. Das ließ Rückschlüsse auf Proastiakós' Aufenthalt zu. Wenn der Mann seit zwei Tagen unterwegs war, hatte er sich nach dem Mord an Havenstein vermutlich nach Zypern begeben und war dann erneut nach Ostholstein eingereist.

Lüder fand eine noch unbenutzte Garnitur. Der Mörder hatte wohl umgehend wieder abreisen wollen. Ein Roman mit griechischen Schriftzeichen vervollständigte das Reisegepäck, wenn man von den sauber in einer Mappe gebündelten Papieren absah.

Obenauf lag ein Foto, das eine attraktive Frau mit langen Haaren zeigte, die zwei fröhlich lachende Kinder im Arm hielt. Ob die Familie wusste, welcher Tätigkeit der Vater und Ehemann nachgegangen war? Wie viel Überwindung bedurfte es, um nach der kaltblütigen Hinrichtung eines Menschen wieder nach Hause zu fahren, die Ehefrau zärtlich zu liebkosen und die Kinder mit den Händen zu streicheln, die zuvor ein Menschenleben ausgelöscht hatten? Lüder wollte es sich nicht vorstellen.

Proastiakós schien sich seiner Sache sehr sicher gewesen zu sein. Nach dem Auftreten in der Eckernförder Buchhandlung wunderte es Lüder nicht, dass er in der Reisetasche Dossiers fand, die offen herumlagen. Jedes umfasste ein, zwei Seiten und war ähnlich strukturiert.

Lüder blätterte im ersten. Es galt Hannah Eisenberg. Neben mehreren Bildern, die die Frau in unterschiedlichen Posen zeigte, waren auch persönliche Daten enthalten: Geburtstag, Körpergröße, Gewicht, besondere Merkmale und – darüber staunte Lüder besonders – die korrekte Anschrift ihres Ferienappartements in Oldenburg neben der Handynummer, einem Bild und einer Beschreibung ihres Leihwagens.

Ein weiteres Dossier galt Lüder. Es zeigte ihn vor seinem Haus, eine Aufnahme war in der Kieler Innenstadt entstanden, eine weitere zeigte ihn als Porträt. Außerdem gab es neue Aufnahmen seiner Kinder und von Margit. Lüder wurde mit dem korrekten Namen, dem akademischen Grad und der richtigen Dienstbezeichnung benannt. Es fehlten weder seine Handynummer noch die exakte Bezeichnung seiner Dienststelle und die Durchwahl.

Versonnen sah Lüder auf das Papier. Es wunderte ihn nicht mehr, dass die Gegenseite über jeden seiner Schritte informiert war. Damit war aber noch nicht geklärt, wer im Hintergrund die Informationen beschafft und ausgehändigt hatte.

Zwei weitere Dossiers vervollständigten die Sammlung: Dr. Hans-Wilhelm Bringschulte und Dr. Mehdi Ahwaz-Asmari vom GKSS-Forschungszentrum. Lüder schauderte. War das eine Art Todesliste? Robert Havenstein fehlte in dieser Sammlung. Wenn Lüders Vermutung zutraf, dass Proastiakós Deutschland nach dem Mord an dem Journalisten auf schnellstem Weg verlassen hatte, so erübrigte sich das Dossier. Hatte der Zyprer wirklich den Auftrag, die anderen drei zu ermorden? Auch Lüder als Mitwisser? Eine Antwort darauf würde Lüder nicht mehr bekommen. Ihm blieb nur die Vermutung.

Jedenfalls bestätigte dieser Fund, was Lüder schon lange wusste: Proastiakós hatte im Auftrag gemordet.

Es war überraschend, dass Lüder außer dem Bild der Ehefrau mit den Kindern nichts Persönliches fand, keine Ausweispapiere, keine Kreditkarte, nicht einmal ein Feuerzeug. Auch ein Flugticket vermisste Lüder. Lediglich ein handgeschriebener Zettel fand sich noch in den Unterlagen. Es war eine Zahlenfolge von elf Ziffern, die mit 0170 begann. Es war eine deutsche Mobilfunknummer.

Lüder setzte sich auf die Bettkante und wählte den Anschluss. Es dauerte eine ganze Weile, bis sich eine Männerstimme meldete, die Lüder vertraut vorkam.

»Hallo?«

»Auch hallo«, sagte Lüder und schwieg. Er wollte hören, wie der andere reagierte.

»Was wollen Sie?«, fragte sein Gesprächspartner nach langen Sekunden des Schweigens.

»Mit wem spreche ich?«, antwortete Lüder mit einer Gegenfrage.

»Sie haben doch mich angerufen.« Der andere ließ sich nicht aufs Glatteis führen. »Dann wissen Sie es doch.«

»Aber nur, weil ich Ihre Stimme erkannt habe«, entgegnete Lüder. Dabei erinnerte er sich, dass der Zyprer beim Anruf in Lüders Wohnung davon gesprochen hatte, dass es angeblich gelungen war, einen weiteren Beamten zu bestechen.

Nun war ein kehliges Lachen zu hören. »Jetzt habe ich Sie auch erkannt, Herr Dr. Lüders. Wie kommen Sie an diese Nummer? Ich bin überrascht.«

»Ich auch«, antwortete Lüder, immer noch reserviert. »Ist das Ihr Telefon?«

»Nein«, lachte Hauptkommissar Vollmers. »Wir haben es in der Tasche des Toten gefunden.«

»Dov Eisenberg?« Nun war es an Lüder, überrascht zu sein.
»Ja. Und als das Handy klingelte, war ich natürlich gespannt, wer dort anrief. Und wie kommen Sie zu dieser Nummer?«
Lüder erklärte es.
»Potz Blitz«, staunte Vollmers. Das heißt, dass …«
»… Proastiakós seinen Mörder kannte, der sich vor meinen Augen selbst gerichtet hat, um seine Geheimnisse mit ins Grab zu nehmen. Darum wollte sich Dov Eisenberg um jeden Preis der Verhaftung entziehen.«
Hauptkommissar Vollmers räusperte sich. »Der Tote schien eine gespaltene Persönlichkeit gewesen zu sein. Wir haben bei ihm noch einen zweiten Pass gefunden. Danach heißt er – *auch!*«, und das überbetonte Vollmers, »Chaim David Cohen und ist einundfünfzig Jahre alt.«
»Dafür hat er sich gut gehalten«, sagte Lüder mehr zu sich selbst. »Und welcher Pass ist echt?«
Für einen Augenblick schwieg der Hauptkommissar. »Beide«, sagte er schließlich.
Das kann nicht sein, wollte Lüder antworten, unterdrückte es aber. Vollmers hatte vermutlich recht. Dafür bat er den Leiter des Kieler K1, die Spurensicherung in das Hotel nach Fahrdorf zu schicken.
»Soll ich Ihnen ein Geheimnis verraten?«, fragte Vollmers. »Die Kollegen sind gerade an einem Tatort in Kiel beschäftigt. So schnell, wie Sie neue Leichen besorgen, kommen wir nicht nach.« Dann versprach er aber, sich darum zu kümmern.
Nach dem Telefonat rief Lüder die israelische Botschaft in Berlin an und ließ sich zu dem Gesprächspartner durchstellen, der sich neulich sehr reserviert verhalten hatte, als Lüder ihn vom Tod der Staatsbürgerin Hannah Eisenberg unterrichtet hatte.
»Lüders, Polizei Kiel. Wir haben vor Kurzem miteinander gesprochen. Erinnern Sie sich?«
Der Botschaftsangehörige bestätigte es mit einem Knurrlaut.
»Ich fürchte, ich habe erneut eine schlechte Nachricht für Sie.« Lüder legte eine Pause ein. »Es gibt erneut einen toten Bürger Ihres Landes.« Lüder legte eine weitere Pause ein, aber der Gesprächspartner schwieg. »Chaim David Cohen«, sagte Lüder.

Er glaubte zu hören, wie dem unsichtbaren Teilnehmer am anderen Ende der Leitung der Schrecken in die Glieder fuhr.

»Ist gut«, sagte der Mann knapp und legte auf, ohne weitere Fragen zu stellen.

Lüder reichte es für heute. Der Tag war ereignisreich genug gewesen. Sein Telefon meldete sich. Eine Rufnummer wurde nicht angezeigt.

»Lüders.«

»Herr Dr. Lüders«, meldete sich die sonore Bassstimme des Ministerpräsidenten, der es vermied, seinen Namen zu nennen. »Ich habe Kenntnis von den Vorfällen im Sophienhof erhalten und bin besorgt über die Geschehnisse. Radio und Fernsehen berichten pausenlos darüber. Ich möchte mich aus erster Hand darüber informieren. Authentisch. Können Sie in einer Viertelstunde in der Staatskanzlei sein?«

»Das ist nicht möglich. Ich befinde mich derzeit bei Ermittlungen an einem Tatort an der Schlei.«

»Sie wollen nicht sagen, dass es erneut einen Todesfall gibt?« Aus der Stimme des Regierungschefs war Besorgnis zu hören.

»Nein, aber es steht in unmittelbarem Zusammenhang mit den Vorfällen der jüngsten Zeit.«

»Wo ist das an der Schlei?«

Lüder beschrieb es.

»Gut«, entschied er Ministerpräsident kurz entschlossen. »Ich muss ohnehin in meine alte Heimat. Das liegt fast auf dem Weg. Wir treffen uns in einem Lokal in Fahrdorf. Mir ist der Name entfallen, aber dort gibt es eine hervorragende gutbürgerliche Küche.«

Lüder hatte keine Gelegenheit zu widersprechen, weil der Ministerpräsident aufgelegt hatte. Während des einen Jahres beim Personenschutz hatte Lüder ein paar Mal Gelegenheit gehabt, den ersten Bürger des Landes zu dessen Wohnsitz auf der grünen Halbinsel zu begleiten. Das repräsentative Anwesen mit dem hohen Zaun und den Überwachungskameras, auf dem er auch geboren war, nutzte der Regierungschef gern, um zu entspannen.

Manches Mal hatten die beiden Männer im gepflegten Garten gestanden, und der Politiker hatte träumerisch seinen Blick schweifen lassen. »Vieles habe ich selbst gepflanzt«, hatte er erklärt und durchgeatmet, wenn sein Blick über die Weite des Koogs glitt und irgendwo am fernen Deich haften blieb. Lüder verstand ihn, nachdem er selbst gespürt hatte, wie frei man dort atmen konnte. Nicht umsonst war dieser Ort das Tor des Weltnaturerbes Wattenmeer. Hier ließ es sich leben.

Der knorrige Alte, wie man ihn auch nannte, hatte sich seine Volkstümlichkeit bewahrt. Lästerer warfen ihm vor, dass er jedes neue Ferkel, das in seinem Bundesland geboren wurde, am liebsten persönlich begrüßen würde, seine Bewunderer schätzten aber gerade diese Verbundenheit mit Land und Menschen. So war Lüder nicht überrascht, dass der Ministerpräsident, der als Freund der bodenständigen Küche bekannt war, in Fahrdorf ein Restaurant kannte.

Lüder untersuchte noch einmal das Hotelzimmer. Aber auch beim zweiten Durchgang entdeckte er nichts Neues. Er blieb noch eine Weile sitzen, bevor er sich auf den Fußweg zum nahe gelegenen »Alten Fährhaus« machte, das von außen einen einladenden Eindruck machte. In der Diele, von der die Gaststube abzweigte, begrüßte ihn eine große Pappmachéfigur. Der Gastraum selbst war bäuerlich rustikal gestaltet und strahlte eine gewisse Behaglichkeit aus.

Lüder wählte einen Platz hinter einem Mauervorsprung und bestellte ein Mineralwasser.

Die Kellnerin fragte zweimal, ob er wirklich nichts essen möchte.

»Ich erwarte noch Besuch«, sagte Lüder und bemerkte die Skepsis im Gesicht der Bedienung.

Die wich einem Erstaunen, als der Ministerpräsident mit drei Begleitern eintraf. Natürlich wurde er sofort erkannt.

Der Mann setzte sich zu Lüder, nachdem er ihn zuvor mit einem kräftigen Händedruck begrüßt hatte.

»Ich hätte mir gewünscht, dass das Ostseebad Eckernförde mit einer anderen Schlagzeile auf die deutschen Titelblätter gelangt wäre«, eröffnete der Ministerpräsident das Gespräch. Er sprach in einem leichten Plauderton, als würde er die Vorzüge des Erholungsortes anpreisen wollen. »Wussten Sie, dass die berühmte Kieler Sprotte eigentlich aus Eckernförde stammt? Sie hat nur die Kieler Zuordnung erhalten, weil sie dort verschifft wurde.«

Der Regierungschef sah sich um, ob jemand ihrem Gespräch lauschen könnte. Aber die drei Beamten aus seiner Begleitung, von denen Lüder zwei kannte, hatten sich diskret an einen Tisch außer Hörweite zurückgezogen. Und die wenigen anderen Gäste saßen so weit entfernt, dass sie nichts hören konnten. Lüder entging es nicht, dass eifrig über ihn und seinen Gesprächspartner getuschelt wurde.

»Man glaubt es nicht, dass die schmale Landzunge zwischen Ostsee und Windebyer Noor, die heute die Innenstadt bildet, früher ein großes Waldgebiet mit Buchen und Rotbuchen war«, zeigte sich der Regierungschef gut informiert. »Nach den vielen Bucheckern, die sich dort fanden, soll die Stadt an der Förde ihren Namen haben. Eckernförde. Deshalb finden Sie bis heute auch häufig die Abbildungen von Eichhörnchen, die es dort früher massenhaft gab.«

Sie wurden durch die Bedienung unterbrochen, die ihnen die Karten brachte.

Der Ministerpräsident warf einen kurzen Blick auf die Speisekarte. Lüder hatte den Eindruck, dass er den Inhalt gar nicht gelesen hatte. »Ich kann Ihnen den gebratenen Aal mit Bratkartoffeln empfehlen, sagte der Regierungschef.

Als die Bedienung die Bestellung aufnahm, fuhr er sich mit der Zunge über die Lippen. Lüder war sich nicht sicher, ob das die Vorfreude auf das Essen war oder die freudige Erwartung des Pils, das sich Lüders Gegenüber bestellt hatte.

Immerhin fragte der Ministerpräsident nicht nach, warum Lüder es bei einem Salat und einem Mineralwasser beließ.

Lüder hatte keinen Appetit. Auch wenn er sich nicht schuldig am Tod Dov Eisenbergs fühlte, saß die Erinnerung daran zu tief. Für Lüder war es gleich, ob ein Unschuldiger oder ein Täter vor ihm stand. Jedes Menschenleben galt es zu achten und zu schützen – auch das eines Mörders.

Dann forderte der Regierungschef Lüder auf, von den Ereignissen im Sophienhof zu berichten.

»Was ziehen Sie daraus für Schlüsse?«, fragte er, nachdem Lüder geendet hatte.

»Ich weiß jetzt um die Hintergründe der Taten.«

Lüder sah ein erschrecktes Aufblitzen in den Augen seines Gegenübers.

»Wie wollen Sie weiter vorgehen?«

»Ich werde Erkundigungen einziehen, woran Peter Hertz, der Wehrführer, genau gestorben ist, der 1986 den Einsatz geleitet hat.«

Der Regierungschef räusperte sich. Dann senkte er die Stimme zu einem vertraulichen Flüstern. »Das ist nicht erforderlich.« Es folgte ein weiteres Hüsteln, bei dem sich der Mann die Hand vor den Mund hielt. Anschließend fuhr er sich über den Bart, der seine Lippen umschloss.

»Ich war damals noch nicht im Amt. Und auch keiner der heutigen Entscheidungsträger. Es wäre daher einfach, zu verurteilen, wie die Verantwortlichen damals verfahren sind. Es mag ihnen zugutegehalten werden, dass sie vermutlich keine andere Möglichkeit hatten. Die GKSS ist ein herausragendes Forschungszentrum mit vielfältigen Zielen. Sie wird massiv vom Bund und von den Ländern finanziert.«

»Deshalb wurden alle Untersuchungen unterdrückt, als sich 1986 ein Zwischenfall ereignet hat. Der Wehrführer ist bestochen worden, damit er schweigt.«

»Dafür gibt es keine Beweise«, entgegnete der Ministerpräsident. »Obwohl man munkelt, dass er von dritter Seite ein wenig Unterstützung erfahren hat.«

Lüder legte beide Unterarme auf die Tischkante und faltete die Hände zusammen. »Natürlich durfte nie herauskommen, was dort passiert ist. So sind auch alle Anstrengungen zu verstehen, wissenschaftliche Untersuchungen im Keim zu ersticken. Und die erkrankten Kinder? Das ist ein Kollateralschaden.«

In Lüder keimte der Zorn auf. Bei allem Verständnis für den Bedarf eines Staates an Schutz und Geheimnissen galt für ihn ein Menschenleben immer noch mehr.

»Mir ist darüber hinaus bekannt, dass dort hoch angereichertes Uran 95 verwendet wird«, ergänzte Lüder nach einer Weile und schluckte. Es wollte ihm nicht gelingen, seine Betroffenheit zu verbergen. »Mit dem kann man auch eine Atombombe bauen.«

»Richtig. Die Bundesrepublik hat freiwillig auf die Entwicklung und den Einsatz von Atomwaffen verzichtet. Nun dürfen Sie das *freiwillig* nicht zu hoch bewerten. Wir wurden und werden immer noch kritisch von der Welt beobachtet, auch von unseren Freunden und Verbündeten. Ich möchte Sie daran erinnern, dass sich Frankreich und England ganz massiv gegen die deutsche Wiedervereinigung gewandt hatten. Westeuropa war fest in der NATO verankert. Trotzdem haben die Franzosen ihre Atomstreitmacht, die Force de Frappe, ausdrücklich aus der NATO herausgehalten. Haben Sie sich einmal gefragt, warum?«

Lüder nickte. »Sie wollten ihre Unabhängigkeit bewahren.«

»Genau. Auch die ›Freunde‹ beobachten sich argwöhnisch. Was glauben Sie, was passiert wäre, wenn Deutschland sich auf atomarem Feld wiederbewaffnet hätte? Das war 1986. Da gab es noch den Eisernen Vorhang, und Ost und West standen sich auch militärisch gegenüber.«

Der Ministerpräsident hatte recht. Aber … »Entgegen allen Zusagen hat man aber doch an der Entwicklung von atomaren Waffen gearbeitet?« Lüder kleidete die Feststellung in eine Frage.

»Ein Land wie unseres kann sich nicht von anderen abhängig machen. Nicht in existenziellen Fragen. Ich möchte Ihnen ein Beispiel nennen. Seit Jahren fordern die Alliierten verschärfte Kampfeinsätze der Bundeswehr in Afghanistan, wo wir uns auf den Wiederaufbau konzentrieren sollten. Und als die Sache mit dem Bombardement auf die Tanklastwagen geschah, sind die anderen über Deutschland hergefallen und haben die Bundeswehr in einer weltweiten Kampagne verurteilt. Passt das zueinander?«

»Deutschland hat also Atomwaffen entwickelt und produziert?«

Der Politiker wiegte seinen massigen Kopf. »Ich würde es anders formulieren. Wir haben geforscht.«

»Und wie steht es mit der Produktion?«

Sein Gegenüber nahm einen großen Schluck Bier, bevor er antwortete: »Ich weiß vieles. Aber das …« Er zuckte mit den

Schultern. »Gauben Sie mir: Ich weiß es nicht. Ich vermute aber, dass es keine deutsche Produktion gibt.«

»Solche Waffen müssen auch abgeschossen werden«, sagte Lüder und dachte erneut daran, wie sehr sich Hannah Eisenberg für die Marinebasis in Eckernförde interessiert hatte. »Gibt es hier vielleicht eine Zusammenarbeit mit Israel? Israel hat zu den drei schon früher erworbenen Dolphin-U-Booten ein weiteres bei der Kieler Werft HDW bestellt. Laut der Zeitung ›Maariv‹ ist allerdings die Finanzierung des eine viertel Milliarde Euro teuren Projekts unklar.«

Der Ministerpräsident nickte. »Das sichert dringend benötigte Arbeitsplätze in der kranken norddeutschen Werftindustrie. Daran kann auch ein verantwortlicher Politiker eines finanzschwachen Landes nicht vorbeigehen.«

»Außerdem munkelt man, dass die U-Boote mit atomar bestückten Marschflugkörpern ausgestattet sein können oder sogar werden. Gibt es Ähnliches bei der Bundesmarine?«, fragte Lüder.

Der Ministerpräsident sah an Lüder vorbei, bis er schließlich den Kopf schüttelte. »Das sind Fragen, die wir nicht weiterverfolgen sollten. Kehren wir deshalb zum kriminalistischen Teil dieses Falls zurück. Ich ahne, auf welche Zusammenhänge Sie gestoßen sind.«

»Ich habe zunächst noch eine andere Frage. Woher wussten der Betriebsleiter des Atomkraftwerks und der Kinderarzt Dr. Feldkamp von Albert Völlerings Kontakten zur russischen Gasmafia?«

»Den Arzt kenne ich nicht. Mit von Sohl habe ich natürlich regelmäßig Kontakte gepflegt. Es mag sein, dass wir dieses Thema irgendwann einmal gestreift haben«, sagte der Regierungschef ausweichend.

Lüder unterließ es, zu fragen, ob aus diesen »Kontakten« auch die gemeinsame »Vorliebe« der beiden Männer für die Bilder des Malers Stümer resultierte.

Der erste Mann des Landes beugte sich zu Lüder hinüber. »Wie lautet denn nun die Auflösung?«

»Der Mann, der sich heute der Verhaftung durch Selbstmord

entzogen hat, war ein Agent des israelischen Geheimdienstes Mossad.«

»Das ist unglaublich.«

Lüder nickte. »Chaim David Cohen alias Dov Eisenberg war sicher einer ihrer besten Leute. Er war auf Robert Havenstein und Hannah Eisenberg angesetzt, weil die offenbar etwas von der gemeinsamen Atomwaffenforschung ...«

Der Ministerpräsident schwenkte an dieser Stelle den Zeigefinger und unterbrach Lüder. »Dafür gibt es keine Beweise!«

»... von der gemeinsamen Atomwaffenforschung erfahren hatten. Wir werden das Material, das die beiden Journalisten zusammengetragen haben, vermutlich nie finden«, fuhr Lüder unbeirrt fort.«

»Dieser – angebliche – Mossadagent hat also den Mörder der Journalisten erschossen, um die Spuren zu verwischen. Das wäre auch geglückt, wenn Sie dem Komplott nicht auf die Schliche gekommen wären. Aber in wessen Auftrag war der Berufsmörder unterwegs?«

»Das hieb- und stichfest vor Gericht zu beweisen dürfte uns nicht gelingen.«

Aus Lüder sprach jetzt der Jurist. Es wunderte ihn, dass der Regierungschef nicht nachhakte. Einen stichhaltigen Beweis hatte Lüder nicht. Ihm war aber klar, dass Havenstein und Eisenberg in Jerusalem eine erste Spur aufgenommen hatten. Irgendwie hatten die Staatsschützer davon Kenntnis erhalten und, nachdem es ihnen zu heikel wurde, den folgenschweren Beschluss gefasst, das Risiko der Aufdeckung nicht einzugehen. Deshalb hatten die beiden Journalisten sterben müssen. Und an Proastiakós' Tod trug Lüder indirekt mit Schuld, weil er dem Auftragsmörder zu nahe gekommen war und die Hintermänner die Aufdeckung befürchteten.

Wer auch immer von den Geheimnissen wusste, lebte fortan gefährlich. Das galt für Dr. Hans-Wilhelm Bringschulte, den Forschungsleiter, aber auch für Dr. Mehdi Ahwaz-Asmari, der das vermutlich ahnte und sich deshalb dem Zugriff der Häscher entzogen hatte.

»Übrigens«, der Ministerpräsident schwenkte sein Bierglas

vor der Brust hin und her, »hat es nicht nur bei Ihnen einen Bestechungsversuch gegeben.« Der Mann zeigte sich auch im Detail gut informiert, dachte Lüder. »Man hat versucht, Ihren Vorgesetzten …«

»Kriminaldirektor Dr. Starke«, warf Lüder ein.

»Mir sagt der Name nichts«, winkte der Ministerpräsident ab. »Den hat man auch zu erpressen versucht. Allerdings auch vergeblich. Der hat es sofort dem Leiter des Landeskriminalamts gemeldet. Ein schöner Beweis für die Loyalität unserer Polizei.«

Der Regierungschef setzte das Bierglas an die Lippen und nahm einen kräftigen Schluck.

Dann verlangte er die Rechnung. »Sie sind von mir eingeladen. Privat«, ergänzte er. Um das zu beweisen, verzichtete er auf die Aushändigung der Restaurantquittung. Vor der Tür des »Alten Fährhauses« verabschiedeten sich die beiden Männer mit einem kräftigen Händedruck. Lüder war überrascht, als der Regierungschef ihm danach noch einmal die Hand auf den Oberarm legte.

»Passen Sie gut auf sich auf«, murmelte er, bevor er sich abwandte.

Lüder sah der stattlichen Gestalt nach. Dann blickte er zum wolkenlosen Himmel empor. Das Funkeln der Sterne, die Sichel des Mondes und der hell erleuchtete Turm des Schleswiger Doms auf der anderen Schleiseite wirkten beruhigend. Ein friedliches Bild.

Dichtung und Wahrheit

In diesem Roman muss sich Lüder Lüders erneut einem kritischen Fall stellen, der ihn in die Tiefen des politischen Geschäfts führt. Wenn es dort auch vieles geben mag, was uns Bürgern fremd und geheimnisvoll erscheint, was nicht im Einklang mit *unseren* Vorstellungen von Recht und Gesetz stehen mag, so ist die Handlung dieses Romans doch frei erfunden. Das gilt auch für alle auftretenden Personen, die keine Vorbilder in der Realität haben. Und wenn Ähnlichkeiten mit Personen der Zeitgeschichte vermutet werden könnten, so sind alle Handlungen, Aussagen und Taten in diesem Buch ausschließlich meiner Phantasie entsprungen. Das gilt auch für das namentlich genannte Atomkraftwerk Krümmel und das GKSS-Forschungszentrum.

Leider ist die besorgniserregend hohe Zahl von Leukämieerkrankungen bei Kindern in der Region eine traurige Tatsache, für die es bis heute keine wissenschaftlich haltbare Erklärung gibt. Über das Verhalten der Verantwortlichen, die aus Sicht der Bürger manches unterlassen haben, was zur Klärung hätte beitragen können, kann ich nicht urteilen. Das gilt auch für die unterschiedlichen Ergebnisse der einzelnen Expertenkommissionen.

Rätselhaft ist bis heute der – angebliche – Störfall, der sich möglicherweise am 12. September 1986 im Atomkraftwerk Krümmel oder im GKSS-Forschungszentrum ereignet haben soll. Nach meinen Recherchen gibt es keine öffentlich zugänglichen Quellen, die die genauen Umstände belegen. Merkwürdig ist auch, dass die Protokolle der Feuerwehr des Einsatzes an diesem Tag bei einem Brand 1991 vernichtet wurden. Seitens der Verantwortlichen konnte der Verdacht, dass vielleicht doch etwas vertuscht werden sollte, nicht beseitigt werden. Ob es ein Zufall ist, dass seitdem der Leukämiecluster Elbmarsch nicht nur die Medien, sondern in besonders schlimmer Weise auch die erkrankten Kinder und ihre Eltern beschäftigt, kann ein Kriminalroman nicht entscheiden.

Für die Mitarbeit an diesem Roman danke ich Dr. Christiane Bigalke für die medizinische Beratung, meinem Sohn Malte ebenfalls für die medizinische Beratung und für die Erläuterung der Vorgehensweise bei Notfalleinsätzen, speziell auch im Umkreis um das AKW Krümmel.

Bei der Recherche vor Ort haben mich Johanna Bolls und Peter Liesegang in Eckernförde und Achim Eberhardt in Oldenburg/Holstein tatkräftig unterstützt. In besonderem Maße gilt das auch für Sabine J. Seifert, die mich nicht nur bei unwirtlichen Witterungsbedingungen durch Ostholstein geführt hat und Interessantes zum Wallmuseum zu erzählen hatte, sondern auch zu medizinischen Fragen und insbesondere zur Historie Oldenburgs eine unerschöpfliche Quelle war.

Die Fertigstellung dieses Romans war eine ganz besondere logistische Herausforderung. Nun ist mir »das Entstehen« eines Buches mittlerweile vertraut. Mit Hochachtung konnte ich verfolgen, mit welcher Professionalität Dr. Christel Steinmetz und Team aus meinem Manuskript einen druckfrischen Roman gezaubert haben.

Und ohne meine langjährige Lektorin Dr. Marion Heister würde die Wandlung von einem Manuskript zum Roman ebenso wenig erfolgen wie die von der Puppe zum Schmetterling.

HANNES NYGAARD

Hannes Nygaard
TOD IN DER MARSCH
Broschur, 240 Seiten
ISBN 978-3-89705-353-3

»Ein tolles Ermittlerteam, bei dem man auf eine Fortsetzung hofft.« Der Nordschleswiger

»Bis der Täter feststeht, rollt Hannes Nygaard in seinem atmosphärischen Krimi viele unterschiedliche Spiel-Stränge auf, verknüpft sie sehr unterhaltsam, lässt uns teilhaben an friesischer Landschaft und knochenharter Ermittlungsarbeit.« Rheinische Post

Hannes Nygaard
VOM HIMMEL HOCH
Broschur, 240 Seiten
ISBN 978-3-89705-379-3

»Nygaard gelingt es, den typisch nordfriesischen Charakter herauszustellen und seinem Buch dadurch ein hohes Maß an Authentizität zu verleihen.« Husumer Nachrichten

»Hannes Nygaards Krimi führt die Leser kaum in lästige Nebenhandlungsstränge, sondern bleibt Ermittlern und Verdächtigen stets dicht auf den Fersen, führt Figuren vor, die plastisch und plausibel sind, so dass aus der klar strukturierten Handlung Spannung entsteht.«
Westfälische Nachrichten

www.emons-verlag.de

IM EMONS VERLAG

Hannes Nygaard
MORDLICHT
Broschur, 240 Seiten
ISBN 978-3-89705-418-9

»Wer skurrile Typen, eine raue, aber dennoch pittoreske Landschaft und dazu noch einen kniffligen Fall mag, der wird an ›Mordlicht‹ seinen Spaß haben.« NDR

»Ohne den kriminalistischen Handlungsstrang aus den Augen zu verlieren, beweist Autor Hannes Nygaard bei den meist liebevollen, teilweise aber auch kritischen Schilderungen hiesiger Verhältnisse wieder einmal großen Kenntnisreichtum, Sensibilität und eine starke Beobachtungsgabe.« Kieler Nachrichten

Hannes Nygaard
TOD AN DER FÖRDE
Broschur, 256 Seiten
ISBN 978-3-89705-468-4

»Dass die Spannung bis zum letzten Augenblick bewahrt wird, garantieren nicht zuletzt die Sachkenntnis des Autors und die verblüffenden Wendungen der intelligenten Handlung.« Friesenanzeiger

»Ein weiterer scharfsinniger Thriller von Hannes Nygaard.«
Förde Kurier

www.emons-verlag.de

HANNES NYGAARD

Charles Brauer liest
TOD AN DER FÖRDE
Ein Kriminalroman von
Hannes Nygaard
ISBN 978-3-89705-645-9
4 CDs

Hannes Nygaard
TODESHAUS AM DEICH
Broschur, 240 Seiten
ISBN 978-3-89705-485-1

»*Ein ruhiger Krimi, wenn man so möchte, der aber mit seinen plastischen Charakteren und seiner authentischen Atmosphäre überaus sympathisch ist.*« www.büchertreff.de

»*Dieser Roman, mit viel liebevollem Lokalkolorit ausgestattet, überzeugt mit seinem fesselnden Plot und der gut erzählten Geschichte.*«
Wir Insulaner – Das Föhrer Blatt

www.emons-verlag.de

M EMONS VERLAG

Hannes Nygaard
KÜSTENFILZ
Broschur, 272 Seiten
ISBN 978-3-89705-509-4

»Mit ›Küstenfilz‹ hat Nygaard der Schleiregion ein Denkmal in Buchform gesetzt.«
Schleswiger Nachrichten

»Nygaard, der so stimmungsvoll zwischen Nord- und Ostsee ermitteln lässt, variiert geschickt das Personal seiner Romane.«
Westfälische Nachrichten

Hannes Nygaard
TODESKÜSTE
Broschur, 288 Seiten
ISBN 978-3-89705-560-5

»Seit fünf Jahren erobern die Hinterm Deich Krimis von Hannes Nygaard den norddeutschen Raum.«   Palette Nordfriesland

»Der Autor Hannes Nygaard hat mit ›Todesküste‹ den siebten seiner Krimis ›hinterm Deich‹ vorgelegt – und gewiss einen seiner besten.«
Westfälische Nachrichten

www.emons-verlag.de

HANNES NYGAARD

Hannes Nygaard
TOD AM KANAL
Broschur, 256 Seiten
ISBN 978-3-89705-585-8

»*Spannund und jede Menge Lokalkolorit.*«
Süd-/Nord-Anzeiger

»*Der beste Roman der Serie.*« Flensborg Avis

Hannes Nygaard
DER TOTE VOM KLIFF
Broschur, 272 Seiten
ISBN 978-3-89705-623-7

»*Mit seinem neuen Roman hat Nygaard einen spannenden wie humorigen Krimi abgeliefert.*« Lübecker Nachrichten

»*Ein spannender und die Stimmung hervorragend einfangender Roman.*« Oldenburger Kurier

www.emons-verlag.de

EMONS VERLAG

Hannes Nygaard
DER INSELKÖNIG
Broschur, 256 Seiten
ISBN 978-3-89705-672-5

»Die Leser sind immer mitten im Geschehen, und wenn man erst einmal mit dem Buch angefangen hat, dann ist es nicht leicht, es wieder aus der Hand zu legen.«   Radio ZuSa

Hannes Nygaard
MORD AN DER LEINE
Broschur, 256 Seiten
ISBN 978-3-89705-625-1

»›Mord an der Leine‹ bringt neben Lokalkolorit aus der niedersächsischen Landeshauptstadt auch eine sympathische Heldin in Spiel, die man noch häufiger erleben möchte.«   NDR 1

www.emons-verlag.de